鴨長明伝

五味文彦

山川出版社

はじめに

東日本大震災とともにとみに注目されるようになった古典が鴨長明の著した『方丈記』である。地震をはじめとして火事や飢饉などの災害がしっかりと記され、しかもその災害の事実のみならず、災害が人々にどのような影響を与え、人々がいかに災害に向き合っていたのか、それらが名文によって記されているからである。

このように災害を文学としてきちんと表現した長明に、関心が注がれるのは当然のことであろう。また『方丈記』が著されたのが建暦二年（一二一二）で、ちょうど八百年前だったことも手伝い、関心が大いに集まった。そうしたことから、長明を歴史学的に解明することも求められており、本書はそれに応えたものである。

ただ史料の少なさはいかんともしがたく、不安を覚えつつも解明に挑んだのであるが、しだいに長明の生き方が見えてきて、その生き方そのものがかの名文を書くに至ったのではないかとも思うようになった。ところがこれまでの多くの研究を見ると、いささか長明に冷たい。たとえばよく読まれている岩波文庫本の市古貞次校注『方丈記』の解説は次のように記す。

何かと思うに任せないことがあって、神社関係の交《まじ》らいもしないで、自宅に籠居していたらしい。社交的でない、偏屈な性格であった。

実に散々である。さらに若くして出家した西行と比較して、「三十余年、神職の家に対する執念を持ち続け、様々な煩悶をいだきながら、五十歳にして漸く出家を遂げた、いわば敗残者長明」とさえ評価している。これはかなり極端な例ではあるが、このような評価が生まれたのはどうしてか。

下鴨社の摂社《せっしゃ》である河合《かわい》社の禰宜《ねぎ》につくことがならずして、長明が遁世にいたった事情を記している源家長《いえなが》の日記『源家長日記』の記述にどうも起因しているらしい。この日記は、後鳥羽上皇が長明に河合社の禰宜をあたえるように図ったところ、一族に反対されたので、それに代えて上皇が他の処遇を示したのを長明が振り切り、大原に籠もるようになった経緯を詳しく語って、それを「こはごはしき心」と評している。

しかしこれはあくまでも家長からの評価である。家長は、長明と同じく「みなし児」の境遇であったが、上皇にその事務と情報収集の才を認められて取り立てられ、ひたすら上皇に仕えて和歌所の事務を担うようになった人物である。その家長にしてみれば、長明が和歌所の寄人《よりうど》に任じられ、さらに朝恩をも与えられようとしたのに、それらを振り切って大原に籠もり、遁世することなどは、とても考えられないことであったのだ。

あたかも自分の処世のあり方をも問われているようにも感じたのかもしれない。それだけに出奔事件を詳しく記したのであろう。こうした家長の記述に基づいて長明を評価する前に、もっと長明に即して見ておく必要がある。そうすると長明の態度には、上皇にはおもねない、純な精神が見出される。上皇の恩寵に乗って、一族から批判を受けたのを恥ずかしく感じる、ナイーブな感性も見出されるのである。

長明の生涯を探る上では、主要な著作をきちっと読まねばならない。その一つがいうまでもなく『方丈記』であるが、これは自らの生き方を記した『記』であって、これの検討が基本となる。これまでの研究によれば、長明が五十八歳の建暦二年（一二一二）に記されたものと考えられてきた。建暦二年という時期については、「時に建暦の二年、弥生のつごもりごろ、桑門《そうもん》の蓮胤《れんいん》、外山の庵にして、これを記す」と記されているので、間違いはないのだが、その時の長明の年齢については、長明が自ら「これは六十」と記しているのにもかかわらず、六十歳ではなく、五十八歳とみなしているのである。

これは他の史料を優先してのことであった。たとえば長年にわたって長明研究に打ち込んでこられた簗瀬一雄氏の『鴨長明研究』もそう見ている。わずか二年の違いであるから、どうというわけでもないともいえようが、長明は『方丈記』のなかで年齢についてはすこぶる拘っているので、おろそかにはできない。長明を信ずるか、他の史料を信じるかという問題にもなってくる。

ここに関連史料を批判的に検討して読んでゆく必要が生まれてくる。その点では、細野哲雄

『鴨長明伝の周辺・方丈記』が関連史料をあらかた調査しているが、ただそれの出版されたのは一九七八年である。以後、ほとんどこの方面の研究は進んでおらず、もう一度関連史料を読み直さなければならない。

次の検討の対象になるのが『無名抄《むみょうしょう》』という「抄」と称される作品である。そこには長明自らの和歌への取り組みとともに、和歌に関する知識や当時の和歌の世界の動きがよく描かれている。和歌をめぐる人々との交流をはじめとして、和歌の師である俊恵《しゅんえ》や琵琶の師である中原有安《ありやす》の教訓なども記している。それらを見てゆくと、様々な歌人との交流があり、師を尊重する態度もうかがえ、とても長明が「社交的でない、偏屈な性格であった」などとはみなせない。

このように二つの作品には、長明自身が描かれているが、もう一つの『発心集《ほっしんしゅう》』は、広く発心して遁世した人々の話を集めた「集」である。自身を描いたものではなく、他者を見つめたものであるが、そこには長明の体験が深く関わっている。発心と遁世の話を自分のために広く収録したとも記していることから、長明を探る上でも重要な著作である。

これら三つの著作を改めて捉え直して探ってゆかねばならない。ただ、これらは、長明の育った鴨社の世界にほとんど触れていない。長明が触れようとしなかったこの世界は、三つの著作の背景をなすものであって、その世界からまず明らかにしておく必要がある。長明が鴨社の禰宜問題で出奔したのであれば、なおさらのことである。

そこでこの鴨社の氏人の世界を手始めに長明伝を記してゆくことにしよう。

鴨長明伝——目次

Ⅳ　庵から問う

鴨長明伝

Ⅰ　若き日々

下鴨神社（京都市左京区）

一　行く川の流れ——鴨氏人の世界

鴨の氏人

長明が生まれたのは賀茂御祖社《みおや》（下鴨社）の禰宜の家であって、長明はその鴨県主《かものあがたぬし》の氏人として成長した。この鴨県主が祀る賀茂の神とともに平安京の歴史は始まると言ってよいであろう。延暦三年（七八四）六月十三日、平城京から長岡京への遷都に際して、朝廷は遷都のことを山城の地主神《じしゅしん》である賀茂神に告げ、賀茂上・下両社に従二位を給って社殿の修造を命じている。さらに平安京に遷都した際にも、延暦十二年（七九三）二月二日に遷都を両社に報告し、翌年十二月に桓武天皇が初めて行幸している（『日本紀略』）。

このような京の地主神である賀茂の神の来歴については、『山城国風土記』逸文が伝えている。それによれば、この地の豪族である賀茂氏の祖神である建角身命《たけつぬみのみこと》の娘玉依姫《たまよりひめ》が、石川の瀬見の小川（賀茂川）で川遊びをしていた時、上流から一本の丹塗《にぬり》の矢が流れて来て、その時に孕んで産んだのが別雷《わけのいかづち》神であり、父神は乙訓《おとくに》郡の乙訓神社祭神の火雷《からい》神であったという。そのうち別雷神を祀ったのが上賀茂社こと賀茂別雷社であり、その母と父である玉依姫と乙訓火雷神を祀ったのが下鴨社こと賀茂御祖社（鴨社）であったという。

こうした伝承以外に、事実を語る文献によれば、すでに『続日本紀』文武天皇二年（六九八）三月二十一日条に、賀茂の祭日に衆が会して騎射することを禁止したことが見え、同天平十七年（七四五）九月十九日条には聖武天皇の病気によって賀茂社に奉幣がなされている。天平神護元年（七六五）には上賀茂社に八十四戸、下鴨社に二十戸の封戸が与えられた（『新抄格勅符抄』）。

平安京遷都とともに賀茂社の重要性は増してゆき、『続日本後紀』大同元年（八〇六）三月二十三日条では、亡くなったばかりの桓武天皇の山陵が賀茂神の近くにあったため、その祟りにより洛北の山地一帯に山火事があったとみなされ、翌年五月三日に賀茂両社に正一位の神階が授けられている（『続日本後紀』）。

賀茂の神はこうして賀茂氏の祖神から王城鎮護の神へと転身していった。とりわけ平安京を造成するにあたっては、京都盆地を流れる幾筋かある河川の治水が重要な事業であっただけに、その最大の河川である鴨川を治める上で、賀茂の神の役割が高くなったのである。鴨川に堤を築き、それを守る防鴨河使《ぼうかし》も置かれた。かの白河院が、意のままにならぬものとしてあげた三つの難題の「山僧」（延暦寺の僧）「双六の目」「鴨川の水」のうちの一つでもあったことはよく知られていよう（『源平盛衰記』）。

鴨川が北山から京都盆地に流れ出る谷口に賀茂別雷社（上賀茂神社）が鎮座し、さらに高野川と合流する地に鎮座するのが賀茂御祖社（下鴨神社）である。上賀茂社の氏人は賀茂県主氏を称し、下鴨社は鴨県主氏を称したが、長明はこの鴨県主の氏人として生を享《う》けたのである。

考えてみれば、『方丈記』の記述が「行く川の流れは絶えずして」と始まっているのは、この鴨川の流れとともに、自らの生を享けた世界があったからである。

賀茂祭と賀茂行幸

賀茂社の祭礼・賀茂祭の起源もまた、『山城国風土記』逸文が記している。欽明天皇の時に暴風雨があり、占ったところ、賀茂神の祟りと出たところから、四月の吉日を選んで、馬に鈴を係け、人は猪の頭をつけて行列をなすことに始まったという。しかし文武天皇二年（六九八）には、祭日に衆が会して騎射することが禁止されている。

都が平安京に遷ってからは朝廷が深く関わるようになり、四月の吉日の中酉《なかのとり》日が祭日と定められ、民衆の祭りから朝廷の祭りへと変化していった。『続日本後紀』嘉祥三年（八五〇）九月十四日条には、朝廷が四月の祭りのために賀茂社に神宝を納めた記事が見える。この祭りは、皇女から選ばれた賀茂斎王《さいおう》が下・上両社に参り、それに朝廷から派遣された使者が行列をつくって従うもので（『延喜式』）、多くの見物客を集めた。

『源氏物語』葵の巻にはその有り様と賑わいぶりが描かれており、『年中行事絵巻』の巻十六はその賀茂祭の絵を描いている。騎乗する近衛府の勅使、東宮や中宮の使などが、葵を蔓《かずら》にして衣冠につけて行列を組んで賀茂社に向かい、その服装や車、風流の笠などに趣向が凝らされた。それは『枕草子』の二二二段の「祭のかえさ」の叙述からもよくうかがえる。

寛平元年(八八九)になると、賀茂下上社では臨時祭《りんじさい》が創始された。これは賀茂の神が、秋にも祭礼が欲しい、と託宣したことから始まったといわれ(『大鏡』裏書)、多くの芸能が奉納されたところに特徴がある。この少し前の貞観年間には、日本列島が多大な自然災害に見舞われた。富士山が噴火し、東北地方では東日本大震災に匹敵する大地震と大津波が起こり、北陸地方や九州でも災害が起きていた。そこで神の力が衰退したものかと考えられたことから、神を力づけるために臨時祭が生まれたのである。

『年中行事絵巻』別本にはその絵が描かれている。行列の準備に始まり、内裏の庭の御前の儀式から、祭りの使者の行列、到着した賀茂社での神楽の奉納、そして内裏に戻っての還立《かえりだち》の神楽の後の宴の風景にいたるまでの主要部分が描かれている。なかでも下鴨社の境内の橋殿(舞殿)で行われた東遊《あずまあそび》の奉納の図では、近衛の武官たちが集団をなして所狭し、と舞っていて、近くでは陪従《べいじゅう》の楽人の演奏している姿が描かれている。これは『枕草子』一四二段の「なほめでたきこと」に「橋の板を踏み鳴らして、声をあはせて舞ふほどもいとをかしきに、水の流るる音、笛の声などあひたるは、まことに神もめでたしとおぼすらなんかし」と記されている。

賀茂社への行幸が定着するようになったのは、十世紀に起きた承平・天慶の乱にともなうものであり、『加茂皇太神宮記』には次のように記されている。

東夷西戎《とういせいじゅう》一時におこりて、四海をうごかし侍しかば、天下のさはぎ人民のなげきいふばかりなかりき。然ば叡慮をだやかならず、公卿僉議《せんぎ》ありて、とつかう賀茂皇太神の冥助《めいじょ》の御めぐみおこたらせたまはずは、などか静謐なかるべきと覚しめして、承平五年四月廿五日に賀茂御やしろに行幸なりて、ふかく信心をおこたらせ給ずして御願ましましけり。諸社の行幸と申御事は、是ぞはじめなるべし。

天下静謐の祈りとして朱雀院により始められたこの賀茂行幸は、その後、天皇の代ごとに行われるようになり、長く定着することになった。

院政期の下鴨社

摂関期から院政期にかけて、賀茂社は王朝社会の中にすっかり定着していったが、その社司の構成がわかるのは、嘉保二年（一〇九五）四月十五日に、堀河天皇の賀茂行幸があった際、これに奉仕した神官たちに、次のような勧賞《けんじょう》が与えられたことを記す『中右記《ちゅうゆうき》』の記事である。

上社司九人

神主従五位下　賀茂県主成継　禰宜従五位下　同安成　祝従五位下　同県主成季

権禰宜従五位下　同重助　権祝従五位下　同成長

片岡禰宜従五位下　同成定　同祝従五位下　同成頼
貴布禰々宜　従五位下　同成忠　同祝従五位下　同成氏
　下社司五人
禰宜正五位下　鴨県主惟季　祝従五位下　同伊房　権禰宜従五位下　同職通
川合禰宜従五位下　同経貞　同祝従五位下　同惟輔
　已上十四人に一階を陪加す。
下社権禰宜従五位下季長、重服《じゅうぶく》に依り勧賞に漏れ、追て代官惟長に譲る。

上下賀茂社の神職に位階がひとつずつ上げられている。これによれば、上社が神主、禰宜、祝《はふり》、権禰宜《ごんのねぎ》、権祝の構成をとり、その摂社の片岡《かたおか》社が禰宜・祝、貴船《きぶね》社が禰宜・祝という構成をとっていたのがわかる。これに対し、下社の神職は、本社が禰宜・祝・権禰宜で、摂社の河合社が禰宜・祝の構成をとっていた。

下社のほうがやや簡略ではあるが、禰宜の惟季《これすえ》がこの時に位一階を加えられて四位に叙されており、下社の禰宜が上社の神主や禰宜よりも位が高かったことがわかる。この時の行幸で神職の位階が上昇したように、賀茂社では天皇の行幸があるたびに、神官の位階が上昇したのである。

なお下社の権禰宜季長《すえなが》が重服によって位が上がらず、惟長《これなが》が代官として五位に叙されたとあるが、下鴨社の氏人の系図『賀茂神官鴨氏系図』によれば、季長・惟長の二人は禰宜惟季の子とわかる。そのうちの季長の流れを引くのが長明であり、惟長の流れを引くのが、後に長明が河合社の禰宜になることについて異を唱えた祐兼である。

院政期になって、下社の禰宜はこの鴨惟季の流れから出るようになるので、惟季とそれに続く禰宜の動きを見てゆくと、延久元年（一〇六九）、鴨社禰宜の惟季は弟の惟経《これつね》と「口舌《くぜつ》」（口論）の争いから、社頭を流血で汚した事件を起こしており（『平戸記』寛元二年十月三日条）、惟季が延久年間にはすでに禰宜であったことがわかる。寛治五年（一〇九一）の関白の賀茂詣の際の禰宜も惟季であったが、「仮《け》」（病気）により参らなかったという（『台記』久寿二年四月二十日条）。

【鴨県主系図】　太字は禰宜

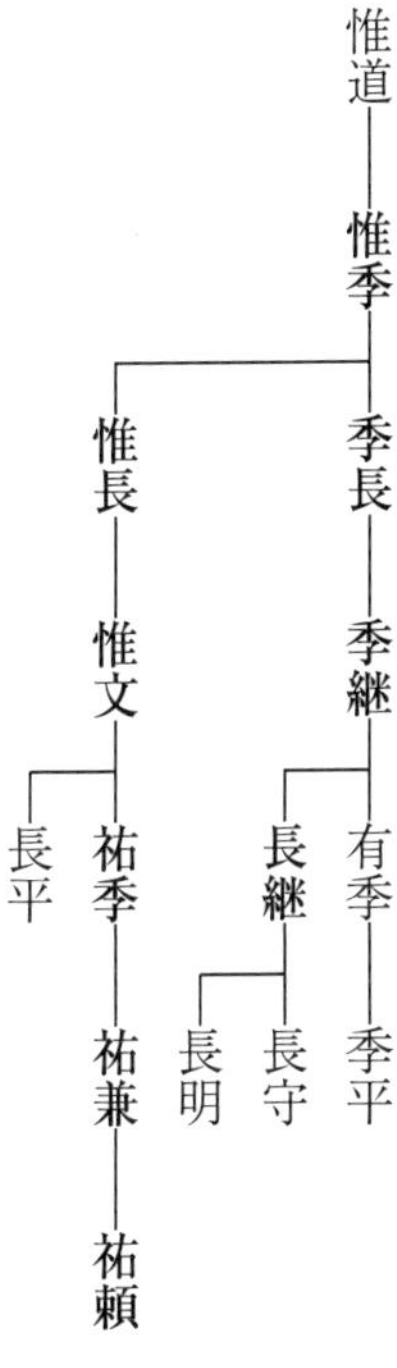

下社禰宜の二つの流れ

禰宜の惟季は裕福であった。永長二年（一〇九七）五月二十三日の九条殿造営文書（九条家本九条殿記裏文書(『鎌倉遺文』補一八六〇)には、九条殿の造園のために石の進上が人々に求められた際、それに応じて進上した人と未進の人の石の量が記されているが、進上している人々は検非違使別当藤原公実の三果(石)〈大中小〉をはじめ全部で十七人で、その量は百二十七果にのぼるが、このうちの四十果をも鴨惟季が負担しているのである。

この惟季の豊かさは、寛仁元年(一〇一七)に山城の愛宕《おたぎ》郡四郷が鴨社領となったほか、多くの鴨社領が全国的に形成され、その所領を経済的基盤にしていたからである。惟季はそれの経営のために努力をし、この時期に摂津の長洲《ながすのみ》御厨《くりや》をめぐって東大寺と争っていたことが「東大寺文書」から知られる。

長治二年(一一〇五)四月十七日の右大臣藤原忠実《ただざね》の賀茂詣では、惟季以下の社司に禄《ろく》が与えられており、そこで惟季は「神主」と記されている。賀茂社への行幸や御幸により位階が上昇し、摂関の賀茂詣においては禄が与えられたのである。

その天永二年(一一一一)十月二十日の摂政忠実の賀茂詣には、下社の神主が未だ補充されていないために、権官の惟長が奉仕したとあるが、系図によれば、惟長ではなく季長がこの年の十二月七日に禰宜になったと見えるので、惟季の跡は季長が継承したのであろう。しかしその翌年十一月、河合社が焼けたのを神主の季長が私力によって華美に作事を行っていたところ、その作事の終わらぬうちに亡くなってしまったという(『殿暦』)。

こうして禰宜となったのが季長の弟の惟長である。永久二年(一一一四)四月二十九日の「鴨住人三郎丸」の件では、検非違使による尋問の対象となっており、元永二年（一一一九）十一月一日に下鴨社が地を払って焼けたことについて禰宜として朝廷に報告するとともに、その事後処理にあたって造営を果たしている。

翌保安元年（一一二〇）正月に下鴨社に公家の願によって塔が造営されることになった。この時期、奈良の春日社でも塔が建てられていて、神社の境内に御願の塔が造営される動きが広がっていたことがわかるが、下鴨社の塔は白河院が待賢門院の祈りにより造営したものという（『兵範記』仁平二年七月九日条）。

この後、惟長の活動がいつまで続いたかは明らかでない。『本朝世紀《ほんちょうせいき》』康治二年（一一四三）三月十六日条には、この日に賀茂下社の神宮寺《じんぐうじ》の供養が社家の沙汰で行われ、布施が院庁から送られたと見える記事のなかで、この神宮寺は、先年炎上の後に、社司の鴨県主季継が造進したものとあるから、保安元年に建てられた塔が焼けてしまったのを、季長の子季継が造営のために奔走し、その供養がこの日に行われたものとわかる。

惟長が亡くなった後、長明の祖父季継が禰宜になったわけである。ここにおいて季長の流れと惟長の流れとが交替で下鴨社の禰宜を務める慣例が生まれたのである。

長明の祖父・季継

長明の祖父・季継の活動は、鎌倉初期に源顕兼《あきかね》の著した『古事談《こじだん》』から知られる。その神社仏寺の巻には、保延六年（一一四〇）正月二十三日、鴨社の禰宜季継が当番で社に通夜していた時に見た夢の話が載っている。

石清水八幡宮から獅子頭《ししがしら》や鉾《ほこ》が運ばれてきて舞殿に置かれたので、その者は何か、と問うたところ、八幡宮が焼失したので大菩薩がお渡りになったのだ、と神人《じにん》が答えたところで目が覚めた。そこに美濃権守親重が宮廻《みやめぐ》りで来たので、この夢の話をしていると、京から参詣にきた人が、去夜の亥《い》の時に八幡宮が焼けた、と言っていたという。

八幡宮と賀茂社はともに王城鎮護の神として崇敬され、初の行幸《ぎょうこう》や上皇となって初の御幸《ごこう》では両社に赴くのを慣例とされていたので、この話が生まれたのであろう。

また、これによれば、季継はすでに保延六年には禰宜になっており、美濃権守藤原親重と親しかったことがわかるが、この親重は後に勝命《しょうめい》と名乗り、長明に大きな影響を与えるようになる歌人である。

『古事談』のこの話の前には、「賀茂に参詣無双の者」である式部大夫実重が、鴨の本地仏をその目で見ようとしていて、夢の中に『法華経』方便品の偈《げ》「一称南無仏皆已成仏道」が鳳輦《ほうれん》の中に記されてあったという話が置かれている。神仏習合が進んでいたこともうかがえよう。

久安元年（一一四五）十二月四日、近衛天皇が代始の賀茂行幸を行った際、その時に下社司禰宜の季継が三位に叙され公卿となることを申請し、「敢て恩許の答無し」と退けられたが（『本朝世紀』）、こうした望みを出すほどに季継は富裕だったのであろう。そもそも鴨社の禰宜が裕福であった理由には、先に見たような社領の広がりとともに、貴族や官人たちから篤い信仰が寄せられていたことによる。

『古今著聞集《ここんちょもんじゅう》』には、「さかとの左衛門の大夫康季《やすすえ》」が、年頃、賀茂に奉仕していてついに大夫尉《たいふのじょう》になったばかりか、子孫たちも四代に亘って検非違使の大夫尉になったとして次の話が載っている。神殿の御戸開きに参ろうとした源康季が、鴨川の水が溢れたため、岸の上で手をこまねいていたところ、社司が戸を開こうとしても開かない。どうしたものかと困惑していると、ある社司の夢に、康季が来るのを待っている、との神のお告げがあったという。そこで行ってみると、康季が岸の上にいたので、救い出しお連れしたところ、戸が開いたという。

貴族や官人たちが賀茂社に官位昇進を祈った話は極めて多く見えるが、同じ『古今著聞集』に載る、前摂津守橘以政《もちまさ》の話は特に興味深い。

以政は若くから賀茂の神に仕えていたことから四位に叙されることを望み、位階昇進の中文をしたためて、社司にはそのことは伝えず、手軽な願書であると偽って、御宝殿に籠めた。その後、社司に向かって、四位の望みが叶わねば大明神の計らいにおまかせするのみである、と申して宝殿に願書を籠めたことを語ったので、社司たちは驚いた。

もし四位にならないとなれば、大明神の不覚であるとして、神主以下が一日に百度の勤めをした結果、以政は望み通りに四位になったという。訴えを宝殿に籠めて行った祈りとなれば、社がこぞって行うものとされていたので、こうした話が生まれたのである。

鳥羽院政期の鴨社

橘以政が四位を求めた話は、鎌倉時代のものであるが、季継が禰宜であった時の話が『台記《たいき》』久安三年（一一四七）三月十五日条に見える。この日に春日社に詣でていた左大臣藤原頼長《よりなが》のもとに、「或人（讃州）」が賀茂から詩歌各一首を贈ってきたので見ると、それは官位昇進を祈った詩歌であって、次のようなものだったという。

仲春拝賀茂之社壇、企百度之参詣、苦行隙□述懐□（如和歌）　　大僕卿《だいぼくきょう》 孝標

上下往来百度功　誓心引歩鴨堤中

苦行日積何□憶　素願□祈古柏風

いはばこれみたらしがはのはやきせに　はやくねがひをみつのやしろか

賀茂社に拝賀して百度の参詣を企てたことで、私の祈願が早く報われるようにと願っています、という内容だったので、頼長はそれに和そうとしたが、和歌を得意としていなかったので、次の詩のみを返したという

吾如南土汝参北（只今詣春日故有此句）　素願共通神意中

鴨御祖神垂恵速　今冬定聴羽林風（有注）

今、春日社に詣でているが、神意を求める素願は同じであり、鴨御祖の神はすみやかに願いを聞いてくれるでしょう、今冬にはおそらく羽林（近衛将）に任じられるでしょう、と頼長は答えている。この下鴨社に近衛の将への補任を願った「或人（讃州）」「大僕卿孝標」とは、讃岐守から大僕卿（左馬頭）になった「孝標」（たかすえ、藤原隆季）であり、頼長の男色の相手としてしばしば頼長の日記に登場している。官人や貴族たちが賀茂の氏人や社司を通じて、官位の昇進を祈っていたので、その祈りが通じると、莫大な貢物や贈り物が禰宜らに送られたのである。

こうして鳥羽院政期を通じて富を築いた長明の祖父季継であるが、『本朝世紀』仁平元年四月十二日条には、「今日以鴨社権禰宜惟久、可為禰宜之由、被仰下（季継去月卒去替）」とあり、季継はこの三月に亡くなり、その代わりに権禰宜惟久が禰宜になったとある。

しかし『兵範記《ひょうはんき》』仁平二年（一一五二）七月九日条の、賀茂下社の神宮寺の経供養が行われたという記事によれば、この神宮寺は七、八年前に焼けたため、季継が造営を請け負って進めてきたが、二年前に亡くなってしまったため、今の禰宜惟文《これふみ》が完成させ、ここに供養が行われたとある。惟文は惟長の子である。

『本朝世紀』の記事にある惟久は系図に見えず、文と久の草字が間違いやすいので、惟文のことを誤ったのであろう。また季継の死んだ時期についても、「去月卒去替」とはあるが、禰宜の死去の替えはすぐには行われていないのが慣例であり、『兵範記』の記事からして、「去年卒去替」の誤りであろう。

したがって久安六年（一一五〇）に季継が亡くなり、ここに禰宜は再び惟長の系統に移ったのである。その惟文は仁平元年四月に禰宜になると、先に見たように、翌年に神宮寺の経供養を行っているが、その多宝塔に三尺の釈迦・多宝如来が安置され、仏像・高欄は荘厳華美で、導師らへの布施は鳥羽院から送られている。歴代の鴨社の禰宜は院政と結びついていた。

父の禰宜長継

跡を継いだ惟文は、すぐに亡くなってしまったらしい。『台記』久寿二年（一一五五）四月二十日条の頼長の賀茂詣の記事によれば、禰宜は季継の子の長継《ながつぐ》と見える。ただ「重脳」のために代官として河合社の禰宜の祐季《すけすえ》が応対したともある。惟文は禰宜になってから数年にして亡くなり、長継が禰宜となり、その代官を惟文の子の河合社禰宜祐季が務めていたことがわかる。

ここに再び季長の系統に禰宜が移り、またその後の禰宜には祐季がなることが約束された。ただ季継には惟長の娘との間に生まれた有季がいるので、本来ならば長継ではなく有季が任じられるはずであったのかもしれない。というのも、後にその子の季平が祐兼の禰宜の時に権禰宜となっているからである。長継はおそらく兄の死によって禰宜の地位を獲得したのであろう。

祐季は既に久安二年（一一四六）三月六日に従五位下に叙されていたが、長継は近衛院の時代に河合社の禰宜だった際に行幸の賞を与えられていなかったため、保元・平治の乱を経た永暦元年（一一六〇）八月二十七日の二条天皇の賀茂行幸に際し、その前日に近衛院の行幸の賞に募って正五位下となった上に、さらに当日に従四位下に叙されたことが、次の『山槐記《さんかいき》』の記事からわかる。

廿七日壬申、天陰、今日賀茂行幸也。（中略）下社の正禰宜長継、昨日正五位下に叙す。近衛院の御時、河合社禰宜の時、行幸の賞未だ仰せ下されず。仍て彼の賞に募り叙す。今日従四位下に叙す、希代の事か。生年二十二歳と云々。

記主の藤原忠親《ただちか》は、このことは「希代の事」で、長継の生年は「二十二歳」であったと記している。しかしこの時に「生年二十二歳」となれば、長継が禰宜になったのは十代であったことになり、これではあまりに若すぎる。

そこでこの記事を検討してゆくと、『山槐記』の記主の藤原忠親は、二日にわたって位が上ったことに「希代の事」と驚き、年齢は記していても、特別にその年齢には驚きを示していない。ただ、多少とも若いと考えていたのかもしれないのだが。

そこで「二十二」という数字が正しいのかが問題となる。『山槐記』のこの記事が後世の書写本であることを考えると、間違っていた可能性を考えねばならない。先の『本朝世紀』の記事も書写本であるために二カ所も間違っていた。そこで他の記事を見ると、日付をはじめとして二十の数字は「廿」の字で表記されていることに気づく。ならばここは本来ならば「廿二歳」としなくてはならないのだが、それが「二十二歳」となっているのは、実は三十二歳、あるいは四十二歳とあるのを、写し誤ったのである。

長明の生まれた年

長明はこの長継の子として生まれたが、その生年については、これまで多くの研究者が久寿二年（一一五五）としてきた。しかし建暦二年（一二一二）弥生の月に成った『方丈記』には、「ここに、六十の露消えがたに及びて、さらに末葉の宿りを結べる事あり」と記されており、さらに「麓に一つの柴の庵あり。すなわち山守が居る所なり。かしこに小童あり。（中略）かれは十歳、これは六十」とも記されているので、建暦二年に長明は六十歳であったことがわかる。

したがって長明が生まれたのは久寿二年ではなく、その二年前の仁平三年（一一五三）と見るべきであろう、これまでの研究が、『方丈記』の記事にもかかわらず、六十の手前の五十八歳と考えてきたのは、長明が生まれたのを遅くしたい幾つかの理由があってのことであり、その一つが長明を儲けた時の父長継の年齢にあった。仁平三年に長明が生まれたとすると、長継はその時にあまりに若いことになり、長明に兄がいたことなどをも考えあわせると、早すぎると考えられてきたのである。

しかしこの点は長継の年齢の誤りということで解決をみたので、この点で長明が生まれた年を遅らせる必要もなくなった。長明は仁平三年生まれで、長継が二十五歳、あるいは三十五歳の時の子だったことになる。では母は誰であろうか。

比叡山の鎮守である日吉社の由来などを記した『耀天記《ようてんき》』は、日吉社の大宮の神についての由来を語る。この大宮は賀茂御祖社の神の夫が鎮座したものであると記し、そのことは日吉社の禰宜祝《はふりべ》部成仲《なりなか》がその婿の美濃権守入道勝命の許にあった「賀茂ノ日記」で見たという。勝命の許にそれがあったのは、賀茂の泉の禰宜の甥であったからともいう。

『耀天記』は承久の乱後に記された書物であるが、その記事の構成からして信用度は高い。賀茂の泉とあるのは禰宜の館のことで、親重との関係からすれば、親重と親しかった季継の子長継の館と考えられるので、親重は長明の母方の祖父であった可能性が高い。

このように長明は裕福な下鴨社の禰宜の家に生まれたのである。鴨の神には歌舞管絃が奉納されるなど芸能と深い関わりがあり、また重代の和歌の家ではないが、和歌の環境にも恵まれている、その家に生を享けたことになる。

生まれた時代

長明が生まれ育った時代は、保元・平治の乱が起きるなど波乱に満ちていた。この時代を長明はいかに生きたのであろうか。長明に関するこの時期の史料は全くないが、その後の生き方を考えると、この時代をどう生きたのかを知ることは重要である。その際、同じ時代を共有した同世代の人物と比較するのがよかろう。

その一人は笠置《かさぎ》の貞慶《じょうけい》である。藤原通憲《みちのり》（信西）の孫で、信西の右腕として朝廷の実務官の弁官を務めた貞憲《さだのり》の子として久寿二年（一一五五）に生まれている。しかし平治の乱で祖父が殺され、それに連座して父が解官・配流されたことにより、出家の道を選ぶに至り、応保二年（一一六二）に南都に下って興福寺菩提院の蔵俊《ぞうしゅん》のもとに入室し、永万元年（一一六五）に出家している。やがて興福寺の学僧として名をなすも、建久年間に笠置への隠遁を志すようになり、そこに隠遁した後も仏教の正しい道を求め、また法然を正面から批判するなど、後世に大きな影響を与えていった。

もう一人が摂関家の藤原忠通《ただみち》の子で、兼実《かねざね》の同母弟である慈円《じえん》である。貞慶とは同年生まれ。兄兼実とは違って仁安二年（一一六七）十月十五日に七宮覚快《かくかい》法親王の白川房で出家した後、比叡山延暦寺の学僧として出世した。しかし治承元年（一一七七）の山門の騒動などを契機に、「大略世間の事、無益」として「隠居」の思いを兄の兼実に伝え、一旦は思い止まるが、再び治承四年（一一八〇）八月十四日に「籠居の間の事」を兄に伝えている。これまた兼実の制止により思い直すようになり、やがて仏法の正しい道を求めて活動していった。

二人に共通するのは、保元・平治の乱を経て出家していることや、隠遁の意思を持つようになったこと、そして正しい仏法の道を求めていったことなどである。彼らと比較すると、長明にも少なからず同じような傾向が認められよう。鴨社の氏人に生まれた長明にとって早くに出家することこそなかったが、やがて遁世の道を求めていったこと、またあるべき和歌の道や仏法の道を求めていったことなど、共通する動きが認められる。

このことは他の世代と比較すればよくわかる。元永元年（一一一八）に武士の家に生まれた西行と平清盛は、強い意志をもって新たな文化世界や武家政治の扉を開いている。それに続く法然や栄西らも新たな仏教信仰を提唱するようになった。ともに中国地方から出て比叡山に登って修行した後、そこを出て栄西は大陸に渡って新たな仏教を日本にもたらし、法然は日本において専修念仏という新たな信仰のあり方を築いたのである。

それらに対して貞慶・慈円らは、彼らからやや遅れて世に出た。貞慶は中流貴族の家、慈円は摂関家に生まれ、ともに学問に励み、隠遁をも考えたのだが、仏法の興隆を期し、様々な活動を展開してゆき、先賢とは違った形で、その後の宗教界に大きな影響をあたえたのである。

長明は神主の家に生まれるという境遇こそ彼らとは違っていたが、兄に長守《ながもり》がおり、従兄弟に季平《すえひら》がいるなど、家の継承を望みうる立場にはなかったと見られる。長明は下鴨社の社司の務めをほとんどしなかったというが、これはそのためであろう。そうした境遇においてどう生きてゆくことになったのか。父長継の存在が大きな意味をもっていたと考えられる。父との関わりに注視して、いかに長明がこの時代を過ごしたのかを見てゆこう。

二　糸竹・花月を友とせん――若き頃

父長継の動き

長明の父長継が禰宜になって二年後の久寿三年（一一五六）四月、鳥羽院は千部の法華経を八幡・賀茂下上社で供養しているが、そのうちの下鴨社への奉納の奉行を担当した平信範《のぶのり》は、法華経を櫃十合に納め、四月七日に禰宜長継に渡している（『兵範記』）。

この時期、藤原頼長や鳥羽院から鴨社への祈願が続いたが、それは保元の乱直前の政治状況と深い関連があったことであろう。その一方で、鴨社の神人《じにん》の動きが各地で活発化していた。次に掲げる久寿三年正月二十五日の鴨御祖太神宮政所下文《まんどころくだしぶみ》（『平安遺文』二八三一号）から知られるように、禰宜には惣官《そうかん》として各地の鴨社に奉仕する神人たちを統括することが求められていた。

鴨御祖太神宮政所下す　長洲御厨司等
　宣旨并びに院宣の状に任せ、煩無く立券を遂げしむべき東大寺御領猪名庄田畠の事、
右、件の寺領田畠内の権門庄々の作人、当御厨の寄人等、各々耕作するも面々対捍す。

これに因り、寺家より奏聞を経て、立券言上せらるべしと云々。しかるに当御厨の作人、その煩を致さず、立券を遂ぐべきの旨、沙汰人の威儀師、触れ示し給はる所也者、慥《たしか》にこの旨を存じ、普く子細を仰せ、立券を遂げしむべし。（中略）仰する所、件の如し。司等宜しく承知し件に依り行ふべし、故に下す。

久寿三年正月廿五日

禰宜鴨県主（長継）（花押）

鴨社領の摂津国長洲御厨の作人たちが、東大寺領の猪名《いな》庄の田畠を耕作しながら年貢を納めないことから、東大寺の沙汰人である威儀師《いぎし》（覚仁《かくにん》）が、その地の立券《りゅうけん》をすることは認められているので妨害しないようにという訴えを出し、それに応じて出された下文である。文書の奥に署判を加えているのが長継で、『花押かがみ』は季継としているが、既に見たように季継はこの時期には亡くなっていた。

このように鴨社に属する諸国の神人の活動が広がるなか、鳥羽院が亡くなった直後の保元元年（一一五六）七月に政治の主導権をめぐって保元の乱が起き、戦乱の終息とともに出されたのが保元の新制である。その第一条は荘園整理を命じたもので、白河院や鳥羽院政の時代に認められた荘園については、証拠となる文書を記録所《きろくじょ》に提出して審査を受けるように規定しており、長継もそれへの対応を迫られた。さらに次のような神人の統制をも求められた。

一　応《まさ》に同じく国司をして諸社神人の濫行《らんぎょう》を停止すべき事
伊勢大神宮　石清水八幡宮　　鴨御祖社　　賀茂別雷社　　春日社　　住吉社
日吉社　感神院
右、恒例の神事・所役惟《これ》重く、往古神人の員数限り有り。而るに頃年以降、社司偏へに神眷《しんけん》を誇り、皇猷《こうゆう》を顧みず、恣に賄賂に耽り、猥りに神人を補し、或は正員と号し、或はその掖《わき》と称し、所部の公民、国威を蔑如《べつじょ》す。先格・後符の厳制稠畳《ちょうじょう》す。神は非礼を享けず、豈に神慮に叶はん乎。同じく宣す、勅を奉るに、本神人交名并びに証文を進め、新加神人に至りては永く停止すべし。社司若し懈緩《けかん》致さば、他人を改補せよ者、同じく彼社に下知し了ぬ。

伊勢神宮や石清水八幡、そして賀茂御祖社など八つの大社の神人の数が増え濫行を働いているとして、神人の加増を停止し、本神人の名を記した交名（名前）とその証拠となる文書を記録所に提出するように命じるとともに、新たに加わった神人については停止するとしている。これにも長継は鴨御祖社を代表して対応していったのである。
保元の乱では、下鴨社の近くの近衛河原が戦場となり、後白河天皇方の源義朝・平清盛軍が鴨川を渡って、崇徳上皇・藤原頼長の籠もる白河御所を攻めて勝利し、また平治元年（一一五九）

の平治の乱では六条河原が戦場となり、鴨川を渡った義朝軍が、六波羅に籠もる清盛を攻めたところ、敗れるなど、ともに鴨川の河原が戦場となった。

この二つの戦乱が京を舞台として起きたことから、王城鎮護の役割を担った鴨社への祈りはさらに篤くなった。たとえば保元二年正月三十日には、関白藤原忠通は春日詣に向けての祈禱を、八幡・賀茂以下の諸社に命じている（『兵範記』）。

二条天皇の時代

平治の乱直後の永暦元年（一一六〇）八月二十七日に二条天皇は賀茂社に行幸したが、先に見たように、その前日に長継は過去の賞により正五位下に叙され、当日には今度の賞に募って従四位下となっている。続けざまに位階が上昇したのは、二条天皇が下鴨社に特に頼むところが大きかったからであろう。

この二条天皇は、父の後白河院が「文にもあらず、武にもあらぬ」（『保元物語』）と称されたのとは対照的に、「末の世の賢王」といわれた（『今鏡』）。唐の太宗《たいそう》とその臣下の問答を集めた『貞《じょう》観政要《がんせいよう》』の「二条院御本」があったように政治に熱心に取り組んで、その政治は意欲があふれていた。

やがて親政を試み、父を退けて政治を行うところとなったが、そうしたなかで、長明は応保元年（一一六二）十月十七日に「中宮《ちゅうぐうの》 叙爵《じょしゃく》」すなわち二条天皇の中宮の御給《ごきゅう》により五位になっている（「鴨県主系図」）。時に九歳。この時の中宮は鳥羽院と美福門院との間に生まれた妹子《いもこ》内親王で、二条天皇を支えるために保元四年（一一五九）二月二十一日に中宮に立てられ、さらに平治の乱後の応保二年（一一六二）二月五日には院号を与えられて高松院《たかまついん》と称された。

長明が若くして五位になったのは、父が二条天皇に仕え、その中宮に仕えるように計らったからであろう。このため長明は二条天皇の治世の影響を大きく受けることになった。

天皇を支えた一人の太政大臣藤原伊通《これみち》は、政治の指針として記した『大槐秘抄《たいかいひしょう》』を天皇に捧げたが、そのなかで「君は世の事をきこしめさむとおぼしめすべきなり」と前置きをした後、「才智あるものには文の御物がたり、和歌をこのむものには歌のこと、弓馬をこのむものには弓馬、管絃を好むものには管絃のこと」を命じるべきであると、文士・武士たちの登用を進言したが、まさにこの意見に沿って、天皇は和歌を藤原清輔《きよすけ》や藤原範兼《のりかね》に、管絃を源通能《みちよし》や中原有安《ありやす》に命じるなどして芸能を盛んにしていった。長明の和歌と琵琶への関心はこの時期に育まれたのである。

長明が著した『無名抄』には、二条天皇の時の和歌の話が「このもかのもの論」の話として載っており、それには清輔・範兼の二人が登場している。

二条院、和歌好ませおはしましける時、岡崎の三位、御侍読にてさぶらはれけるに、この道の聞こえ高きによりて、清輔朝臣召されて殿上に候ひけり。いみじき面目なりけるを、或時の御会に、清輔いづれの山とか、「このもかのも」といふ事をよまれた

りければ、三位これを難じていはく、

和歌を好んだ二条天皇の時、天皇の侍読《じどく》であった「岡崎の三位」範兼の推挙によって和歌に名声がある清輔を殿上での歌会に召したところ、清輔がある山のことを「このもかのも」と詠んだので、範兼がこれを難じて言った。筑波山に限ってそう詠むものであり、それはおかしいのでは、と言うと、清輔は川などにも詠む場合がある、と反論し、証歌を示せといわれると、凡河内躬恒《おおしこうちのみつね》の序にある、と答えたことから、人々は口を閉じてしまったという。

長明は「荒涼にものをば難ずまじき事なり」（軽々しく非難すべきでない）とこの話を結んでいる。『無名抄』の多くの話が話は出所を明らかにしているのに、これの出所を示していないのは、近くで見聞していた話だからであろう。

清輔は歌の家の六条家をおこした藤原顕輔の子で、保元二年（一一五七）の頃に歌学と説話からなる『袋草紙《ふくろぞうし》』を著すと、その風聞が二条天皇の耳に聞こえて、「内裏」からの召しにより平治元年（一一五九）十月三日にこれを進覧したという。やがて『続詞歌和歌集《しょくしかわかしゅう》』を編んで天皇に献呈して勅撰集にしようとしたが、それのかなわぬうちに天皇は亡くなってしまう。藤原範兼の歌学書『和歌童蒙抄《わかどうもうしょう》』は、守覚《しゅかく》法親王の『歌書目録』に「童蒙抄一部〈五帖〉範兼卿撰進二条院」とあり、これも二条天皇に撰進されている。

『無名抄』の「範兼家会優事」の話には、歌人の俊恵が語る、範兼の家での和歌会の様子が「和歌の会のありさまのげにげにしく優におぼえしことは、つぎの所にとりて、近くは範兼卿の家の会の様なる事はなし」と記されている。つまり晴れの会に准ずる和歌会では、範兼の家の和歌会がすばらしく、亭主の範兼が歌人たちをもてなし、褒めるべき歌は褒め、そしるべきは難じ、乱れがましきことは少しもなかったので、よい歌が生まれた、と絶賛している。

長継主催の会

長継が時の歌人たちと深い交流があったことは、清輔の弟の季経《すえつね》の歌集『季経入道集』に、勝命が長継の死後に詠んだ哀傷歌を季経が借覧してそれを返した時の贈答歌が、次のように見えることからうかがえる。

鴨御おやの社のねぎ長継みまかりて後、勝命法師、哀傷歌どもよみたる由聞き侍しかば、こひてみ侍て、かへしつかはすとて
よそにみるたもとまでにぞしほれぬる　昔をしのぶ和歌の浦浪
返し　勝命
思ひやれ和歌の浦浪たちかへり　昔を今になさんとぞ思ふ

おそらく長継は自邸で歌会を催し、季経や俊恵、勝命らを招いて交流していたのであって、そ

の場に長明も同席していたことであろう。『無名抄』の「歌をいたくつくろへば必劣事」の話には、覚盛《かくじょう》法師が、季経の詠んだ「年を経て返しもやらぬ小山田は　種かす人もあらじとぞ思ふ」という歌について、一部によい表現がうかがえるが、後の歌集に「賤《しづ》のめが返しもやらぬ小山田に　さのみはいかが種を貸すべき」と直して採られ、劣ってしまった、と語ったことを記している。

また「少女歌仙を難じたる事」の話には、長明の兄の長守が述懐の歌を多く詠んだ時、そのうちの一つの歌を、十二になる少女に難じられ、「述ぶる方なく」なったという話が見える。長明は「あやしき者の心にも、おのづから善悪は聞こゆるなり」ということの例として引いている。

長継は子らのために歌会を設け、和歌を学ばせるようにしたのである。長明の歌集『鴨長明集』には、父が亡くなった後、鴨輔光《すけみつ》と贈答した歌が載るが、この輔光は、『兵範記』嘉応元年（一一六九）八月十四日条に、「惣官長継」の推挙により河合社の祝から下社の権祝になったことが見えており、輔光もまた長継の歌会のメンバーであったろう。

ここで特に注目したいのが、『無名抄』に見える「ますほの薄」の話である。雨の降っていた日のこと、ある人の許で会があり、和歌の古事が話し合われていた際、「ますほの薄」についての話題が出た。すると、ある老人が、「ますほの薄」が何かを知っている聖《ひじり》が摂津の渡辺《わたなべ》にいる、と語った。

これを聞いた途端、登蓮《とうれん》法師が言葉少なになり、突然に家の主人に蓑笠を貸して欲しい、というや、座を去ろうとしたので、皆がどうしてなのかと問うと、渡辺に行って聞いてくる、という。雨が降っているのでやめたほうがよい、と皆は言ったのだが、「いで、はかなき事をもの給ふかな。命は我も人も、雨の晴れまでと待つものかは」と、命は待ってくれないのだから、見守っていて欲しい、と断り、急ぎ出かけて行くや、渡辺の聖から望みの通りに聞き尋ね、その説を秘蔵したという。

これだけの話では、この時の歌会の場を特定するのは難しいが、話が次のように始まっているところに注意したい。

雨の降りける日、ある人の許に思ふどちさし集まりて、古き事など語り出でたりけるついでに、ますほの薄といふはいかなる薄ぞ、などいひしろう程に、

『無名抄』はこうした時、「法性寺《ほっしょうじ》殿に会ありける時」など、歌会などの場を多くは記しているが、この話については、「ある人の許」というだけで特定していない。内容からして秘するようなものではないだけに、特別な場であったと考えられる。

そして後段では、「この事、第三代の弟子にて伝へ習ひて侍るなり」と、登蓮の秘蔵していた「ますほの薄」の何たるかを長明が伝え聞いた、と記しており、「ますほの薄」とは、穂の長い一尺ばかりある薄のことであるという。おそらく登蓮は、会の主催者である長継の子の若い長明に

聞かれたので、その意味を語り伝えたものと考えられる。したがってこの会は長明の父により開かれたものであろう。長明は父のことを『無名抄』に直接に記していないが、こうした形でその存在を語ったと見られる。

長明は、和歌のために命をかける行動をとった登蓮を、「いみじかりける数奇《すき》者なり」と評しており、畏敬の念を抱いたのである。なお長明の『発心集』には、この登蓮から聞いたと見られる、桂川に入水往生した蓮華城《れんげじょう》という聖の話が見える。入水することを考える蓮華城を登蓮が諫めたところが、それでも桂川に入水した蓮華城が、登蓮の夢に現れた、というのである。

和歌の指南を勝命から受ける

長明は二条天皇の内裏を中心とする和歌の沙汰や父の支援もあって、和歌に心を染めるようになったものと考えられるが、その和歌の指南にあたったのは、勝命こと藤原親重であろう。勝命が語った話が『無名抄』には幾つか見えているが、「清輔弘才《こうさい》事」と題する次の話には長明への指南という雰囲気がよく漂っている。

勝命云、清輔朝臣、歌の方の弘才は肩並ぶ人なし。いまだよも見及ばれじとおぼゆることを、わざと構へて求め出でて尋ぬれば、みなもとより沙汰《さた》し古されたる事どもにてなん侍し。晴れの歌よまんとては、大事はいかにも古集を見てこそといひて、万葉集をぞかへすがへす見られ侍し。

勝命は清輔の才を高く評価し、清輔が晴れの歌を詠む時には、『万葉集』を繰り返し見るべきことを語り、それを奨めたという。さらに勝命は「女の歌によみかけたる故実」の話にも登場して長明に指南している。「しかるべき所」で、「無心なる女房」から歌を詠みかけられた時の態度についてであるが、その時には、まず聞こえない振りをし、たびたび問い返すように、そうすれば幾度も聞かれると女は恥ずかしくなり止めてしまうであろう。その間に思いつけば、返せばよい、などと初心者に指南している風景が描かれている。

「仮名筆」の話では、勝命が「仮名に物書く事は、清輔いみじき上手なり」と語って、ここでも清輔を高く評価し、その初度の影供《えいぐ》の日記に「花のもとに花の客人《まろうど》来たり。柿のもとに柿本の影を懸けたり」と書かれた例などを「いとをかしく書けり」としてあげて、仮名で対句を書くにはどうしたらよいか、を長明に語っている。影供とは歌聖の柿本人麻呂の肖像を前にして行う歌合のことである。

次にあげるのは「晴歌可見合人事」という晴れの歌を歌合に提出する際の、故実に関わる長明の体験談である。

晴れの歌は必ず人に見せ合はすべきなり。わが心一つにては、誤りあるべし。予、そ

のかみ、高松の女院の北面に菊合といふ事侍し時、恋の歌に、
　人知れぬ涙の河の瀬を早み　崩れにけりな人目つつみは
とよめりしを、いまだ晴れの歌などよみ慣れぬ程にて、勝命入道に見せ合はせ侍しかば、此歌、大きなる難あり。御門《みかど》、后のかくれ給をば、崩といふ。その文字をば、くづるとよむなり。いかでか院中にてよまん歌に、この詞を据うべき、と申し侍しかば、あらぬ歌を出だしてやみにき。其後ほどなく、女院かくれさせおはしましにき。此の歌のさとしとぞ沙汰せられ侍らまし。

長明が高松院の北面での晴れの歌合に提出する歌を、予め勝命に見せたところ、「崩れ」などという忌詞《いみことば》を詠んではならない、と指摘されたので、別の歌を出したところ、その後、高松院がほどなくして亡くなったという。その結果、長明は指弾されず、また先の詠んだ歌が死の予兆であった、と言われたという。

長明が「いまだ晴れの歌などよみ慣れぬ」頃に、歌合に出す歌を勝命に相談したとあるところにも、勝命が早い時期から長明に歌の指南を行っていたことがわかる。なお歌合は安元元年（一一七五）に開かれ、高松院が亡くなったのは翌年のことである。

琵琶を習う

長明は和歌を習うとともに、二条天皇が好んだ琵琶も習い始めた。天皇は保元四年（一一五九）正月の内宴で琵琶の名器の玄上《けんじょう》を弾いており、順徳天皇の『禁秘抄《きんぴしょう》』の「御侍読事」の項には、二条天皇の琵琶の師範が少将源通能《みちよし》であったと記している。

『文机談《ぶんきだん》』は、二条天皇の琵琶について、配流地の土佐から戻った藤原師長《もろなが》に学んだことを記した後、「いみじく諸道にすかせをはします御こころ也」「なに事もあしからぬ君にてをはしましけり、この道にもふかく御さたありけり、楽所預《がくしょあずかり》有安もつねに候き」と記し、天皇が諸道を好んで、管絃の沙汰を行い、中原有安などが常に伺候していたという。『山槐記』応保元年（一一六一）十二月十日条によれば、この日の御遊で琵琶を担当したのは「民部丞有安」とある。

楽書の『胡琴教録《こきんきょうろく》』にも「故二条院御宇、しきりに御琵琶のさたあり」とあるが、この書は二条天皇の時代の琵琶の話を中心にして琵琶に関する口伝を記したもので、上下二巻からなる。冒頭から「師説云」と始まるなど、基本的には師説を語ったものであって、時に「愚案云」として著者自身の意見が記されているが、その師とは中原有安であった。

有安は内蔵助頼盛《よりもり》の子で、二条天皇に仕えた後、九条兼実に仕えて飛驒守・筑前守に任じられた。兼実に仕えていた時の話も『胡琴教録』には次のように見える。

師説云、玄上をひくべき事あらんには、かのひくべき前日、あたらしきををさだむる

事也。ちかくはすなはち、九条右大臣殿ふたたび令弾給。其時予まいりて絃をかく、

有安は兼実が琵琶の玄上を弾くのを助けたことを語っているが、兼実の日記『玉葉』の嘉応三年（一一七一）正月三日条にも、高倉天皇の元服の御遊において、琵琶を担当した兼実を有安が助けたことが記されている。

長明が琵琶を有安に習ったことは、『無名抄』の「千載集に予一首入を悦事」という話に、長明の歌が『千載集』に一首入ったことを喜んでいたところ、「故筑集」（有安）が、冗談で喜んでいるのかと思った、と語っており、また「不可立歌仙之由教訓事」という話でも、「同じ人、常に教へていはく」と始まって、琵琶を習うなか、和歌の道を求める長明に有安が教訓していることから知られる。

その有安と長明との接点はどこにあったろうか。長継が長明のために配慮したことも考えられるが、高松院の存在も重要である。有安は二条天皇が亡くなった後、兼実に仕えて琵琶を教えるようになり、やがて承安二年（一一七二）正月二十七日は兼実の知行国である飛驒守に任じられ、これ以後、兼実の家司として『玉葉』に頻出するようになるが、兼実はしばしば高松院に出入りしていたのである。

安元二年（一一七五）三月十日の兼実息の乙童が著袴《ちゃっこ》の儀式を行った際、高松院から使者が来て装束が与えられている。これは「襁褓《きょうほう》の昔より、猶子の義有り」という幼時の時からの関係に

あったからといい、兼実の子良経は高松院の猶子となっていたことがわかる。ならば高松院との関係で有安は兼実に仕え、さらに長明にも琵琶を教えるようになったとも考えられよう。

二条天皇が永万元年（一一六五）に早く亡くなってしまったので、その文化の流れの一つは高松院に継承されていた。二条院の若宮は父が亡くなった後に高松院に引き取られている。長明はその文化世界のなかで育っていったのであろう。後年、日野の庵で和歌を詠み、琵琶を弾いて楽しんだが、それはこの時期から始まっていたのである。

詩文は誰に習ったか

二条天皇は範兼を侍読としており、詩文についても熱心であった。藤原周光《ちかみつ》が編んだと考えられる詩集『本朝無題詩《ほんちょうむだいし》』は、二条天皇に捧げるべく作られたものであるが、長明の詩文の師は誰だったのであろうか。『方丈記』が文人の慶滋保胤《よししげのやすたね》の著した『池亭記《ちていき》』を踏まえていたことなどから、詩文も本格的に学んでいたと考えられるが、残念ながらその明証はない。ただ考える手がかりはある。

一つは琵琶の師である有安との関わりである。『古今著聞集』に有安が登場する話があって、それは「少納言信西が家にて藤原敦周が秀句の事」と題する、信西の家での会において、「管絃を催す」という題で当座の詩を作った時の話である。

皆が作り終えたのに、藤原敦周《あつちか》のみが案じ出ださないことから、満座が興ざめになっていると、座の末にあった有安が信西から朗詠を命じられたので、「第一第二の絃は索々」という『和漢朗《わかんろう》詠集《えいしゅう》』に載る句を吟じたところ、敦周がすぐに秀句を作ったので、皆が感嘆したという。そうした有安を通じて詩文をも学ぶようになったことが考えられる。

もう一つは『古事談』の、「式部大輔実重は、賀茂に参詣無双の者なり」と見える実重《さねしげ》との関わりである。鴨の神への信仰の厚かった実重は、文人の日野有綱《ありつな》の孫、実義《さねよし》の子であり、後に長明が日野に隠棲し、また日野兼光《かねみつ》の子長親《ながちか》と親しい関係にあったことも考えると、この縁なども十分に考えられるところである。

いずれにしても長継は、若い長明の才を買い、色々と勉学の手配をしたのであろう。そして自らは鴨社のトップである「惣官」の禰宜として、文化的にも、政治的にも力を振るったことにより、その父の庇護を得て、長明は才能を開花させてゆくことになったのであろう。

長継は兄の早世により禰宜の職が転がり込んだことから、次の禰宜には我が子ではなく、兄の子季平を考えていたのかもしれない。そのため長明には和歌や管絃を学ぶ環境を整えたのであろう。

当時の長継の活動を伝えるのが、長寛元年（一一六三）七月九日の鴨御祖大神宮政所牒（『平安遺文』三二六二号）で、鴨御祖太神宮政所から鞍馬寺に出された牒状である。

延暦・園城両寺が合戦をした結果、大雲寺《だいうんじ》の堂や僧房が焼かれ、その際に近辺にあった鴨社の神領や在家が多く灰燼に帰したことがあって、その後も延暦寺末寺の鞍馬寺と大雲寺の僧徒が往来して争うなか、神領の神人の吉友《よしとも》が鞍馬寺の僧徒を殺害した、として鞍馬寺から訴えられたため、下鴨社がそれに応じて鞍馬寺に出した文書である。

文書の奥には、「禰宜正四位上鴨県主（花押）　祝正五位下鴨県主（花押）　権禰宜従四位下鴨県主（花押）　権祝下従五位下鴨県主（花押）」らの神職の署判が並んでおり、署名の筆頭にあるのが禰宜長継で、次の祝が祐兼である。文書の袖には「若し当社領神人の中、不善の輩、相交の由、其の聞え有らば、返牒を承り、慥《たしか》に召し誡《いまし》むべし」と記されているが、これは長継が牒に添えた一文である。長継は下鴨社の経営に努力していたことがわかる。

鴨社への信仰

時代は二条天皇や後白河上皇を支える形で平氏が栄華を築いていた頃であったが、都に育った貴族たちの賀茂社への信仰は篤かった。仁安三年（一一六八）三月に長継は高倉天皇の即位の祈りを賀茂上社の賀茂重忠らとともに命じられ、七月二十八日には朝覲《ちょうきん》行幸の祈りも同様に命じられているが、その少し前の仁安二年十月に、崇徳上皇の墓を詣でるべく西国修行に旅立つことになった西行が、賀茂社に別れを告げに来ている。

そのかみ心ざし仕うまつりける慣ひに、世を遁れて後も賀茂に参りけり。年高くなりて、四国のかたへ修行しけるに、また帰りまゐらぬこともやとて、仁安二年十月十日の夜参りて幣《ぬさ》まいらせけり。内へも参らぬことなれば、棚尾の社に取次ぎて、まゐらせ給へとて、心ざしけるに、木間の月ほのぼのと、常よりも神さび、哀れに覚えて詠みける

かしこまる四手に涙のかかる哉　又いつかはと思ふ心に（一〇九五）

西行は在俗の頃だけではなく、遁世した後にも賀茂に参っていたので、もう都には帰れぬかもしれないという思いから、別れを告げに参詣にきたという。この歌は上社の棚尾《たなお》社を通じて捧げられたもので、賀茂社への信仰のほどがよくうかがえよう。なお長明と西行との接点もどこかにはあったと考えられ、長継の家に西行が招かれていた可能性もなくはない。

仁安四年三月には後白河上皇の賀茂御幸の賞を長継が申請して認められたが、この御幸は熊野に赴いて出家の願いを神に申して受け入れられた上皇が、都に戻って二月末に王城鎮護の神である賀茂社にも出家の暇を申しに参ったものであって、その時の様は『梁塵秘抄口伝集《りょうじんひしょうくでんしゅう》』に詳しく記されている。

神楽や法華経、千手経を奉納した後、源資賢《すけかた》が催馬楽《さいばら》を謡った時、後白河上皇が神の御前の雪が梅の木に降り懸かって梅の花と見分けがたい風景を踏まえ、次の歌の上二句を謡うと、資賢が下二句を付けたという。

春の初めの梅の花　喜び開けて実なるとか
御手洗川の薄氷　心解けたる只今かな

上皇が、梅の花が開いて実になる、つまり出家を遂げたいと謡ったのに対して、資賢が神に代わって、賀茂の御手洗川《みたらし》の薄氷のように、心が解けた只今である、つまり出家の意思はわかった、と謡って納受したのである。

長継はこの上皇を下鴨社に迎えるとともに、関係を強めていったのであろう。長明は後に後白河院の北面に名を連ねるようになるが、それはこの時期からの関係性に基づくものであったろう。

三　よどみに浮かぶうたかたは――歌人としての道

みなし児・長明

承安年間（一一七〇年代前半）、後白河院政は平氏との連携により安定し、今様をはじめとする雑芸や和歌の文化が広がりをみせていた。そのなかで順風満帆に成長してきた長明を、突然に襲ったのが父の死である。それはいつか。

『玉葉』承安三年（一一七三）四月二十二日条には、この日の関白の賀茂詣において、祝の輔光が葵桂《きっけい》を献じ、舞の間に社司等が神酒を献じたが、禰宜の祐季が初めてこの役を務めたとある。これ以前に長継が亡くなり、祐季が禰宜になっていたことがわかる。

これまで鴨社の禰宜は二つの流れから交替でなってきた慣例から、禰宜になったのは惟長の流れを汲む惟文の子祐季であり、社司を統括する惣官になった。長継の死はその前年のことであろう。したがって長明の歌集『鴨長明集』の次の歌は、承安三年の春に詠まれたのである。

父身まかりてあくる年、花をみてよめる

春しあればことしも花は咲きにけり　散るを惜しみし人はいづらは

花が散るのを惜しんでいた父はどこにいったのか、その悲しみは深く、今後、どう生きてゆくべきかを悩んだのである。さらに父が亡くなった後、鴨輔光と贈答した次の歌も先の家集に載っている。

住みわびぬいざさはこえむ死出《しで》の山　さてだに親のあとをふむべく

これを見侍りて、　　かも輔光

すみ侘びていそぎなこえそ死出の山　この世に親のあともこそふめ

と申し侍りしかば

情あらばわれまどはすな君のみぞ　親のあとふむ道はしるらむ

長明を庇護してくれた父の死は大きな痛手であり、この歌によれば親の後を追って死をも考えたことがあったという。父の死を契機にして現実の世の中の有り様を知るに至った。社司の務めを特にこなしていなかった長明は、「父方の祖母の家を伝へ」とあるように、季継の妻から伝えられていた家に住み、そこを拠点として独り立ちを迫られたのである。

『無名抄』の「不可立歌仙之由教訓事」の話によれば、琵琶を習っていた中原有安から「常に教え」られていたのは、「あなかしこあなかしこ、歌読みなたて給そ。歌はよく心すべき道なり」と、歌の道を選ぶのはやめるようにということであったという。「そこなどは、重代の家に生まれて早くみなし児になれり」と「みなし児」となったからには、よくよく考えねばならないと言われたという。

二十歳近くに親を失って、みなし児というのもどうかとも思うが、嫡男でなく、重代の家を継承したわけでもない長明が、父の庇護を失ったなかで生きてゆくのは難しいことであった。特に歌の道は険しかった。その点で、琵琶ならば、「我らがごとく、あるべきほど定まりたる者は、いかなる振舞ひをすれども、それによりて身のはふるる事はなし」と、我らのように琵琶ならば、ある程度に評価の定まった者は、どんな振る舞いをしても落ちぶれることはない、という。

さらに、「歌の道、その身にたへたることなれば、ここかしこの会に、構へて構へてと招請すべし。よろしき歌よみ出でたらば、面目もあり」と、歌の道で認められるようになれば、多くの歌会に招かれ、よい歌を読めばそれで面目を施すことになり、名誉を得ることもあろう。それでも所々の歌会にへつらい歩いて出るようなことにもなり、思うところは達成できないであろう、と忠告された。しかし迷うなか、長明が選んだのは歌の道であった。

歌林苑の会衆

和歌を学ぶために、俊恵の和歌会である「歌林苑《かりんえん》」の会衆となっている。俊恵は『金葉《きんよう》和歌集』の撰者である源俊頼《としより》の子で、その白河の坊は歌林苑と称され、多くの歌人の交流の場となっていた、その歌林苑については、藤原隆信《たかのぶ》が歌の詞書で次のように記している（『藤原隆信集』）。

俊恵が白河わたりにすみし所を、人々かりむゑとつけて、歌よみ所にして、つねにゆきあへりし程に、のちのちにはおのおのさまざまのまめやかなことどもまで、とぶらひあひたる

歌人の俊恵の住む白河の坊に、人々が集まって歌を詠む場として生まれたのが歌林苑であり、やがて歌人たちの大きな交流の場となっていた。『無名抄』の「千鳥鶴の毛ごろもを着る事」と題する話には、歌林苑での出来事が記されている。「俊恵法師が家をば歌林苑と名づけて、月ごとに会し侍しに」と始まり、その「会衆」の一人である祐盛《ゆうじょう》法師が歌林苑の会で詠んだ歌にまつわるものである。

祐盛が「寒夜の千鳥」という題に「千鳥も着けり鶴の毛衣」と詠んだ時、会衆から「珍し」といったんは評価されたのであるが、素覚《そかく》法師が「おもしろく侍り。ただし、寸法やあはず侍らん」と、千鳥に鶴の衣では寸法があわない、と言い出したことから、会の場がどよみ笑い、ののしるようになってしまい、祐盛はたとえ「いみじき秀句」であっても、こうなってはどうしようもない、と嘆いたという。

歌林苑の雰囲気のよくうかがえる話である。祐盛は源俊頼の子で俊恵の弟にあたるも、やや俊恵に批判的であったらしく、俊恵が「歌撰合《かせんあわせ》」を編んだところ、それを批判する「難歌撰《なんかせん》」を編んだとされる（『八雲抄』）。

この話に続く「歌風情忠胤比説法事」という話では、祐盛が仏法の言説や忠胤《ちゅういん》の説法が和歌の風情によく見合っている、と語っていたことを記している。仏教教訓集『宝物集《ほうぶつしゅう》』は、仏道と歌の一致を主張しており、この祐盛の言説に通じるもので、その他の様々な徴証からして、これまで考えられてきた平康頼《やすより》の著作ではなく、祐盛の著作と見られる。

こうして長明は歌林苑の会衆となって出席するようになったが、おそらく最も若い会衆であったと考えられる。それまで和歌を指南してきた親重（勝命）も歌林苑の会衆であり、長明は父長継を通じての交流もあって入会したのであろう。和歌を志した長明にとって、これから生きてゆくうえで重要な場となったのであり、ここで長明は多くの歌人たちと接した。なかでも道因《どういん》については特に感銘を受けたらしい。

志深き数奇人

道因は俗名を藤原敦頼《あつより》という老歌人であり、八十四歳になった承安二年（一一七二）には広田《ひろた》社歌合を勧進し、それに出詠した三位中将藤原実家《さねいえ》に清書を強く頼み込んで摂津の広田社に奉納するなど、老いても盛んな作歌活動をくりひろげていた。

その実家が四年後に道因に寄せた歌の詞書には、歌林苑で道因が詠んだ「あかでいる月をのみやはをしむべきわがみもしでの山ぎはぞかし」という歌を皆が褒めたところ、道因は喜んで、八十八歳になって今は限りと思ったことを詠んだものである、と泣いて語ったということを聞いたので、歌を寄せたとある。

道因が八十八歳という年から、治承元年（一一九七）のことと知られるので、長明もこの歌が詠まれた時には会に出席しており、実家と同じく「あはれにおぼえ」たことであろう。

『無名抄』には「道因歌に志深事」と題する話が見える。「この道に心ざし深かりし事は、道因入道並びなき物なり」と始まる話で、道因は七、八十歳になるまで「秀歌詠ませ給へ」と祈って、徒歩で和歌の神を祀る住吉社に月詣《つきもうで》した歌人であり、ある時の歌合において、清輔が判者として道因の歌を負としたところ、道因は判者のもとに行き、涙を流して恨み言を述べたという。

清輔が判者ということなので、この話は清輔がまだ生存していた治承元年より少し前の出来事である。そうであれば、承安三年三月二十一日に清輔が九条兼実亭に来て和歌の事などを談じた際、前年冬に行われた藤原教長主宰の和歌合における清輔の判について、道因（敦頼法師）が怒ったことについて語っているので、これはその時の出来事であった可能性が高い。

さらに長明は、道因について「俊頼歌を傀儡がうたふ事」の話でも触れている。源俊頼が、近江の鏡《かがみ》の傀儡《くぐつ》たちが自分の「世の中はうき身にそへる」の歌を神歌として謡ったのを聞いて、すばらしいと褒めちぎったところ、永縁《ようえん》僧正がこれを伝え聞き、琵琶法師に物を与え、自分の「いつも初音の心ちこそすれ」の歌を謡わせ、「あり難き数奇人」と称されることがあった。このことを羨ましく思った敦頼入道道因が、物も与えずに盲人たちに自分の歌を謡うように責めたてたので、人に笑われたという。

数奇人であるが故に、時に人に笑われもすることをこの話は示しているが、『無名抄』にはこの話のように俊恵の父俊頼に関わる話が数多く見える。それは歌林苑で語られたり、教えられたりしたものであろう。この話の前には、「俊恵法師語りていはく」と始まる、紀貫之と凡河内躬恒のどちらが劣っているか勝っているか、についての俊頼の評価に関わる「貫之躬恒勝劣」の話が置かれ、後ろには、藤原忠通の家での歌会において、俊頼が歌の中に自分の字を読み込んで、人々を感嘆させた「同人歌中に名字を読む事」の話が載っている。

長明は俊頼については、俊恵からの言説のみでなく、俊頼の記した歌書『俊頼髄脳《としよりずいのう》』もよく読み込んで学んでいた。そもそも『無名抄』は「歌は題の心をよく心得べきなり。俊頼の髄脳といふ物にぞしるして侍める」と『俊頼髄脳』の引用から始めているのである（「題心」）。

俊成と清輔

この時期の和歌界の状況を物語るものに『歌仙落書《かせんらくしょ》』という本があって、和歌の道の有り様を次のように記している。

此道ばかりは、山の辺の路たえず、柿の本の塵尽きずして、昔に恥ぢぬたぐひ多く見ゆるものかなと思ひよせざらん。

こう記して歌の道に「殊にすぐれ聞えむ」歌人二十人を評し、その秀歌をあげている。成立は「皇后宮権大夫俊成卿」の官職から承安二年（一一七二）二月以降、最も官位の高い「按察使公通卿」が承安三年九月に亡くなっているのでそれ以前である。

この書において秀歌の数が最も多い十五首をあげられているのが藤原俊成《としなり》で、「誠に昔恥ぢぬ歌人なるべし」と評されている。俊成は、仁安二年（一一六七）十二月に実父の俊忠《としただ》の名に因んで顕広《あきひろ》から俊成に改名し、歌の家を形成する道を求めていた。嘉応二年（一一七〇）十月九日の住吉社の歌合、同十六日の建春《けんしゅん》門院《もんいん》北面歌合、承安二年（一一七二）十月十六日の広田社歌合などに精力的に判者となっており、さらに撰集として『三五代集《さんごだいしゅう》』を企画していたことが、順徳《じゅんとく》天皇の著した『八雲御抄《やくもみしょう》』に見える。

俊成に次いで清輔には十首をあげ、「風体様々なるにや。面白も又さびたる事も侍り」と評している。清輔は摂関を目指す九条兼実亭に出入りするようになり、兼実から承安三年三月一日には和歌会で詠んだ歌を送られて勝負を依頼され、同年三月二十一日には兼実亭に来て、自分の判に道因が怒ったことについて語っているが、その態度について、兼実は「和歌の道において、上古に恥ざるの人也。貴ぶべし」と高く評価している。

その後も、兼実は和歌会に清輔を招き、和歌についての談話を聞いて、「この道の長、又誰人乎」（安元元年十一月四日条）とか、「近代この道を知るの者、唯だ彼の朝臣のみ、貴ぶべし仰ぐべし」などと記している。

この時期に俊成と清輔の二人は多くの歌合の判者となっていた。『無名抄』の「俊成清輔歌判皆有偏頗《へんぱ》事」の話には、二人についての歌人の顕昭《けんしょう》の批評が載っている。

顕昭云、この頃の和歌の判は、俊成卿、清輔朝臣、さうなき事なり。しかあるを、ともに偏頗ある判者なるにとりて、そのやうの変りたるなり。

近頃の和歌の判者のうちでは、二人は他に並びないものであるが、ともに不公平が多い。人から批判があると、俊成は自分でも間違いをするような顔をして、言い争わず、間違いや誤りは誰にでもあることなのである、などと言う。清輔は外見では素振りもみせないものの、血相を変えて否定するので、その様子を見た人はさらに意見を述べようとしない。

この話は清輔がまだ生存していた時期に長明が顕昭から聞いたものであり、長明は諸所の会に出入りするようになって、多くの話を聞いていたことがわかる。

歌会の有り様

俊成から聞いた話も、『無名抄』の「俊成入道物語」の話に見える。俊成が「俊恵は当世の上手なり」と語った後、しかし父の「俊頼には似るべくもなくおよび難し」といい、俊頼について「思いたらぬくまなく、一方ならず詠める」と高く評価するとともに、さらに「今の世には、頼政こそいみじき上手なれ」と、今の時代の歌人では源頼政《よりまさ》の歌を絶賛した。「頼政」とあるので、三位になる治承二年（一一七八）十二月以前のことであろう。

この頼政についての俊恵の評価も『無名抄』の「頼政歌道にすける事」の話に見える。

俊恵云、頼政卿はいみじかりし歌仙なり。心の底まで歌になりかへりて、常にこれを忘れず、心にかけつつ、鳥のひと声鳴き、風のそそと吹くにも、まして花の散り、葉の落ち、月の出で入り、雨、雪などの降るにつけても、立ち居、起き伏しに、風情をめぐらさずといふことなし。まことに秀歌の出で来るも理とぞおぼえ侍し。

俊恵もまた頼政について絶賛してはばかるところがない。これに続けて、このように秀歌が多いのは、日頃から予め歌を作りおいているのであろうが、それにしても歌会での態度は何事も立派で、頼政が座にあるだけで会自体が立派になってくるとも語っている。

後白河法皇の妃建春門院の北面で行われた、嘉応二年（一一七〇）十月の歌合の話が、「頼政歌俊恵撰事」と題して載っている。頼政が「関路落葉」という題で詠んだ歌を俊恵に見せ、この歌は能因が詠んだ「白河の関」の歌に似ているけれどもこれでよいだろうか、と尋ねたところ、俊恵から出来栄えが良いのでよいでしょう、と言われたので、頼政は、歌合に出すことにした。もし難がついたら貴房の責任だといわれ、心配をしていた俊恵であったが、その歌は見事に勝を取ったという。これは長明が俊恵から直接に聞いた話であろう。

頼政については『平家物語』がよく語っている。その「鵺《ぬえ》」の章によれば、摂津源氏の頼光《よりみつ》・頼綱《よりつな》・仲正《なかまさ》の流れを引き、保元の乱で活躍したものの、たいした賞も与えられず、平治の乱でも源義朝に加担しなかったのだが、恩賞から洩れ、大内の守護を担ってきたのに昇殿も許されなかった。

やがて述懐の歌を詠んで昇殿を許され、ついで「のぼるべき」の歌を詠むなかで三位に上ったという。しかし実は、三位になったのは平清盛の推挙によるものであって、その清盛のクーデターの後、出家して源三位入道と称されたのである。

この時期の歌会の様を記しているのが『無名抄』の「近年会狼藉事」の話であって、次のように始まっている。

この頃、人々の会に連なりてみれば、まづ会所のしつらひよりはじめて、人の装束のうちとけたるさま、各々が気色《けしき》ありさま、乱れがはしきこと限りなし。

こう始まって、最近の歌会の乱れた様子を詳しく記して強く批判している。「この頃」とはいつのことか。話の始まりからすると、長明が批判しているかに見えるが、実はこの話はその前の「範兼卿家会優《ゆうなる》事」という話に直接に続くものであり、本来はその話の後段に属するものと見るべきである。前段では俊恵が「近くは範兼卿の家の会の様なる事はなし」と範兼の家での歌会の有り様を絶賛しているので、「この頃、人々の会に連なりてみれば」と始まるこの話も、俊恵が語ったものであり、範兼の家に会について「近くは」と言っているので、この頃とあるのは、それより少し後の、長明が歌会に列するようになった頃のことであろう。

山門の大衆と鴨社禰宜

和歌が興隆するようになり、長明が和歌の活動に熱心になってゆくかたわらで、禰宜となった祐季は積極的な所領の経営にあたっていた。安元元年（一一七六）正月十六日には、東大寺領の摂津国猪名御庄内の入江に堤を築き、開田する申請を出している（東大寺文書）。

この土地は社領の長洲御厨の最中にある潮出入の跡で、開田の便宜があることから、そこに堤を築けば二十町の田が開かれる故、祐季が私の米三百石を投入し、もし開発がうまくゆけば、毎年の地子《じし》米を反別五升で東大寺の寺家に納め、その他は祐季の進退とすることとしたものであり、領主職は祐季の子々孫々に伝えられるようにしている。

長年にわたって鴨社の社務に長継の補佐をして関わってきた祐季は、やっと禰宜になれたことから、これを契機に自らの子孫に社務や所領を継承させる動きに出ていたことがわかる。しかしこの時期には大寺院の大衆《だいしゅ》の活動が活発となっており、その影響は鴨社にも及んできた。

嘉応元年（一一六九）十二月に延暦寺の大衆は、尾張国の目代が美濃国の平野庄《ひらの》の住人で比叡山の中堂の油を奉仕する日吉神人を陵礫《りょうれき》したことを朝廷に訴えたところ、逆に神人三人が禁獄に処され、これに怒った大衆が訴えて神人の解放を勝ち取ると、さらに尾張の知行国主の藤原成親《なりちか》の流罪を求めた。二十三日に大衆は山を下り、座主《ざす》以下を押し立て大内に向かい、神輿を待賢門・陽明門の辺りに据え置き、幼い天皇に訴えた。

この事件は長引き、翌年の二月六日になってようやく収束したところで、今度は比叡山の大衆が鴨社と争うところとなったのである。安元元年八月二十三日、右大臣兼実は、近日、山門衆徒が蜂起し大事に及んでいるという報告を蔵人の藤原光雅《みつまさ》から受けている。

それによれば、事の起こりは、賀茂御祖社の禰宜と延暦寺僧とが、白川辺にある領地を争い、禰宜が、理は我が方にあるとして住僧を追い払ったのに対し、僧らは山門や日吉神人、法勝寺などの威に募って退去しなかった。そこで禰宜が人勢をやって追い立てると、衆徒が法師原を派遣し禰宜の家の追捕に向かったことから、禰宜はその法師原を搦め取り、事件を法皇に奏したので、法皇は怒ってその法師原を検非違使に下したという。

禰宜の祐季は山門との争いでは後白河法皇の力を頼り対応していったのである。しかし大衆が蜂起することは必至という情報があったため、大衆からの訴訟が出る前に沙汰があって、禰宜祐季の社務が停止され、禰宜の代行は弟の長平が務めることになった。また法師原を搦めた下手人を召すとともに、西塔院主の実修《じっしゅう》僧都に命じ、大衆の張本である阿闍梨弁円《べんえん》を召し進めるように命じたという。しかしこれに大衆がいよいよ怒り、禰宜祐季の配流を訴え、もし裁許が無ければ、すぐに祐季の家を焼き払うと通告してきたという。

以上の経過は、『玉葉』や神宮司庁所蔵の『類聚《るいじゅう》神祇本源《じんぎほんげん》』の裏文書に見え院宣からうかがえるところである。事件は弁円という僧の個人的な動きのために起きたものだったので、程なく終息したと見られる。

女院の死と京中大火

鴨社の危機において長明が何を考え、どう動いたかは明らかでない。おそらく和歌や琵琶に関心を集中し始めた長明が特に動くことはなかったろう。というのもこの時には、晴れの歌合である高松院の北面での歌合が迫っており、長明は先に見たように次の歌を勝命に見せて、意見を聞いている（四五頁）。

人知れぬ涙の河の瀬を早み　崩れにけりな人目つつみは

勝命から「崩れ」という詞を読み込んではならない、と指摘されたので、別の歌を出したところ、その後、高松院がほどなくして亡くなったという。その死は安元二年（一一七六）六月のことであり、先の父の死に続いて、長明はここに期待していた高松院という庇護者をも失ったことになる。

この年は高松院の死に始まり、七月には後白河院の后の建春門院も亡くなるなど、大きな時代の転換となった。なかでも平氏と法皇を結んでいた建春門院の死は、すぐに両者の関係に不安定要因をもたらし、平和の時代は終わりを告げることになった。『平家《へいけ》公達草紙《きんだちそうし》』は、女院の死後「誠に其の後よりぞ世も乱れ、あさましける」と世が乱れるようになったと記している。建春門院の死に続いて、九月には近衛天皇の皇后であった九条院も亡くなっている。

翌安元三年（一一七六）になると、再び三月二十二日に山門の大衆が京に下ってきて、加賀白山の末寺鵜川《うかわ》寺の僧と争いを起こした加賀守藤原師高《もろたか》の配流を要求してきた。翌日、法皇は目代の藤原師経《もろつね》を備後国に配流したが、大衆はそれだけでは満足しなかった。四月十二日の夜に神輿を持ち出すと強訴に及び、内裏の陣に参ろうとして官兵に妨げられ、矢に神輿を射られると、神輿を放置したままに散り散りになった。

警護の武士の射た矢が神輿に当たるという前例のないこの事態に大騒動となり、十四日には再び強訴の噂が流れたので、十七日に国司の配流と下手人である官兵の罪科の方針が天台座主に伝えられ、二十日になって国司の師高を尾張に流し、さらに矢を射た平重盛《しげもり》の家人を獄所に下す宣旨を出し、ここに事件は一応の決着をみた。

しかし事態は新たな展開を見ることになる。それは直後に起きた「太郎焼亡」と称される京都の大火であった。四月二十八日の亥の時に樋口富《ひぐちとみのこうじ》小路辺に起きた火事は、折からの東南の風に煽られ、京中をなめつくしたのである。この火事については、検非違使清原季忠《すえただ》の記録『清獬眼《せいかいがん》抄《しょう》』も「大焼亡」として、その焼失範囲を地図に示したほどに広範囲に及んでいた。東は富小路、南は樋口、西は朱雀、北は二条までの百八十町の広範囲にわたり、大内でも大極殿以下が、公卿の家では関白以下十三人の邸宅が焼失したのであった。

長明が描く京の大火

長明が『方丈記』で、物心を知ってからこのかた、見てきた多くの世の不思議の最初としてあげたのが、この大火である。

いんじ安元三年四月二十八日かとよ。風激しく吹きて、静かならざりし夜、戌の時ばかり、都の東南より火いできて、西北に至る。果てには朱雀門、大極殿、大学寮、民部省などまで移りて、一夜のうちに塵灰となりにき。火もとは、樋口富小路とかや。舞人を宿せる仮屋よりいできたりけるとなん。

長明がこの時にどこにいたのかは明らかでないが、その火事に襲われた状況をさらに次のように記している。

吹き迷ふ風に、とかく移り行くほどに、扇をひろげたるが如く末広になりぬ。遠き家は煙にむせび、近き辺りはひたすら炎を地に吹きつけたり。空には、灰を吹き立てたれば、火の光に映じて、あまねく紅なるなかに、風に堪へず、吹き切られたる炎、飛ぶが如くして、一、二町を越えつつ移り行く。その中の人、現心《うつし》あらんや。或は、煙にむせびて倒れ伏し、或は、炎にまぐれて、忽ちに死ぬ。或るは、身一つ辛うじて遁るるとも、資材を取り出づるに及ばず。七珍万宝、さながら灰燼となりにき。その費《つい》え、いくそばくぞ。そのたび、公卿の家十六焼けたり。まして、そのほか数へ知るに及ばず。すべて都のうち三分が一に及べりとぞ。男女死ぬるもの数十人、馬牛のたぐひ、辺際《へんざい》を知らず。人の営み、皆愚かなる中に、さしも危ふき京中の家を作るとて、財を費やし、心を悩ますことは、すぐれてあぢきなくぞはべる。

火事の様をこれほどまでに生々しく描いた文章はこれまでになかった。火がどのようにして広がっていたのか、その火に被災した人々の動き、都のうちの三分の一が被災し、男女の死者は数千人にも及んだという被害の全貌、そして火事に常に襲われる京に家を建てることへの感慨など、簡潔にしてリアルに描いている。東日本大震災とともに起きた大火を彷彿させる記事である。
こうした表現が可能になったのはどうしてであろうか。『方丈記』はその序では次のように記している。

玉敷《たましき》の都のうちに、棟を並べ、甍《いらか》を争へる、高き、いやしき人の住ひは、世々を経て尽きせぬものなれど、これをまことかと尋ぬれば、昔ありし家はまれなり。或は、去年焼けて今年作れり。或は、大家滅びて小家となる。住む人もこれに同じ。所も変らず、人も多かれど、いにしへ見し人は、二、三十人が中に、わづかに一人二人なり。

都の建物の変遷とそこに住む人の変化が語られており、このような家とそれを住処とする人からの視線を徹底させていたことが大きい。父の死とともに禰宜の館を離れ、祖母の家を継承したものの、そこもいつ追われるかもしれない、実際、「その後、縁かけて、身衰へ」てゆくのである。栄光を知っていただけに零落する境遇をひしひしと感じる。そうした時に起きたのがこの京の大火である。人一倍、感受性の強い長明がそれの表現に用いたのは和文による散文であった。

仮名の文章

長明が仮名で物を書くことに意を注いでいたことは、『無名抄』の「仮名筆」の話からよくうかがえる。

古人云、仮名にもの書く事は、歌の序は古今の仮名の序を本とす。日記は大鏡のことざまを習ふ。和歌の詞は伊勢物語ならびに後撰の歌の詞を学ぶ。物語は源氏に過ぎたる物なし。みなこれらを思はへて書くべきなり。いづれもいづれも構へて真名《まな》の詞を書かじとするなり。心の及ぶかぎりはいかにもやはらげ書きて、力なき所をば真名にて書く。

このように仮名でものを書くときには何を見本とすべきかを語り、さらに常に漢字では書かずに、つとめて仮名でかくように、漢文でよく用いられる対句の表現は好んで用いないように、と述べ、対句を頻繁に用いるのは仮名の本意にそむくものとしている。

まさに『方丈記』はこの主張に合致するものであり、「古人」がこのことを語っていたというが、『無名抄』は他者の言説を引く時、具体的に人名を出す場合と、「或る人」の言葉とする場合とがあり、このように古人と漠然とあるのは、ここ一カ所である。これは長明が古人の仮名を広く学ぶなかで到達した考えを、古人の名をもって表現したのであろう。

おそらく長明は歌人の道を志すなか、仮名による散文の表現に意を用い、身近で起きた出来事や話を書き綴っていたのであろう。したがって大火の記事も後に過去の記憶として思い出して書いたというよりは、何らかの下敷きの文章があったと考えられる。先の序に続く文章を掲げよう。

朝《あした》に死に、夕《ゆうべ》に生まるるならひ、ただ水の泡にぞ似たりける。知らず、生まれ死ぬる人、いづ方より来たりて、いづかたへか去る。また知らず、仮の宿り、誰がためにか心を悩まし、何によりてか目を喜ばしむる。その主とすみかと、無常を争ふさま、いはば朝顔の露に異ならず。或は、露落ちて花残れり。残るといへども、朝日に枯れぬ。或は、花しぼみて露なほ消えず。消えずといへども、夕べを待つことなし。

住処と主の無常をきそうさまを花の命にたとえているが、この文章については、後に書かれたことは疑いないにしても、治承の大火に続く五つの災難についての詳細な記事は、単に思い出して記したとは考えがたい。

やはり何らかの素材があってそれを見てのことであろう。後に見る福原遷都の記事は自らが見聞したことを記しているのであり、長明は当時から何らかの形で記録をつけており、それに基づいて書いた可能性が高いといわねばならない。

四　世の乱るる瑞相――時代の転換

清輔の死

安元三年（一一七七）四月二十八日の京の大火を目の当たりにした後白河法皇は、山門強訴により押し切られてきたそれまでの態度を一変させ、五月五日に天台座主の明雲《めいうん》の所職・所領を没収した。

これに反発した山門の大衆は、十三日に蜂起し、明雲の所領没収・配流処分の撤回を求めたが、これが受け入れられないと、明雲の伊豆への配流途中でその身柄を奪い取った。そこで法皇が平清盛に山門討伐を命じたところから、山門とは事を構えたくはなかった清盛もやむなく、攻撃に腹を固めた。その五月末、清盛の西八条邸に多田源氏の源行綱《ゆきつな》が訪れ、藤原成親や西光《さいこう》らによる鹿ケ谷の謀議を密告してきた。

この行綱の密告の内容に怒った清盛は、旗揚げ用の布を焼き捨て、六月一日に西光を呼び出して「ひしひし」問い詰めた結果、皆、白状し、四日には、法皇の近習の人々が清盛の邸宅に連れてこられ、多くは流罪となった。こうした慌しい政変の最中、六月二十日に歌人の清輔の死が兼実に伝えられると、これを聞いた兼実は次のように記しその死を悼んでいる。

和歌の道、忽ちに以て滅亡す。哀れみて余り有り、歎ひて益無し。就中に余《よ》聊《いささ》か此の道を嗜むは、偏へに彼の朝臣の力を頼む。今この事を聞き、落涙数行す。惣じて諸道の長を論ずるに、清輔朝臣の和歌の道に得たるに如《し》くは無し。和歌は我が国の風俗也。滅亡時に至る、誰人か悼み思ひざらん哉。

清輔を随分と、高く評価していたことがわかるが、それは歌学書『袋草紙』などの著作をはじめとするその歌学を高く評価してのものであった。『無名抄』は、「近代古体」の章において、二つの歌の流れを評しているが、そのなかで「中古の流れを習う輩」として「清輔・頼政・俊恵・登蓮など」をあげ、その「詠み口」について、「今の世の人も捨て難く」と評している。

また「とこねの事」の話においても、清輔の話が見える。ある人が歌合で五月雨の題に「このとこねに浮きぬべきかな」と詠んだところ、清輔が判者となって「とこねといふ事」は聞いたことがない、と負にした。するとその人は、清輔は「この道の博士《はかせ》」であるのに、これには幻滅した、『後撰《ごせん》和歌集』に使用例がある、その歌を知っていないのか、と難じたという。

これに長明は、その難はあたっておらず、「すべて和歌の体を心得ざるなり」として、清輔を擁護している。歌は世の変化とともに変わるものであり、古歌といってもただ仰ぐべきものではない、と言いつつも、しかし古歌を軽んじるものではなく、今の世にかなうような歌を見計らって、それを本歌として詠むように心がけるべきである。大した歌でもないのに『後撰和歌集』の権威を借りた、見当違いの非難であると評している。

長明も清輔の判には痛い目にあったことがあろうが、長明の態度にはよいものはよいとする平衡感覚がうかがえ、清輔にも敬意を払っていたことがわかる。

俊成と兼実

清輔の跡の歌道の師範を探していた兼実が、目をつけたのが俊成である。そこで前右馬権頭藤原隆信を通じて打診したところ、治承二年（一一七八）二月二十六日に隆信から、俊成入道も内々に兼実が和歌の事を殊に沙汰しているということを聞いており、こちらからもこい願っていたところであるので、召されたならば、出家した身ではあっても、夜ならば参入することに憚りはない、という内諾の返事が俊成から伝えられ、招請の依頼が出された。

するとすぐ翌日に隆信が、俊成からの「仰を蒙り、この道の面目、何事かこれに過ぎん哉、更に申す限りに非ず」という返事を伝えてきた。そうしたなかで兼実が、百首歌を主催するように俊成に薦めると、「廃忘により辞遁」していたのを翻し「興味尤も深く、感緒に堪えず」ということから詠進している。この百首歌は治承二年三月二十日に、「季経、頼政、盛方《もりかた》、資隆《すけたか》、又常に祗候の男共会合」により初度の披講《ひこう》（「立春五首、初恋五首」）がなされ、以後十日ごとに、題二首を披講し、六月に終える形で始められた。

六月二十三日に「五条三位入道俊成（法名釈阿《しゃくあ》）」が初めて兼実亭にやってくると、兼実は「和歌の道において、長者たり」と俊成を高く評価し、和歌の指導を受けることになり、これが俊成の御子左《みこひだりけ》家と兼実の九条家の和歌の交流の始まりとなった。

六月二十五日に兼実は百首歌を俊成入道の許に送って判を依頼するとともに、俊成もまた百首歌を詠んだ。この百首歌は四季と恋または雑の二題五首の組み合わせからなり、兼実・実定《さねさだ》・季経・頼政・隆信・重家《しげいえ》・俊恵ら十八人のほかに俊成が追詠し、八月下旬に俊成の判が加えられ、九月十七日に披講されている。

この時の話が『無名抄』の「無名大将事」の話に見える。「右大臣」兼実が人々に百首歌を詠ませた際のこと、徳大寺の左大臣実定が「無名の酒」を「名も無き酒」と詠んで「名無しの大将」という異名がつき、「この道の長者」の俊成が「富士のなるさは」を「富士のなるさ」と詠んで「なるさの入道」との異名がついて、二人は番いで呼ばれるようになったという。

長明はこの百首歌には召されていないので、その話は兼実に仕える有安から聞いた話なのかもしれない。しかしこの前後に長明が百首歌を詠んでいるのは、これと関連があろう。『鴨長明集』に次のような歌が見える。

ある聖のすすめにて、百首の歌を厭離穢土《おんりえど》欣求浄土《ごんぐじょうど》によせて詠み侍りし中に、雁を

しら雲に消えぬばかりぞ夢の世を　かりとなく音はおのれのみかは

長明に百首歌を勧めた聖は誰であろうか。登蓮や道因が考えられ、またこの時期に勧進活動を活発化していた西行の可能性もあるが、西行の話が一つも『無名抄』には見えないので、やや可能性は低い。

激動の時代へ

兼実はこの後にも百首歌を企画したが、その時の藤原隆信と寂蓮《じゃくれん》の詠みぶりはこれまでと大きく違っていたことが、「隆信定長一双事《いっそう》」の話に見える。

二人は俊恵の歌林苑での歌会や俊成の家での歌会においてライバルのごとく心を尽くし、よくよく詠んでいたのだが、兼実家の百首歌の時から、違いが目立つようになったとして、次のごとく記している。

九条右大臣殿と申し時、人々に百首を召されしに、隆信作者に入て、公事なるうちにも日数もなくて物騒がしかりければ、いとよろしき歌もなかりけり。その頃、定長は出家の後にて、身の暇《いとま》もあり、いま少しのどやかに案じて、無題の百首を磨きたてて取り出したりけるに、たとへなく勝りたりければ、その時より寂蓮左右なしといふ事になりにき。

隆信は後白河法皇に仕え、兼実にも様々な情報をもたらすなど情報通であった。そのため公事や事件に奔走してよい歌を詠めなかったのであろうと指摘し、いっぽうの寂蓮は俊成の甥で猶子となっていたが、出家した後とて、ゆとりがあって詠んだことから、その時から並ぶべきものがないとさえ思われたという。ただこの百首歌がいつ行われたのかは明らかでない。

さて鹿ケ谷事件以後、高倉天皇に皇子誕生が強く望まれるなか、清盛の娘の中宮徳子の懐妊がわかったのは治承二年（一一七八）五月二十四日。六月二日に清盛は上洛し翌日に法皇の許に赴いている（『山槐記』）。清盛の喜びは一方ならぬものがあり、十一月十二日に待望の皇子が出産すると、すぐに皇子を皇太子にするように法皇に要請し、十二月九日に親王宣旨が下され、十五日に立太子の儀式が行われている。

しかし皇子誕生に喜ぶ清盛を襲ったのが子の重盛の病気であり、翌年三月二十日に悪化し二十六日に出家を遂げ、さらに六月十七日に清盛の娘で東宮の准母・盛子が亡くなると、翌七月二十九日には重盛も亡くなった。嘆く清盛にさらに厄介な問題となってきたのが山門との関係である。七月二十五日に悪僧の追捕の宣旨が出され、平氏に追討が命じられた。その清盛を怒らせたのが十月九日の除目であった。長年にわたる重盛の知行国が没収され、前摂政基実《もとざね》の子で清盛には甥にあたる基通《もとみち》が追い越されて、関白基房の子の師家《もろいえ》が中納言に任じられたのである。

そうした時に編まれたのが撰歌合『治承三十六人歌合』である。これには西行の歌十首が載り、この時期から西行の名が広く知られるようになっていた。僧俗各十八人の計三十六人、三百六十首が収録され、組み合わせの一番は藤原清輔と俊成入道、二番は藤原実定と観蓮（藤原教長入道）、九番で西行と源仲綱《なかつな》が番い、最後の十八番が源頼政と藤原重家入道という構成となっている。僧俗が番っている点からみて歌僧が編んだものと考えられ、順徳天皇の『八雲御抄』に「三十六人十八番　覚盛」とあることから、覚盛の手になると見られている。

覚盛は裕盛と同じく比叡山の阿闍梨であって、その言説は『無名抄』の「歌をいたくつくろへば必劣事」の話に見える。

歌は、荒々しくとめも合はぬやうなる、一の姿なり。それを、あまり巧みてとかくすれば、はてにはまれまれ物めかしかりつる所さへ失せて、何にてもなき物になる物なり。

これに長明は「さもと聞こゆ」と同意しているので、長明にとってよき先達であったことがわかる。また十月十八日には兼実邸で密々の歌合があって、左右に分かれて撰歌所で合わせられた。題は十首、歌人は俊恵など二十人（左十人、右十人）で、その秀逸な出来に喜んだ兼実は、心中の祈願が成ったと感じ、勝負とその判を俊成に依頼している。

辻風に襲われる

激動の時代を背景にして兼実と俊成を中心にして和歌の隆盛が始まったかに見えたところ、清盛は十一月十四日、数千人の大軍を擁して福原から上洛すると、西八条の邸宅に入った。その時の清盛は「武者ダチテ俄カニ上リテ、我ガ身モ腹巻ハヅサズ」という戦さ姿であったと伝える(『愚管抄』)。

上洛した清盛が「天下を恨み、一族を引き連れ鎮西に下る」と後白河法皇に圧力をかけると、法皇は屈して、院政が止められ、藤原基房の関白も止められて清盛の娘婿の基通が関白・内大臣となり、十六日には院近臣が搦め取られ、十七日に大量の院近臣が解官されている。十九日に法皇は鳥羽殿に移されている。

法皇が清盛に山門追討を命じ、子の重盛が亡くなるとその知行国である越前を没収するなど、清盛の意に反する動きが多くなったことから法皇を鳥羽殿に幽閉したのであるが、さらに翌治承四年(一一八〇)二月二十一日には高倉天皇の譲位をはかり、安徳天皇を立てている。

譲位後の初めての神社参詣は賀茂社と石清水社が通例であったが、高倉上皇は厳島社を選んだ。それは母建春門院が自分の成長を祈り、安徳天皇がここに祈って生まれたことから特に望んでのものである。しかし賀茂社の人々は危機感を抱いたことであろう。

四月になって天皇の即位式が行われたが、その少し後の治承四年四月二十九日に辻風が京を襲った。この辻風について長明は次のように詳しく記している。

また、治承四年卯月のころ、中御門京極のほどより、大なる辻風起りて、六条わたりまで、吹けること侍りき。

三、四町を吹きまくる間に、籠れる家ども、大きなるも小さきも、一つとして破れざるはなし。さながら平に倒れたるもあり。桁《けた》・柱ばかり残れるもあり。門を吹き放ちて、四、五町がほかに置き、また、垣を吹き払ひて、隣と一つになせり。いはむや、家の内の資材、数をつくして空にあり、檜皮《ひはだ》・葺板《ふきいた》のたぐひ、冬の木の葉の風に乱るるがごとし。塵を煙のごとく吹き立てたれば、すべて目も見えず。おびただしく鳴りとよむほどに、物言ふ声も聞えず。かの地獄の業の風なりとも、かばかりにこそはとぞ覚ゆる。

辻風は中御門《なかみかど》京極の賀茂川近くから六条にかけて西南方向に吹きまくったという。地獄の業風とまで形容しているのだが、兼実は「今日申刻上辺（三四条辺云々）、廻飄《かいふう》忽ち起こり、屋を発し木を折る、人家多く以て吹損ずと云々、又同時雷鳴、七条高倉辺に落つと云々」と記し、中納言藤原忠親は「京方火、西南方に見ゆ。煙のごとく巽を指し細く聳ゆ」（『山槐記』）と記すなど、辻風の直接の影響を受けなかった貴族に驚きはあまり見られない。

長明が多くの被害を出した大風をこれまでにリアルに記しているのは、長明自身も被災していたからかもしれない。家が壊れたことばかりか、その身を失ったものも多く出たとして次のように記している。

家の損亡せるのみにあらず、これをとり繕《つくろ》ふ間に、身をそこなひ、かたはづける人、数も知らず。この風、未《ひつじ》の方に移り行きて、多くの人のなげきをなせり。辻風はつねに吹くものなれど、かかる事やある。ただ事にあらず。さるべき物のさとしかなとぞ、疑ひ侍りし。

辻風はよくおこっても、このような災危はこれまでにはなく、「さるべきもの」（神仏）のお告げかと疑ったともいう。

辻風の怪異

『方丈記』と同様に、この辻風を怪異《けい》として記しているのが『平家物語』と『古今著聞集』であって、『平家物語』は次のように記している。

同五月十二日午刻ばかり、京中には辻風おびただしう吹て、人屋おほく顚倒《てんとう》す。風は中御門京極よりおこって、未申の方へ吹て行に、棟門・平門を吹ぬいて、四五町十町吹もてゆき、けた・なげし・柱などは、虚空に散在す。檜皮・ふき板のたぐひ、冬の木葉の風にみだるるが如し。おびただしうなりどよむ音、彼地獄の業の風なり共、これには過じとごしぞ見えし。ただ舎屋の破損するのみならず、命を失なふ人も多し。

明らかに『方丈記』の記事と同じような構成をとっているのがわかる。したがって両書ともに同じ出典に基づく表現とも考えられるが、『平家物語』では時を治承四年四月二十九日の出来事ではなく、前年の五月十二日のこととし、平重盛の死の予兆として位置づけていることからすれば、『平家物語』が『方丈記』の表現をかりて記事を作ったのであろう。では『古今著聞集』はどうであろうか。

同四年四月廿九日未時ばかりに、辻風ふきたりけり。九条のかたよりおこりけるが、京中の家、或はまろび、或は柱ばかり残れる。死ぬるもの其数を知らず。蔀《しとみ》・遣戸《やりど》・さらぬ雑物、雲の中に入て、風に随て飛けり。或所には雷なり、九条坊門東洞院には雪も降たりけり。

『方丈記』とは違った記録によって描いているのがわかるが、怪異の部に収録しているように、同じく怪異として考えられていたことは共通している。

なお兼実の屋敷には、この辻風を気にした高倉上皇から、前大納言の藤原邦綱《くにつな》が派遣されて対処方法の諮問がなされている。一昨日の暴風は朝家の大事であるから、御祈以下のことをどのようにしたらよいであろうか、と。これに兼実は先例を外記や天文道の人々に尋ね、また御占を行ってその結果に基づくのがよいと答えるとともに、この異常は怪というべきものであり、辻風は常の事とはいえ、これまでこのような災難はなく、「物怪」によるものかと見ている。

以仁王の乱と頼政の死

辻風のことを長明が長く記憶に留めていたのは、自らが被災したということばかりではなく、その頃に起きた以仁王《もちひとおう》の乱の記憶と関係しているかもしれない。源頼政が後白河法皇の皇子以仁王に平氏一族を討って天下を執《と》るように勧め、東国の源氏をはじめ武士たちに挙兵をよびかける以仁王の令旨が出されたのである。この令旨を手にした源氏の一門の源行家《ゆきいえ》は八条院の蔵人となって東国の各地の源氏や武士団に挙兵を勧めていった。以仁王の乱の勃発である。

挙兵を勧めた頼政は、清盛の推挙によって三位になったとはいえ、子の仲綱《なかつな》は伊豆守、兼綱《かねつな》は検非違使程度で、その後の出世はあまり期待できない状況にあった。そこで清盛が実力で法皇を排除して政治を切り盛りしている事態をとらえ、また南都北嶺の衆徒も蜂起しようかという情勢を見て、諸国の源氏を誘えば、きっと挙兵すると考えたのであろう。

『愚管抄』は、以仁王について「諸道ノ事沙汰アリテ、王位ニ御心カケタリ、ト人思ヒタリキ」と記しており、広く学芸を学ぶ中で皇位継承を望むようになり、その勧めに乗ったのである。しかしその謀反は露見し、五月十四日に鳥羽にいた法皇が八条院に仕える藤原俊盛《としもり》の八条坊門烏丸の家に武士三百騎の護衛によって移され、その翌日、以仁王の配流が決まった。

検非違使が三条高倉の御所に向かったところ、宮は既に逃げ去っていた。挙兵の企てが漏れたため、三井寺に逃げ込んだ宮と源頼政は、山門の大衆に協力を頼んだものの、拒まれたことから、五月二十六日の夜半に三井寺を出て南都に向かった。興福寺の大衆を頼って南都に赴いたのだが、その途中を官軍に攻められ、宮と頼政は宇治で討死している。

頼政はこの時期の代表的な歌人であっただけに、長明はその謀叛と死とに驚いたことであろう。しかし乱自体に長明は一切触れておらず、同じ時期に起きた辻風について語ったのである。これに対して、西行は伊勢に移っていて、宇治での合戦のことを聞いて次の歌を詠んだのであった。

　武者の限り群れて死出の山越ゆらん、山立《やまだち》と申す恐れはあらじかしと、この世ならば頼もしくもや、宇治のいくさかとよ、馬筏とかやにて渡りたりけりと聞こえしこと、思ひ出でられて

　　沈むなる死出の山川みなぎりて　馬筏もやかなはざるらん（『聞書集』二二六）

合戦について何も記さぬ長明に対し、都を去った西行が歌に合戦のことを詠んだのである。

福原遷都

乱の一件が落着した五月二十六日の夕方、清盛は福原から上洛すると、三十日に追討にあたった武士に賞をあたえ、来月三日に天皇・法皇・上皇らを福原に移すことを伝えている。この急な知らせを聞いた兼実は「仰天の外、他無し」と驚いたが、清盛は早くから決めており、事はすぐに進められ、一日早めて六月二日に福原遷幸となった。

福原では頼盛《よりもり》の家が内裏とされ、清盛の家が上皇に、平教盛《のりもり》の家が法皇にあてられ、都の造営が進められていったが、長明はこの都遷りを克明に記している。「又治承四年の六月の頃、にはかに都遷り侍りき。いと思ひの外なりし事なり」と記し始め、ここ平安京が定まったのは「嵯峨の天皇の御時」と聞いているので、既に数百年を経ていて、特別な理由がなくてはたやすく改まるべくもない、と思っていたところでの遷都であったという。

これを、世の人、安からず憂へあへる、実にことわりにも過ぎたり。されどとかく言ふかひなくて、帝よりはじめ奉りて、大臣・公卿みなことごとく移ろひ給ひぬ。世に仕《つか》ふるほどの人、誰か一人ふるさとに残り居らむ。官・位に思ひをかけ、主君のかげを頼むほどの人は、一日なりとも、とく移ろはんとはげみ、時を失ひ、世にあまされて、期《ご》する所なきものは、愁へながら止まりをり。

遷都による人心の動揺が活写されているのがわかる。世に仕えようとする者は故京に留まることなく官位の上昇を望み、主人の恩顧をたのむ人々は早く新都に移ろうとしている。しかし世に遅れ、浮かばれることのない人は、憂いつつ故京に留まることになった、と記す。

長明が世の不思議として語った三つ目の事件である。これ以外の事件がすべて災害であるのに、これは遷都という政治的事件であった。このことを記したのは、自らの身体を置いて育ってきた都が遷るという大事件だったからであろう。都と身体という関連からすれば五つの不思議はすべて共通していることがわかる。さらに故京から新都への動きについてこう記している。

軒を争ひし人のすまひ、日を経つつ荒れ行く。家はこぼたれて淀川に浮び、地は目の前に畠となる。人の心皆改まりて、ただ馬・鞍をのみ重くす。牛・車を用とする人なし。西南海の領所を願ひて、東北国の庄園を好まず。

かつて都で軒を争っていた住まいは荒れ行き、家はたたんで新都に運ぶべく、淀川に浮かび、かつての家の前は畠に変えられた、人の心は馬を重用し、牛車を用いなくなった、福原から西の所領を頼みとし、東国や北国の荘園を好まなくなった、とその変化を記している。こうした人心の移ろいを記した後、長明は福原の都を見聞しに赴いたことを語っている。

新都と故京

長明は「その時、おのづから事の便りありて、津の国の今の京に到れり」と、福原の京を見に行き、その様子をこと細かく記している。

所のありさまを見るに、その地、ほど狭くて、条里を割るに足らず。北は山に沿ひて高く、南は海近くてくだれり。波の音つねにかまびすしく、潮風殊にはげし。内裏は山の中なれば、かの木の丸殿もかくやと、なかなか様《よう》かはりて、優なるかたも侍り。日々にこぼち、川も狭《せ》に運びくだす家は、いづくにつくれるにかあるらん。なほ空しき地は多く、作れる屋は少なし。

土地が狭く北はすぐに山、南は海の景観から波の音がかまびしく、内裏は山の中にあって優なる所もあるが、家をどこに造るのであろうかと心配さえしている。

長明が福原に赴いた「ことのたより」（便宜）とは何であったのだろうか。注目したいのが琵琶の師である有安の存在である。有安は兼実に琵琶を指南しただけでなく、様々な情報をもたらしていた。前年九月五日には白川准后こと清盛の娘の死を伝え、治承四年正月二十二日には藤原定能《さだよし》の出仕のことを伝えている。

後のことになるが、治承四年十二月十九日にも有安は中宮の院号について伝えるとともに、東国で挙兵した頼朝の軍勢が十万騎にものぼり、以仁王が坂東にいるというのは誤りであることや、頼政の子仲綱が討たれたのははっきりしていて、平等院で自害した三人の中にいることなども伝えている。さらに翌治承五年閏二月一日には、清盛の病気が重く、十の九は頼みがなくなったことも知らせている。ならば福原に赴いて兼実のために情報を得ようとしていた有安に誘われ、長明は福原の都を見にいったことが考えられよう。

さらに遷都により様変わりした故京と新京の様子を長明は次のように記している。

故京は既に荒れて、新都はいまだ成らず。ありとしある人、みな浮雲の思ひをなせり。もとよりこの処に居るものは、地を失ひてうれふ。今移れる人は、土木のわづらひある事をなげく。道のほとりを見れば、車に乗るべきは馬に乗り、衣冠・布衣なるべきは多く直垂《ひたたれ》を着たり。都の手ぶりたちまちに改まりて、ただひなびたる武士にことならず。

荒れ果ててゆく旧都に対し、新都は成らずして都の風俗が用いられず、鄙びた武士たちが往来するがごとき状態であったという。賀茂社が王城鎮護の神であるだけに、その守るべき都が福原に遷ったのは大きな衝撃であったろう。

『平家物語』は月見の章において、荒れた都の風景を具体的に描いているが、それにも『方丈記』の文章が利用されている。

都帰り

福原遷都への多くの嘆きが湧き上がるなか、頼朝挙兵の報が福原に八月下旬に届いて、九月五日に頼朝追討の宣旨が出された。一月ほど遅れて九月二十九日に頼朝追討軍が東国に向けて発向したところ、すでに南関東は頼朝の勢力の支配下に入っており、木曽の義仲や甲斐の武田氏などの源氏も挙兵し、駿河の富士川で官軍が大敗を喫している。

そこに延暦寺の衆徒が遷都を止めて福原から都を戻すように奏上し、もし遷都を止めないならば山城・近江を占領すると告げてきた。清盛は子の右大将宗盛《むねもり》から都を戻すべきであるという進言を聞いて怒って口論となったが、すでに始まった都帰りの動きに清盛も抗せなかった。都生まれの宗盛以下の平氏一門や貴族たちは京都に戻ることを熱望していたのである。

清盛は還都を決意し、十一月二十三日に福原を出た天皇・上皇・法皇の一行は二十六日に京に戻って、天皇は藤原邦綱の五条の内裏に、上皇は頼盛の六波羅の池殿に、法皇は六波羅の泉殿に入った。人の心もおさまらず、民の憂いから元の京に帰ってきた動きについて、長明はこう語っている。

世の乱るる瑞相《ずいそう》と書きけるもしるく、日を経つつ世の中浮き立ちて、人の心も治らず、民のうれへつひに空しからざりければ、同じき年の冬、猶この京に帰り給ひにき。されど、こぼちわたせりし家どもは、いかになりにけるにか、ことごとく元のやうにしも作らず。

遷都は世の乱れる前兆であると聞くなか、民の憂いによって再び都を戻すことになったが、福原にこぼち渡した家はどうなったのであろうか、都帰りしても昔のようには作られていない、と記す。そして昔を振り返り、昔のように民を恵み、世を助けることの重要性を指摘し、今の世の中を批判して、次のように語って締めくくっている。

伝へ聞く、いにしへのかしこき御世には、あはれみをもちて、国を治め給ふ。則ち殿に茅をふきても、軒をだにととのへず。煙のともしきを見給ふ時は、限りある貢物をさへゆるされき。これ、民を恵み、世を助け給ふによりてなり。今の世の中の有様、昔になぞらへて知りぬべし。

都を戻した清盛は、畿内一帯の反平氏勢力の掃討作戦を開始し、延暦寺や三井寺を攻略すると、さらに十二月二十五日に南都の衆徒を攻めるように命を下し、その命を受けた平重衡《しげひら》が二十八日に南都に攻め入った。その翌日、京の人々に伝わってきたのは、東大寺・興福寺以下の堂宇房舎が地を払って焼け、春日社だけが免れたという驚愕の知らせである。

Ⅱ 和歌の道

祇園社の西、鴨川の河原 『一遍上人絵伝』(清浄光寺蔵) より

五　一つの庵をむすぶ――新たな出発

養和の飢饉

治承五年（一一八一）正月早々に高倉上皇の病気が悪化すると、正月十四日に平頼盛の六波羅の邸宅で亡くなり清閑寺《せいかんじ》に葬られた。清盛もまた、「頭風」を病んでいるという噂が都に広がったのは二月二十七日のことである。南都焼き討ちの祟りであるという噂が飛びかうなか、閏二月一日には、もはや清盛の病は十中の九は絶望という情報が流れ、四日戌刻に九条河原口の平盛国《もりくに》の家で息をひきとっている。享年六十四である。

清盛の死とともに後白河院政が復活したが、そこを襲ったのが西日本を中心におきた大飢饉である。その前触れはすでに前年六月頃からあって（『山槐記』）、この年四月になると、道路に餓死する者が満ち溢れるようになった。『吉記《きっき》』四月五日条は、「二条烏丸を過《よ》ぎらんとするの処、餓死の者、八人首を並ぶと云々、よりてこれを過ぎらず、近日、死骸殆んど道路に満つと云ふべきか」と記している。

七月に代始めと災異をかねて養和と改元されたものの、飢饉はしだいに深刻化していくが、この二年続く「世の中飢渇《けかつ》」（飢饉）の様を克明に記したのが『方丈記』である。

又養和のころとか、久しくなりて、たしかにも覚えず、二年が間、世の中飢渇して、あさましきこと侍りき。或は春・夏、日でり、或は秋・冬、大風・洪水など、よからぬ事どもうち続きて、五穀ことごとくならず。むなしく春かへし、夏植うるいとなみのみありて、秋刈り、冬収むる騒《ぞめき》はなし。

春夏の旱《ひでり》、秋冬の大風・洪水が続いて、作物の実った収穫の賑わいはなかったと記し、さらに国々の民が土地を離れ、様々な祈りをしても効果がなく、頼みとした田舎からの作物が上がってこなかった、と次のように記している。

これによりて、国々の民、或は、地を捨てて境を出で、或は、家を忘れて山に住む。さまざまの御祈はじまりて、なべてならぬ法ども行はるれど、さらにそのしるしなし。京のならひ、何わざにつけても、みなもとは田舎をこそ頼めるに、絶えて上るものなければ、さのみやは操《みさお》も作りあへむ。

そこで田舎から上がってくることを願いつつ、家にある宝物を売って食料と交換しようとするのだが、金が軽んじられ、粟が重んじられる始末で、乞食《こつじき》が道端に多くいて、憂い悲しむ声が耳を覆っていると、次のように記す。

念じわびつつ、様々の財《たから》もの、かたはしより捨つるがごとくすれども、さらに目見立つる人なし。たまたま換《か》ふるものは、金《こがね》を軽くし、粟を重くす。乞食道の辺に多く、うれへ悲しむ声、耳に満てり。さきの年かくの如く、からうじて暮れぬ。

翌養和二年（一一八二）になっても、飢饉は続いた、というよりも一段と深刻さが増していったという。

明くる年は立ち直るべきかと思ふほどに、あまりさへ疫癘《えきれい》うちそひて、まさざまに跡かたなし。世の人みなひい死ぬれば、日を経つつきはまり行く様、少水の魚のたとへにかなへり。はてには、笠うち着、足ひき包み、よろしき姿したる者、ひたすらに家ごとに乞ひ歩く。かくわびしれたる者どもの、歩くかと見れば則ち倒れふしぬ。

これまでにも飢饉を伝える文章は書かれていても、いずれも漢字により書かれていたのであるが、『方丈記』は仮名文により書くことによって、多くの人々の感性に訴えるものとなった。

惨状を記す

養和二年正月には、「嬰児《えいじ》道路に捨て、死骸街衢《がいく》に満つ」「飢饉、前代を超ゆ」といわれる惨状が続き（『百練抄』）、二月二十二日には飢えた人が死人を食したことが伝わるなど（『吉記』）、飢饉は悲惨の度を増してゆき、疫病も発生した。

築地のつら、道のほとりに飢ゑ死ぬるもののたぐひ、数もしらず。取り捨つるわざも知らねば、くさき香《か》世界に満ち満ちて、変り行くかたち有様、目もあてられぬ事多かり。いはんや河原などには、馬・車の行き交ふ道だになし。

鴨川の河原に死骸が満ちたことを記しているが、これは長明が見聞したままのことを記しているのであろう。自分の家を壊して市で家材を薪として売ったりしていた。なかには売られている薪の中に丹や金銀がついていたりしたので調べてみると、寺の仏像や仏物が盗まれたものであったことがわかったという。

あやしき賤《しず》、山がつも、力尽きて、薪さへ乏しくなりゆけば、頼む方なき人は、みづからが家をこぼちて、市に出でて売る。一人がもちて出でたる価、一日が命にだに及ばずとぞ。あやしき事は、薪の中に、赤き丹つき、箔など所々に見ゆる木、あひまじはりけるを、尋ぬれば、すべき方なきもの、古寺にいたりて仏を盗み、堂の物の具を破りとりて、割りくだけるなりけり。濁悪世《じょくあくせ》にしも生れあひて、かかる心うきわざをなん見侍りし。

陰陽師の賀茂定平《さだひら》の日記『養和二年記』によれば、「天下飢饉」のために「上品《じょうぼん》の白綾一貫僅か三斗と相博《そうはく》す」と、上品の白綾一貫が僅かに三斗の米と交換されたというような、食料物価の上昇があったといい、「強盗・引剝・焼亡、毎日毎夜の事なり」という状況が続いたという。『方丈記』はさらに飢饉に逢った夫婦や親子の身に寄り添って、次のように語っている。

又いとあはれなる事も侍りき。さりがたき妻、男など持ちたるものは、その思ひまさりて、深き者、かならずさきだちて死ぬ。その故は、我が身は次にして、人をいたはしく思ふあひだに、まれまれ得たる食い物をも、かれに譲るによりてなり。されば親子ある者は、定まれる事にて、親ぞ先立ちける。又母が命尽きたるを知らずして、いとけなき子の、なほ乳を吸ひつつ、ふせるなどもありけり。

さりがたき中にある男女同士では、志の深い者のほうがいたわしく思う相手に食料を譲ったのでまず亡くなってゆき、親子であれば親がまず亡くなる。母が亡くなっているのに赤児がその乳房に吸い付いている情景なども描いている。

飢饉の事実に迫る

この養和の飢饉によってどれほどの人が亡くなったのか。多くの死者を見て悲しんだ仁和寺の隆暁《りゅうぎょう》法印が、死者の額に「阿」の字を書き記して仏縁を結ばせていったという。「阿」は梵語の最初の字で、大日如来を象徴している。

仁和寺に隆暁法印といふ人、かくしつつ、数も知らず死ぬる事を悲しみて、その首《こうべ》の見ゆるごとに、額に阿字を書きて、縁を結ばしむるわざをなむせられける。人数を知らんとて、四、五両月を数へたりければ、京の中、一条よりは南、九条よりは北、京極よりは西、朱雀よりは東の道のほとりなる頭、すべて四万二千三百あまりなむありける。いはんやその前後に死ぬるもの多く、又河原、白河、西の京、もろもろの辺地などを加へて言はば、際限もあるべからず。いかにいはんや、七道諸国をや。

洛中の死者の数は二カ月で四万二千三百にものぼり、さらに京の辺地や諸国をも数えれば、際限がないほどであったという。死者の回向《えこう》のために聖を動員して書いたという。隆暁は村上源氏の源俊隆《としたか》の子で、承安二年（一一七二）六月二十六日に仁和寺の禎喜《ていき》僧正の院の孔雀経法の賞の譲りを受けて法眼に叙され、この後には東寺長者にもなる僧であった。その姉妹に皇嘉門院《こうかもんいん》別当という歌詠みの女房がいることからすると、長明とは知り合いであった可能性もある。なお隆暁法印に関わる先の記事は、『平家物語』の四部合戦状本にそっくり採られている。

長明は最後に次のように記し、惨状を目の当たりにして驚き、悲しんだ、としめくくっている。

崇徳院の御位の時、長承のころとか、かかるためしありけると聞けど、その世の有様は知らず。まのあたりめづらかなりし事なり。

養和の飢饉の先蹤として長承の飢饉に触れているが、『養和二年記』も「既に長承の飢饉に相同じ」と記しており、中世の飢饉はこれを溯る長承・保延年間（一一三〇年代前半）に始まっていた。長承の飢饉とは、長承三年（一一三四）に始まる「天下飢饉」で、翌年には悲惨を極め、疫疾・飢饉により餓死者が、「道路に充満す」という事態となり、保延と改元されて大規模な賑給《しんごう》により貧窮者に食料が施されたが、その効果は全くなく、翌二年にも「世間多く道路に小児を棄つ、大略天下飢餓」という状況であったという（『百練抄』『長秋記』『中右記』）。

こうして長明は養和の飢饉についても、まず全体像を語り、続いて細部の動きを描き、最後にその客観的な位置づけを記すなど、極めて構成の整った叙述をなしており、新たな和文のあり方を打ち出したのである。

新たな家

養和の飢饉を体験していた頃、長明は小さな家を河原近くに建てている。

我が身、父方の祖母の家を伝へて、久しくかの所に住む。その後、縁かけて、身衰へ、しのぶかたがたしげかりしかど、つひにあととむる事を得ず。三十余りにして、更に我が心と一の庵を結ぶ。

祖母から継承した家も、縁を欠き、身が衰えて、ついに手放すことになってしまい、三十歳にして一つの庵を結んだという。長明三十歳は養和二年にあたる。

これをありしすまひにならぶるに、十分が一なり。ただ居屋ばかりをかまへて、はかばかしく屋を造るにおよばず。わづかに築地を築けりといへども、門を建つるたづきなし。竹を柱として、車を宿せり。雪降り風吹くごとに、危ふからずしもあらず。所、河原近ければ、水の難も深く、白波《はくは》のおそれもさわがし。

かつて住んでいた家と比較すれば、家の規模は十分の一、築地はあっても、はかばかしい建物ではなく、門は建てず、竹の柱で車宿を作るといった体のもので、河原近くにあることから水難や白波（盗賊）の恐れもあったという。そうであろう、飢饉の最中である。鴨川の河原近くに家を構えたのは鴨の氏人であったからであり、いよいよ第二の人生が始まったのである。

当時、鴨社の禰宜については、権禰宜として祐季を補佐していた長平が寿永元年正月三十日に亡くなり（『養和二年記』）、その代わりに長明とは従兄弟にあたる季平が権禰宜になっている。問題は禰宜の職であるが、祐季から子の裕兼に継承されたらしい。それがいつのことであったかは、明らかでないが、後白河法皇に仕える北面の人々の名を記す『後白河院北面歴名』に下鴨社の人々が次のように記されている。

賀茂
　下社
鴨祐兼〈禰宜、従四位下〉鴨季平〈権禰宜、従四位下〉鴨祐忠〈川合禰宜〉
鴨光継〈師光子、川合祝〉鴨長明（南大夫、従五位下）鴨祐久〈西大夫、従五位下〉
鴨祐頼〈祐兼子、従五位下〉　鴨保季〈季平子〉

祐季の跡は順番が長継の子には回ってこず、祐季の子祐兼が禰宜の地位を継承しているのがわかる。ついに父子へと禰宜が継承されていったのである。したがって季継の流れでは、鴨季平が権禰宜となり、長明は「南大夫」という呼称で、他の鴨社の神職とともに下北面に名を連ねるところとなった。もはや長明が禰宜の家を継承する目は全くなくなっていた。

『月詣和歌集』の成立

同じ賀茂社でも上賀茂神社では神主の賀茂重保《しげやす》が歌人であった。重保は飢饉などの惨状を見て、和歌の力によって賀茂の神を動かし、その威力により天下の太平を願うことを考えていた。治承四年に辻風が襲った頃、三十番の歌合を編んで賀茂社で読み上げたところ、霊験があった経験から、さらに三十六人の歌人から百首を集めてそれを宝前に備え、十二カ月の宮参りの歌を連ね、詠んだ歌人たちの二世の願いを祈るという企画を立てたのである。

こうして広く人々の歌を集めて、結局、千二百首、十二巻を備えた。これが寿永元年(一一八二)十一月に成立した『月詣《つきもうで》和歌集』であるが、その編集の手助けをしたのは歌林苑の会衆であった祐盛である。この企画は歌林苑を母体として生まれたものと見られ、ここで詠まれた歌がいくつか見える。

登蓮法師つくしにまかりけるに、歌林苑にて人々餞しはべるとて　　讃岐
行人を惜しむ袂もかわかぬに　またおきそふる秋の夕つゆ

歌林苑にて、人々引友尋郭公といへることをよめる　大江広親
思ふどち尋行にも時鳥　まつさきにこそきかまほしけれ
歌林苑にて、待郭公といふことを人々よみ侍けるに　覚綱法師
思ひねのゆめにきなくは時鳥　人づてよりも嬉しかりけり
歌林苑歌合に、恋の心をよめる　祐盛法師
なきながら涙にうつる影ならば　何かうき身のたくひならまし
歌林苑にて、対山待紅葉といふことをよめる　静蓮法師
見るたびに色つきなまし山のはに　かかる衣のしぐれなりけり

讃岐《さぬき》は源頼政の娘、大江広親《ひろちか》は後白河院の下北面、覚綱《かくこう》と祐盛、静蓮《じょうれん》は歌僧である。このほかにも歌林苑で詠んだという詞書にはないものの、他の徴証からそこで詠まれたものとされる歌が多くあることは、これまでの研究により明らかにされている。

長明は『無名抄』で重保との関わりを示す話を載せていないが、親交があったことは疑いなく、『月詣和歌集』に長明の歌も四首載るので、それらを掲げておこう。

樹陰納涼といふことを
夏くれば過ぎうかりけりいそのかみ　ふるから小野のならの下蔭

述懐をよめる

住み侘びぬいざさはこえむ死出の山　さてだに親のあとをふむやと

深夜千鳥といふ心を詠める

寝覚めするなみの枕になく千鳥　おのがねにさへ袖ぬらせとや

寒蘆隔氷といふを詠める

霜払ふ羽音にのみぞにほ鳥の　あしまの床は人に知らるる

夏・秋・冬・雑からそれぞれ一首が採られている。春の歌を長明は得意としなかったためか、見えない。後に『新古今和歌集』に採られた歌にも春の歌は入っていない。なお述懐を詠んだ歌は、すでに見たように親を亡くしての嘆きの大きさを詠んだものである。

『鴨長明集』の成立

『月詣和歌集』を編むのに応えて長明が編んだのが『鴨長明集』であろう。これは全部で百五首からなり、養和元年（一一八一）五月に成ったとある。ただ治承五年七月に養和と改元されているので、元年と間違えやすい二年であったのを元年と写し間違えたとすれば、養和二年成立の可能性が高い。なお承元元年（一二〇七）五月成立という写本もあるが、この歌集には『千載集』や『新古今和歌集』への入集歌が入っていないので、これは成り立たないであろう。

この歌集は、春十一、夏十一、秋二十二、冬十七、恋二十四、雑二十首という構成で、春の歌が著しく少なく、秋や冬歌が多いという特色がある。特徴的なことは、次の述懐の歌に見えるように、幼な子を見て詠んだものが多くある点である。

もの思ひ侍ころ、幼き子を見て
そむくべきうき世にまどふ心かな　子を思ふ道は哀なりけり
懐旧の時、子といふことを
思ひ出てしのぶもうしやいにしへを　今つかのまに忘るべき身は

これらの歌から聞こえてくるのは、長明が子であった時の述懐というよりは、子を失った悲しみである。『方丈記』において飢饉の惨状を描いた場面で、「母の命尽きたるを知らずして、いとけなき子のなお乳に吸ひつつ、ふせるなどもありけり」と記しているのも、そうした視線に基づいているのであろう。

恋歌は二十四首と最も多くあるが、実際の恋心を詠んだと考えられる、二つの歌を掲げる。

初恋の心を
袖にちる露うちはらひあはれわが　知らぬ恋路とふみそめるかな

秋の夕暮れに女のもとへ遣
忍ばむと思ひしものを夕暮れの　風の景色につゐにまけぬる

先にあげた子を思う歌と恋の歌からすると、その恋により生まれた子を失ったことも想像されようが、他に徴証がなく、何ともいえない。『無名抄』の「代々恋中の秀歌事」の章においては、『新古今集』に載る恋歌のうち次の三首をすぐれた歌としてあげている。

かくてさは命や限りいたづらに　寝ぬ夜の月の影をのみ見て
野辺の露は色もなくてやこぼれぬる　袖より過ぐる荻の上風
帰るさの物とや人の詠むらん　待つ夜ながらの有明の月

このうち「野辺の露」は慈円の歌で、恋五に採られ、「帰るさの」は藤原定家の歌で、恋三に採られているが、「かくてさは」の歌は『新古今集』に見えず、竟宴の後に除去されたのであろう。

俊恵に師事

長明は家集を編んだ頃から、新たに家を構えると、本格的に歌を詠むにいたり、そのために改めて俊恵から直接に歌の指導を受けるようになったと見られる。『無名抄』の「歌人不可証得事」の話において次のように記している。

俊恵に和歌の師弟の契り結び侍しはじめのことばにいはく、歌は極めたる故実の侍る也。我をまことに師と頼まれば、この事を違へらるな。そこは必ず末の世の歌仙にていますかるべき上に、かやうに契りをなさるれば、申侍なり。あなかしこあなかしこ、我人に許さるる程になりたりとも、証得して、我は気色したる歌よみ給こと、ゆめあるまじき事なり。

俊恵は、長明に対して師弟の契りを結んだからには、次の点は守って欲しいとして、まず和歌の故実を違えてはならないことを強調する。このことは歌人として成長するであろうから言うのである。さらに歌人として認められるようになっても、自分にはわかったかのような歌の詠み方はしないでほしい、ともいった。

こうしたことを守らなかったために、最近になって歌が悪くなった例として、後徳大寺《ごとくだいじ》の大臣実定の歌をあげている。この大臣は「左右なき手だり」であったのだが、「その故実なくて、今はよみ口、後《おく》れになり給へり」（歌の心得がなかったので、今は詠みぶりが劣ってしまった）という。前大納言だった時には、歌の道に心がけ、人の批評もすなおに聞き、腕を磨いていたが、その時のままであったならば、今は肩を並べる人もいないであろう。最近の歌は思いが深くめぐらされておらず、感心できない詞が使われ、秀歌が生まれていないという。

実定が前大納言であったのは長寛三年（一一六五）から治承元年（一一七七）の三十歳代の時である。大臣になったのは寿永二年（一一八三）四月五日。このことから、長明はこれ以後、本格的に俊恵から和歌の指導を受けるようになったものとわかる。

長明が俊恵に師事したのはいつであったのか、時期をさらに特定することは難しいが、養和の飢饉も寿永元年末に鎮静化した頃からであろうか。翌二年には、俊成に勅撰和歌集の撰集が命じられるなか、平氏は東国の源氏勢力への反抗を開始したものの、北陸道で木曽義仲に惨敗し、ついに七月には都落ちしている。

その後、義仲が都に入り、後鳥羽天皇が位につき、平氏を西に追った義仲が、源頼朝を厚遇する後白河法皇への不満から、十一月十九日に法皇の法住寺御所を襲って政治の実権を握った。しかし義仲も翌年に頼朝が派遣した源範頼・義経によって滅ぼされ、平氏もまた摂津の一の谷の合戦で退けられて、ようやく源平の争乱の帰趨がみえてきた。こうした政治的激変が起きるなかで、長明は俊恵に師事したのである。

俊恵が師弟関係を結ぶにあたり、さらに次のように語ったことは、長明に深い感動を与えたことであろう。

歌は、当座にこそ人がらによりて、よくもあしくも聞こゆれど、後朝にいま一度しづかに見る度は、さはいへど、風情もこもり姿もすなほなる歌こそ、見とほしも侍れ。

当座には詠んだ歌人の人を見て、良くも悪しくも評価されるものだが、時を置いて今一度じっくり見ると、風情があり、姿も素直な歌こそ奥深い歌であることがわかる。さらに俊恵は続けて、このように言うのは愚か者ではあるが、私は年取った今になっても初心の頃のように歌を深く考え詠んでおり、それもあって、「さすがに老い果てたれども、俊恵をよみ口ならずと申す人はなきぞかし」と人に言われている、と自負するのである。

歌の指南

その俊恵の指南ぶりを伝えるのが『無名抄』の「歌半臂句《はんぴ》」の話であり、次のような問答からなる。

俊恵、「物語のついでに問ひていはく、遍昭僧正歌に、

たらちねはかかれとてしもむばたまの　我が黒髪を撫でずやありけん

この歌の中に、いづれの詞かことにすぐれたる、おぼえむままにの給へ、と云ふ。」

予云、「かかれとてしもといひて、むばたまのと休めたるほどこそは、ことにめでた

く侍れ」といふ。

「かくなり、かくなり。はやく歌は境に入られにけり。歌よみはかやうのことにあるぞ。」

俊恵からの僧正遍昭《へんじょう》の歌のどの詞がよいかという問に、「とてしも、むばたまの」という休みの詞がよい、と答えて俊恵にほめられたことを、長明はいささか自慢げに記し、さらに俊恵の主張するところを記してゆく。「初めの五文字にては、させる興なし。腰の句により続けて、詞の休めに置きたるは、いみじう歌の品も出で来、振舞へるけすらひともなるなり」と、休めの詞こそが重要であり、「古き人」は、これを「半臂の句」と称し、束帯に着ける半臂のように、無用に見えながらも歌を引き立てる飾りとなるものという。

これによりその句は品あるものとなり、全体を飾るものとなって、その姿が極まっていれば余情が生まれる、このことを心得れば、和歌の境地に至る、したがってこの歌の眼目は「とてしも」の四文字にあるのだ、と断言する。

そこで長明はこの話に続いて「蘇合姿《そごう》」の話を展開する。それは「歌と楽と、道ことなれど、めでたきことはおのづから通へる」ものであるとして、楽の世界でも、この半臂の句のようなことは共通するという。舞楽の中にある蘇合という曲では、序破急のうちの急の始めの一反《いっぺん》では舞うことはなく、拍子ばかりに足踏み合わせて、休みつつ、二反の初めから麗しく舞うものだ、といわれる。したがって和歌の様は蘇合の姿ともいうべきであると指摘している。

俊恵は、続く「上の句劣れる秀歌」の話において、秀句を思いついても、違和感なく詠むのは難しいとして、実定と頼政の二つの歌を例にあげ指摘している。

奈呉《なご》の海の霞の間よりながむれば　入る日を洗ふ沖つ白波

住吉の松の木間《このま》よりながむれば　月落ちかかる淡路島山

実定の歌の「入る日を洗ふ」と、頼政の歌の「月落ちかかる」はともに秀句ではあるのだが、「ながむれば」という上の句と結ぶ「胸腰《むねこし》の句」がしっくりゆかずよくない、と指摘する。さらに「珍しき詞還て成失事」の話では、長明が詠んだ次の歌を指導している。

時雨にはつれなく洩れし松の色を　降りかへてけり今朝の初雪

この歌について「つれなく洩れし」ではなく「つれなく見えし」とすべきであり、無理に秀歌らしくみせようとしているのが耳障りになる、と指摘する。長明が時雨の縁語として洩れの詞を使ったのを難じたのである。

俊恵は、さらに清輔が詠んだ「かすみ」の歌（「夕なぎに由良のとわたるあま小舟　かすみのうちにこぎや入りぬる」）について、「霞のうちに」と詠んだのを人から「入海かとおぼゆ」（入水自殺かとおもえる）と非難されたことをあげ、「ただ世の常にいひ流すべきを、いたく案じ過ぐしつれば、かへりて耳とまるふしとなるなり」と語っている。考えすぎると、かえって耳障りになると述べ、最後に「えせ歌詠みの秀句には、多くは足らぬところの出で来るぞかし」とも指摘している。

『無名抄』は俊恵の歌論を学んだ長明が、それを後世に伝えようとして編んだ作品という一面を有していたことが、これらの話からよくうかがえる。

六　いみじき面目――『千載集』

元暦の地震

元暦二年（一一八五）、平氏追討にあたっていた源範頼が西海での戦いに苦戦を強いられていたことから、源頼朝が派遣したのが源義経であった。義経は阿波に渡って、屋島に内裏を築いていた平氏を背後から急襲して破ると、三月二十四日には長門赤間関の壇ノ浦の決戦においてついに平氏を滅ぼしている。

四月二十四日に三種の神器のうち、回収された内侍所・神璽が摂津の今津に到着し、ついで太政官の朝所に安置されたが、続いて始まったのは、宝剣の回収に失敗した義経と、回収を強く指示した頼朝との対立の激化であり、その最中の七月九日、京都を直下型の大地震が襲った。

大内裏や閑院内裏・法勝寺・延暦寺なども被害を受け、「少シモヨハキ家ノヤブレヌモナシ。山ノ根本中堂以下ユガマヌ所ナシ。事モナノメナラヌ龍王動トゾ申シ」と『愚管抄』が記すように、この地震は清盛が龍になって振動させたものとか、平家の御霊の祟りであるなどとの噂が流れた。

地震が起きた時に閑院《かんいん》内裏にあった後鳥羽天皇は、内裏の西透廊《すきろう》が転倒するなか、池の中島に逃れ、南庭に幄《あく》を設けて在所とした。余震は一カ月も続き、幼い天皇を脅かしたが、『方丈記』では、この元暦の地震を世の不思議の五番目としてあげ、次のように語っている。

また、同じころかとよ。おびただしく大なゐ震《ふ》る事侍りき。その様、世の常ならず。山はくづれて河を埋み、海は傾きて陸地をひたせり。土裂けて水涌き出で、巌割れて谷にまろび入る。なぎさ漕ぐ船は波にただよひ、道行く馬は足の立ちどをまどはす。

東日本大震災を思わせるこの描写も、長明自身が被災したことにより生まれたものであろう。「海傾きて陸をひたせり」とあるのは、琵琶湖の情景と見られる。『山槐記』によれば、近江の湖水が北に流れたとあり、京都での被害は東の白河に多いことなどから、震源地は近江の琵琶湖の辺と考えられている。

都のほとりには、在々所々、堂舎・塔廟、一つとして全《まった》からず。或はくづれ、或はたふれぬ。塵灰立ちのぼりて、盛りなる煙の如し。地の動き、家のやぶるる音、雷にことならず。家の内にをれば、忽にひしげなんとす。走り出づれば、地割れ裂く。羽なければ、空をも飛ぶべからず。龍ならばや、雲にも乗らん。

地が割れ裂けて逃げ場がなくなったが、羽がないので空に昇りようのない絶望的状況であったことが詳しく描かれている。ここでも長明は地震の様子をよく描いており、「恐れの中に恐るべかりけるは、ただ地震なりけるとこそ覚え侍りしか」と記しているが、なかでも長明は子どもに目を向けている。飢饉の描写と同様、まず全体像を示し、そこで起きたある出来事を語って、悲惨な状況を印象的に語っている。

大地震の実相

武士の子が築地の下に造っていた小屋で遊んでいたところ、築地が崩れる災難にあった場面を次のように描く。

その中に、ある武者のひとり子の、六つ七つばかりに侍りしが、築地のおほひの下に、小家をつくりて、はかなげなる跡なし事をして、遊び侍りしが、俄《にわ》かにくづれ、埋められて、跡かたなく、平にうちひさがれて、二つの目など、一寸ばかりづつうち出だされたるを、父母かかへて、声を惜しまず悲しみあひて侍りしこそ、哀れに悲しく見侍りしか。子の悲しみには、猛きものも恥を忘れけりと覚えて、いとほしく、ことわりかなとぞ見侍りし。

養和の飢饉においては、母と子、夫婦の愛情に目を注いでいたが、ここでは猛々しい武士の親子への愛情を描き、涙を誘っている。戦乱が続くなかにあっても、武士の行動には一切、触れていない長明だが、ここで武士に視線を送っている。人みな等しく訪れる災害を通じて、人の世のむなしさを強調しているのである。地震はさらに続き、余震についても次のように描いている。

かくおびただしく震る事は、しばしにて止みにしかども、そのなごり、しばしは絶えず。世の常、驚くほどの地震、二、三十度震らぬ日はなし。十日、廿日過ぎにしかば、やうやう間遠になりて、或は四、五度、二、三度、もしは一日まぜ、二、三日に一度など、大かた、そのなごり三月ばかりや侍りけん。

ようやく三月ほど経って地震が終息していったことを語る。そして最後に、この大地震の位置づけを行っている。

四大種の中に、水・火・風は常に害をなせど、大地にいたりては、殊なる変をなさず。昔、斉衡のころとか、大地震ふりて、東大寺の仏の御首落ちなど、いみじき事ども侍りけれど、猶このたびにはしかずとぞ。

四大種とは仏教の考える、地・火・水・風の四つの物質の構成要素で、水・火・風は常に害をなしてきたといい、その火の難として長明が記したのが安元の大火、風の難として記したのが治承の辻風、しかし地はこのように害をなしたことがあまりなかったのだが、この度の難はまさに地の難であったと指摘している。

水の難については触れていないが、長明の家は鴨川の近くにあり、水難に常に恐れを抱いていたから、特に記さなかったのであろう。後に『発心集』巻四の九に「武蔵の国入間川のほとりに、大きなる堤を築き、水を防ぎ」と始まる、武蔵の入間川の洪水の話を詳しく載せている。

また元暦の地震について、斉衡《さいこう》の頃（八五五年）に東大寺の大仏の頭が落ちたことがあったが、これには及ばなかったであろう、と語るが、これは元暦の地震が起きた直後に行われた大仏開眼を意識してのものであろう。『発心集』は大仏再建の供養に関連する話を幾つか載せている。大仏再建は元暦の地震の直後に行われており、長明にとって印象がことのほか強かったであろう。

『方丈記』と『平家物語』

長明は元暦の地震について描いた後、この災難も月日を経るなかで忘れさられてゆくことを、次のように述べて五つの不思議の記事を終えている。

すなはち、人皆あぢきなき事を述べて、いささか心の濁りもうすらぐと見えしかど、月日かさなり、年経にし後は、言葉にかけて、言ひ出づる人だになし。

あれほどの災害にあってても年月がたつと、言い出す人もなくなっている、人は忘れやすいが、しかし私は忘れない、と言っているかのようである。

長明が記した地震の記事も、他の四つの不思議の記事と同様に『平家物語』にそのまままとられている。巻十二の巻頭を飾る「大地震」の章である。

同七月九日の午刻ばかりに、大地おびただしくうごいて良久《やや》し。赤県のうち、白河のほとり、六勝寺、皆やぶれくづる。九重の塔、うへ六重ふり落す。得長寿院も、三十三間の御堂を、十七間までふりたうす、皇居をはじめて、人々の家々、すべて在々所々の神社・仏閣あやしの民屋、さながらやぶれくづる。

このように『平家物語』は、貴族の日記などから記事を書き始めるが、これに続く「くづるる音はいかづちのごとく」という辺りから、『方丈記』の文章をそのまま使っているのである。地震について長明が加えた「四大種の中に、水・火・風は常に害をなせど」といった一文も、そのままに利用している。

『平家物語』は様々な資料を基にして書かれていた。貴族の日記や合戦記、武士の聞き取り、多くの伝承などであるが、その一つとなる『方丈記』は、源平の合戦の背景をなす人々の動きを伝えており、『平家物語』に豊かな材料を与えただけでなく、『平家物語』の文章にも影響を与えているのである。

さて大地震の後、頼朝の挑発に乗って義経が挙兵すると、頼朝は北条時政《ときまさ》を京に派遣して、義経に追討の宣旨を与えた後白河法皇の政治責任を追及し、文治元年（一一八五）十一月の勅許によって朝廷から大幅な権限を獲得した。

ここに武家政権としての鎌倉幕府の体制を整えた頼朝は、さらに十二月六日にも法皇に政治改革を求め、九条兼実に内覧《ないらん》の宣旨を下し、議奏《ぎそう》公卿の一人に指名することを要請し、兼実を中心にした廟堂改革に期待した。翌年の文治二年三月に兼実は摂政になると、法皇と連携して政治を行うようになる。

飢饉と戦乱の最中において常に徳政を朝廷に要請してきた兼実は、弛緩した朝廷の政治を見て、律令に基づく綱紀粛正をはかり、適材適所に人材を登用した。院政の形態はとるにしても、摂関が主導する公卿の議定を中心にした摂関政治を基本とし、公卿たちから意見を聴取してそれを政治に反映させ、訴訟関係では記録所を復活させ、ここで十分に審議することとしたのである。

『千載集』の撰集

文治三年（一一八七）は兼実が本格的に政治改革を進め始めた年であり、二月に記録所を置くと、三月に意見封事《いけんふうじ》を進めさせているが、続いて九月二十日、先の寿永二年二月の院宣によって藤原俊成に撰集が下命されていた『千載《せんざい》和歌集』が奏覧されている。五年がかりでついに完成をみたのである。

その序には「過ぎにける方も年久しく、今行く先もはるかにとどまらんため、この集を名づけて千載和歌集といふ」とあって、法皇の保元以来三十三年に及ぶ治世の歴史をふりかえるとともに、未来を見据えて法皇の千載を寿ぐことが意図されていた。

翌文治四年四月二十二日に正式に奏覧され、俊成は法皇から讃えられ、さらに撰者の歌が少ないので増やすようにいわれたので、二十五首ほど追加され最終的に奏覧がなされている（『明月記』）。一条天皇から当代までの約二百年に及ぶ時代の和歌が集められ、藤原俊成が三十六首、崇徳院が二十三首、兼実の歌が十五首あり、法皇の歌も七首載っている。

『千載集』に入ったことをいたく喜んだのが、亡くなった道因である。『無名抄』の「道因歌に心ざしふかき事」には、道因が歌の道に命をかけてきたことから、その死んだ後に編むことになった俊成が、「さしも道に心ざし深かりし物なりとて、優じて十八首を入れられたりける」と、多くの道因の歌を『千載集』に撰んだところ、道因が夢の中に出てきて涙を流して喜んだのを見たので、さらに二首を加えて二十首になしたという話が載っている。

また『平家物語』には、平家の都落ちの最中に都に戻った平忠度《ただのり》が俊成邸を訪ねて、撰集の際に歌を入れて欲しいと、依頼したところ、俊成がその心にうたれて、一首を「よみ人しらず」ということで載せた話が見える。事実とはいえそうにないが、勅撰集にかけた歌人たちの思いをよく伝えた話となっている。

しかし編まれた『千載集』に関しては、批判が多く出された。たとえば『無名草子』には「あまりに人にところをおかるるにや、さしも覚えぬ歌どもこそあまた入りて侍るめれ」という批判が見える。藤原信実《のぶざね》の著した『今物語《いまものがたり》』には、『千載集』が編まれると聞いた西行の話が見える。陸奥国の修行の最中にもかかわらず、上洛をめざす途中で、人と行き合って、自讃歌としている「心なき見にもあはれは知られけり　鴫立つ沢の秋の夕暮れ」が入ったのかと、聞いたところ、入っていないと聞くや、上洛してもしかたがないと、修行の場に戻っていったという。

この話はいささか作り話の雰囲気が漂うが、『千載集』への批判が多くあったことを物語っていよう。そうした批判が向けられたことに、俊成は「歌をのみ思ひて、人を忘れにけるに侍るめり」と、人のことは考えずに撰んでしまった、と自己批判をしている（『古来風体抄』）。

一首入る喜び

長明はわが歌が入ることを期待していたところ、『千載集』に次の歌一首が入った。

隔海路恋といへる心を詠める

思ひあまりうちぬる宵の幻も　浪路を分けてゆき通ひけり（恋・九三六）

この歌は『鴨長明集』に見えず、『無名抄』の「隔海路論」の話に「ある所にて歌合し侍し時、隔海路恋という題に」と始まる話があって、「筑紫なる人恋しき」と詠んだ歌をめぐって論議がかわされたことが語られているので、その時の歌会で長明が詠んだものであろう。

夢の中で遠くの恋人に逢う心を詠んだもので、唐の白居易《はくきょい》『長恨歌《ちょうごんか》』の話を踏まえた歌となっている。すなわち歌に「幻」とあるのは、玄宗《げんそう》皇帝から派遣された道士のことで、楊貴妃《ようきひ》を求めて冥界に赴いたとされている。

この歌の『千載集』入集に、長明は「させる重代にもあらず、よみ口にもあらず、又時にとりて、人に許されたる好士にもあらず。しかあるを、一首にても入れるは、いみじき面目なり」と素直に喜んでいる（「千載集に予一首入るを悦事」）。

勅撰集に入る歌の条件を、重代という血筋、歌に達者な歌人、人から認められた歌人などにあったといい、自分はそうした勅撰集に撰ばれるような歌人ではまだないのに撰ばれた、として喜んだのである。

しかしこの喜びを何度も聞いた琵琶の師「故筑州」有安は、「ただなおざりに言はるるかと思ふ程に、度々になりぬ。まことに思ひて、のたまふ事にこそ」と、冗談で言っているのかと思っていたのだが、どうも本気でそう思っているようだとして、それならば「この道に必ず冥加おはすべき人なり」と、長明の歌の道に神仏の加護がきっとあるだろう、と語ったという。

有安がそう言ったのは、実は有安の歌も一首採られてはいたものの、さしたる力のない歌人たちの歌が十首や、七、八首、四、五首などと入ったことに対し、長明が「心やましく」思っているのであろう、と推量していたところ、このように喜んでいるのを見て、並々のことではない、道を尊ぶのには「まづ心をうるはしくつかふ」ことと言われているが、それにかなっている、長明は必ず大成するであろう、と思ったからである。

有安は既に見たように、長明に歌詠みにはなるな、と常に語っていた。「所々にへつらひありき、人にならされ」、すなわち様々な会に呼ばれるなか、追従をするうちに、馴れ馴れしく粗末に扱われるようになってしまうぞ、と教訓していたのであるが、今度、このように語ったのは、長明の歌への精進を認めるところとなったからであろう。

長明は、有安が「管絃の道につけて、跡つぐべき者」と長明について考えていたのではないかとも記しているが（「不可立歌仙之由教訓事」）、有安は長明の琵琶の腕は認めつつも、ここに継承者とすることを諦めたのであろう。

俊恵の後継者

『千載集』の撰者となった俊成について、俊恵が語った話が、『無名抄』「俊成自讃歌事」に載っている。

俊恵云、五条の三位入道のもとに詣でたりしついでに、御詠の中には、いづれかすぐれたりと思す。人はよそにて様々に定め侍しかど、それをば用ゐ侍るべからず。まさしくうけ給はらんと思。

俊恵が俊成に自讃歌を尋ねた時のこと、人はいろいろ言っているが、自身はどうお思いになっているのか、と尋ねると、俊成は次の歌をあげて「これをなん、身にとりての面歌《おもてうた》と思給へる」と答えたという。それが「夕されば野辺の秋風身にしみて　鶉《うずら》鳴くなり深草の里」の歌である。そこで俊恵が、人は「面影に花の姿を先だてて　いくへ越えきぬ峰の白雪」という歌が優れていると言っています、と質問したところ、よそではそう考えているようですが、自分には先の歌とは比べようがありません、と答えたという。

この話を長明に語った後、俊恵は「これを内々に申」すことと前置きし、「夕されば」の歌は「身にしみて」という腰の句が無念に思える。「景気をいひ流して、ただ空にしみてんかしと思はせる」こと、つまり気分を軽く表現したほうが「心にくくも、優にも侍」るものである。歌の詮とすべきことは、「さはさはと」言い表すことが肝心である、と述べたという。

そして自讃歌として「みよし野の山かきくもり雪降れば　ふもとの里はうち時雨れつつ」をあ

げて、私はこの歌を代表歌としようかと思うので、もし後に誰かに聞かれたら、俊恵自身がこう語っていたと言ってほしい、と話したという（「俊恵嫌俊成秀歌事」）。この会話からは長明が俊恵の晩年の弟子であったことがよくうかがえる。『無名抄』が全編にわたって俊恵の言説を多く採っているのは、そのためである。

長明は俊恵に師事することによって、俊恵の正統な後継者としての地位を獲得することになったのであろう。『無名抄』に載る「静縁こけ歌よむ事」の話は、よくその点を物語っている。静《じょう》縁《えん》法師が「鹿の音を聞くに我さへ泣かれぬる　谷の庵はすみ憂かりけり」という歌を詠み、長明に批評を求めてきたので、長明が「よろしく侍り。ただし泣かれぬるという詞こそ、あまりこけ過ぎて、いかにぞやおぼえ侍れ」と指摘し、全体はよいのだが、「泣かれぬる」という詞が「虚仮過ぎて」いる（真実らしくない）のでは、と言った。

すると静縁は、この詞こそが眼目と思っていたのでそう言われたのは心外だ、と述べ、長明が悪く難をつけた風に思い帰っていった。長明は無益に思ったままに指摘してしまった、と反省していたところ、十日ばかりした後、静縁が訪ねて来た。

先日の件であるが、得心せず疑念を抱いていたので「大夫公」（俊恵）のもとに行き、自分がまずいのか、難が悪いのかをはっきりさせようとして、かの歌をお見せしたところ、どうして貴方のような方がこんな虚仮歌を詠まれたのか、「泣かれぬる」とは何ゆえにそうまで泣く心根がおありなのか、という難を示されたのでした。

よく難じていただいた、自分が曲解していたことをお詫びするために今日、参りました、と語って、静縁は帰っていったという。自分の意見が師の俊恵と同じであったという長明の喜びがこの話からよくうかがえる。それもあってか、静縁の態度について「心の清さこそ、ありがたく侍れ」と語って話を結んでいる。

静縁は承安二年（一一七二）の広田社歌合、建久六年（一一九五）の民部卿藤原経房《つねふさ》家歌合に出詠し、その経房邸には祐盛とともに訪ねたという記事が経房の日記『吉記《きっき》』に見え、俊恵の歌林苑の会衆であった。

『無名抄』の構成

ここで改めて『無名抄』の構成について考えてみよう。これまで『無名抄』については、引用はしていても、詳しくどのような内容や構成であったのかを触れてこなかった。しかし基本となる長明の著書なのでここできちんと触れておく。

諸本あるなかで、鎌倉末期の古写本である天理図書館本によれば、全編が七十八の話に分かたれ、それぞれの話に題が付されているが、当初からそうした題があったとは考えがたい。というのも内容とやや異なる題が付されている場合があるだけでなく、話の区切りにおかしいものがあるなど、多くの疑問があるからである。本書では便宜的にその題によりながら記しているが、まずは全体を概観すると、次のように七つに分類できよう。

①一話の「題心」から十話の「瀬見の小川の事」まで
②十一話の「千載集に予一首入を悦事」から二十五話の「人丸墓」まで
③二十六話の「貫之躬恒勝劣」から三十九話の「榎葉井事」まで
④四十話の「歌半臂句」から五十一話「思余自然に歌のよまるる事」
⑤五十二話の「範兼家会優事」から六十一話の「道因歌に志深事」
⑥六十二話の「隆信定長一双事」から六十七話の「近代古体」まで
⑦六十八話の「俊恵定歌体事」から七十八話の「とこねの事」まで

①で、和歌を詠み、歌会に臨む上での歌論を語り、②では、長明の経験を中心にして歌語や歌枕について記す。③では、歌人にまつわる故事を述べ、④では、和歌を詠む上での問題点を示し、⑤では、歌会における動きを語り、⑥では、近代の和歌をめぐる事情を語って、最後の⑦において、和歌を詠む要点を再び述べて終えている。

これら①から⑦までの群の話は、多く俊恵に関わる話から始まる。①は、「歌は題の心をよく心得べきなり。俊頼の髄脳といふ物にぞしるして侍める」と、俊恵の父源俊頼の著作『俊頼髄脳』の引用に始まり、③から⑦まではいずれも俊恵の言説から始めている。総じて俊恵との関係から説き起こされているのであって、あからさまに俊恵の言説を後世に伝えるという形こそとっていないものの、それを意識して歌論、歌説話を集めたのが『無名抄』であったことがわかる。ただ、そのなかにあって②のみが俊恵の言説からでなく、「千載集に予一首入を悦事」の話という有安の言説から始まっている点が注意をひく。ここは俊恵とは違った話を独自に展開している部分であり、それを除けば多くは俊恵を通じて歌論を展開しているのである。たとえば④群の「代々恋中の秀歌事」の話は、次のような俊恵の言説から始まる。

俊恵語りていはく、故左京大夫顕輔語りていはく、後拾遺の恋の歌の中に、
夕暮は待たれしものを今はただ　行くらん方を思ひこそやれ
これ、おもて歌と思へり。金葉集には、
待ちし夜のふけしを何に歎きけん　思ひ絶えても過ぐしける身を
これ、すぐれたる恋とせり。わが撰べる詞花集には、
忘らるる人目ばかりを嘆きにて　恋しきことのなからましかば
この歌の、かのたぐひにせむとなん思給へる。いとかれらにも劣らず、けしうはあらずこそ侍れ、といはれけり。

『詞歌集』を編んだ故左京大夫顕輔《あきすけ》が、勅撰和歌集の『後拾遺集《ごしゅうい》』『金葉集』『詞歌集』における恋の歌の代表歌について語った話を俊恵が紹介し、これに続けて俊恵も『歌林抄《かりんしょう》』の中の自ら

の「一夜とて夜離れし床のさむしろに　やがても塵のつもりぬるかな」という歌を自分の代表歌としてあげ、「いかが侍らん」と長明に問いかけてきたという話である。これに応じて長明は、自身が「新古今」に載る恋の代表歌と思う歌を三首あげ、後世の人の判断を仰いでいる（一〇八頁）。

俊恵の言説と長明の言説

長明が俊恵を通じて歌論を展開しているところでは、なかには二人の言説のどちらのものともわからなくなっている話がある。たとえば⑦群の「俊恵定歌体事」の話は次のように始まって、俊恵の言説から展開してゆく。

俊恵云、世の常のよき歌は、たとへば竪文《たてもん》の織物のごとし。よく艶すぐれぬる歌は、浮文《うきもん》の織物などを見るがごとく、空に景気の浮かべるなり。

良い歌を良い織物に譬えて、『古今和歌集』の二つの歌、源俊頼と大江匡房《まさふさ》の歌をあげて解説し、ただし良い詞を連ねても、わざと求めたような歌はよろしくない、と説いている。ところがその途中から、次のような新たな展開を見る箇所がある。

歌には故実の体といふことあり。よき風情を思ひ得ぬ時、心の巧みにて、つくりたつべきやうを習ふなり。

一には、させる事なけれど、ただ詞つづきにほひ深くいひながしつれば、よろしく聞こゆ。

それまでの話は「俊恵云、」「又云、」と俊恵の言説として展開しているのだが、ここからは「歌には故実の体といふことあり」と始まって、「一には」として話が続いてゆき、それはさらに次に置かれている「取名所様」の話の「一には、名所を取るに故実あり」や、「取古歌」の話の「一には、古歌を取る事、またやうあり」へと続いている。

一見すると、すべてを俊恵の言説と考えたいところだが、俊恵の話は本来この前で切れており、「歌には故実の体といふことあり」と始まる部分以後は、長明自身の言説とみるべきであろう。本来は別の話なのに不用意に結びつけてしまったために、すべてが俊恵の言説とみなされるようになってしまったのである。

逆に本来は一つの話なのに、二つ、三つに話を分断してしまった箇所も多くある。たとえば⑤群の「俊成自讃歌事」の話は、「これをうちうちに申しは」と中途半端に終えているが、明らかに次の「俊恵嫌俊成秀歌事」に直接続いており、本来は一つの話なのである。

そこで『無名抄』を改めて本文の内容により、また小さな話をまとめて一つの話にする形で整理してゆけば、表1のごとく全体は七十八の話ではなく四十六の話になるものと考えられる。そうした作業を通じて、俊恵の言説と長明の言説を注意深く見てゆく必要があろう。

新たな潮流

俊恵が長明に語った言説のなかに、贈答歌についての、「本歌にいへる事の中に、さもありぬべきところをよく見つめて、これを返す心ばせの、あり難きにこそ」という指南がある。

これは「大輔小侍従一双事」の話で、「近く女歌よみの上手」としてあげた一人である小侍従《こじじゅう》が歌の返しにすぐれていたことから、それに関連して引用したものである。もう一人の上手の女歌詠みの大輔《たいふ》が「根づよくよむかた」（じっくり詠むのに）優れているのに対し、小侍従は「はなやかに、目驚くところ詠みすうること」に優れているとしている。この時期の女性の歌詠みとしては、大輔・小侍従が双璧であったという。

小侍従は『平家物語』の月見の章に見える逸話がよく知られている。この女房は待宵《まつよい》の小侍従という、大宮多子に仕えた歌詠みの女房であって、待宵という異名がついたのは、大宮から「待つ宵」と「帰る朝」とどちらが「あはれまさる」と聞かれ、その時にとっさに「待つ宵のふけゆく鐘の声きけば　かへるあしたの鳥はものかは」と、待つ宵がよい、と詠んだからであったという。まさに返歌にすぐれていたのである。

もう一人の大輔は、殷富門院《いんぷもんいん》の女房で、歌林苑の会にも出入しており、長明より相当に年配の

26　代々恋中の秀歌事
27　歌人不可証得事
28　少女歌仙を難じたる事、思余自然に歌よまるる事

---

⑤　五十二話の「範兼家会優事」から六十一話の「道因歌に志深事」

29　範兼家会優事、近年会狼藉事
30　俊成入道物語、頼政歌道にすける事、清輔弘才事
31　俊成自讃歌事、俊恵嫌俊成秀歌事
32　俊成清輔歌判皆有偏頗有事、隠作者事
33　道因歌に志深事

---

⑥　六十二話の「隆信定長一双事」から六十七話の「近代古体」まで

34　隆信定長一双事、大輔小侍従一双事
35　俊成卿女宮内卿両人歌のよみやう変る事、具親歌を不入事
36　会歌に姿わかつ事
37　寂蓮顕昭両人事
38　式部赤染勝劣事
39　近代古体

---

⑦　六十八話の「俊恵歌体を定事」から七十八話の「とこねの事」まで

40　俊恵歌体を定事
41　(歌の故実の体)俊恵歌体を定事、取名所事、取古歌事
42　仮名筆、あさりいさり差別事
43　諸浪名
44　五日かつみを葺く事、為仲宮城野の萩を掘りてのぼる事、頼実数寄の事
45　業平本鳥切らるる事、小野とはいはじといふ事
46　とこねの事

表１　『無名抄』の和歌

①　一話の「題心」から十話の「瀬見の小川の事」まで	
1	題心
2	連がら善悪ある事、隔海路論、我与人
3	晴歌可見合人事
4	無名大将事、仲綱歌悔詞読事
5	頼政歌俊恵撰事
6	このもかのも論
7	瀬見の小川の事
②　十一話の「千載集に予一首入を悦事」から二十五話の「人丸墓」まで	
8	千載集に予一首入を悦事、不可立歌仙之由教訓事
9	千鳥鶴の毛ごろも着る事、歌風情比忠胤説法事
10	ますほの薄
11	井手の山吹かはづ
12	関の清水
13	貫之の家、業平の家、周防内侍の家
14	あさもがはの明神、関明神、和琴の起こり
15	中将垣内、人丸墓
③　二十六話の「貫之躬恒勝劣」から三十九話の「榎葉井事」まで	
16	貫之躬恒勝劣
17	俊頼歌を傀儡がうたふ事、同人歌中に名字をよむ事
18	三位入道基俊成弟子事
19	俊頼基俊いどむ事、腰句の終の手文字難事、琳賢基俊をたばかる事、基俊辟難する事
20	艶書に古歌を書く事、女の歌よみかけたる故実
21	猿丸大夫墓、黒主神に祝事、喜撰が跡
22	榎葉井事
④　四十話の「歌半臂句」から五十一話「思余自然に歌のよまるる事」	
23	歌半臂句、　蘇合姿
24	上の句劣れる秀歌、歌詞糟糠事、歌をいたくつくろへば心劣事、依秀句心劣りする事
25	珍しき詞還て成失事

歌人であって、文治三年（一一八七）には寂蓮・隆信・定家・家隆《いえたか》に百首歌を勧進するほどに存在感が大きかった。

この時代、摂政の九条兼実は政治のみならず文化の振興にも力を注ぎ、娘任子《にんし》の入内と息子良経《よしつね》の成長を祈るなか、弟の慈円の勧めもあって和歌を通じて九条家の繁栄を願うようになった。

慈円が人々に勧めて成った『早卒露胆百首《そうそつろたんひゃくしゅ》』は、まさにその繁栄の開始を告げる歌会の成果であり、文治五年十二月には、良経・慈円・藤原定家・寂蓮による雪十首の歌会が開かれ、以後、良経を中心とした歌会が頻繁に開かれるようになる。

この時期の慈円・寂蓮・定家らの和歌は「新儀非拠の達磨歌《だるまうた》」と称され、その新風は大陸からもたらされた達磨宗（禅宗）に擬えられて批判されていたが（『拾遺愚草』）、それだけに和歌の世界に新たな動きをもたらした。それは『千載和歌集』が成って、新たな出発が始まっていたことによる。

また和歌が公家の行事として広がりを示す契機となったのが、文治六年正月の任子入内に向けて制作された『中宮入内屛風《ちゅうぐうじゅだいびょうぶ》』である。この年の正月三日、後鳥羽天皇が元服すると、正月十一日に上東門院の例にそって兼実は任子入内に向けて屛風を制作した。摂関政治の盛儀を模し、和歌の題には朝廷の公事に関わるものが使われ、詠まれた歌には九条家の繁栄を祈るものが多かった。

自立し始めた長明もこの流れに対応を迫られることになるが、改元しての建久元年（一一九〇）

十月三日に鎌倉を発った頼朝が上洛してきた。治承・寿永と続いた内乱の後に生まれた幕府と朝廷との新たな関係の構築を目指したものであり、頼朝は右大将・大納言に任じられると、これを辞してすぐに鎌倉に帰っていったのだが、ここに政治と社会は安定を迎えることになる。

七　二つの姿――近代古体

六条若宮歌合

建久元年（一一九〇）に頼朝が上洛した後、その翌建久二年三月三日に京の六条《ろくじょう》若宮《わかみや》で開かれた「若宮社歌合」に長明が出詠している。

六条若宮は頼朝の祖父為義《ためよし》が住んだ屋敷跡の六条の地に石清水八幡を勧請した神社で、この別当には幕府の重臣となった大江広元《ひろもと》の弟季厳《きごん》阿闍梨が任じられ、文治三年（一一八七）六月に放生会が開かれ、また隣接して院の六条殿御所があることなどから、幕府の京における文化拠点となっていた。頼朝は上洛時に石清水八幡とともに参拝している。

そこで頼朝上洛直後に六条若宮で若宮歌合が開かれたのであるが、これは源光行《みつゆき》の勧進になるものであり、判者は顕昭であった。光行の父豊前前司光季《みつすえ》は平家に従っていたため、その免罪を訴えるべく、寿永三年（一一八四）四月十四日に光行は鎌倉に下り、やがて四月二十二日に父とともにその「過の事」を許すという頼朝の書状を得て上洛している。

若くして歌人としての力量が認められていた光行は、『千載和歌集』にも入集しており、鎌倉との結びつきを図って試みたのが、この六条若宮での歌合である。「はじめには四つの海にしはたつなみ鎮めて、おほき二つの位にのぼり、のちには九重のちかきまもりにそなはりて、みかさの山のたかき木末にぞよぢ給にける」と、四海を鎮め、九重の守りを担って高位高官に昇った頼朝を背景にして編まれた歌合である、と序に記されている。

光行はこのような鎌倉との結びつきを図った結果、正治元年（一一九九）二月に頼朝の後継者・頼家が諸国守護の奉行を宣旨で認められた時には鎌倉にあり、その吉書始に列席している。その後も、京と鎌倉のパイプ役となって動いていった。

「若宮社歌合」に出詠した歌人はすべてで三十二人、その顔ぶれを見ると、六条家の顕輔の猶子である顕昭が判者であることを反映し、藤原季経・顕家《あきいえ》・有家《ありいえ》の六条家の人物が多く見え、定家らの九条家に連なる歌人は藤原隆信以外にはいない。三位以上の公卿が三人、四位の貴族が六人、五位が七人、六位が四人、僧職者五人、出家者四人、女房三人の構成であった。

出詠の歌人たちに認められるのは後白河院との深い関係である。中原有安、源仲頼《なかより》、大江公景《きみかげ》、長明ら五位は院の北面、藤原季定《すえさだ》と菅原是忠《これただ》も後白河院に仕えており、僧の法印静賢《じょうけん》は法皇の乳母夫信西の子であり、遁世者の沙弥性照《せいしょう》（平康頼）は鹿ケ谷事件の張本の一人である。長明は後白河院の下北面であって、琵琶の師有安とともに歌合に誘われたのであろう。

長明は後に鎌倉に下った際、頼朝の墓堂である法花堂に参って、「草も木も靡し秋の霜消て空しき苔を払う山風」という権勢を誇った頼朝のことに思い出して歌を詠み、懐旧の涙を催しているが、それはおそらくこの前年の上洛と若宮社歌合の盛儀を思い出してのことであったろう。

歌合の題は「山居聞鶯」「松間梅花」「寄祝言恋」の三題で、前二題は開催季節の春に関わる歌、三つ目が若宮に寄せた祝言の恋の歌となっている。長明がこの時に詠んだ「寄祝言恋」の歌が、次の歌である。

我君の千世のみかげに住ながら　はかなき恋に身をやかへてむ

顕昭は「左歌、題こころはたしかによまれて侍めり」という判を下し、侍従と番った長明の歌に勝を与えている。後白河院の御蔭の下に住む歌人のはかない恋を詠んだものである。

瀬見の小川

若宮社歌合があった建久二年にはすでに歌の師である俊恵はこの世にいなかった。そのことは『新古今和歌集』一六六七番の次の賀茂重保の歌からわかる。

俊恵法師身まかりて後、年頃遣はしける薪など、弟子どものもとに遣はすとて

煙絶えて焼く人もなき炭竈の　あとのなげきを誰かこるらむ

俊恵の死を悼んだ歌で、俊恵の弟子たちに薪を送ったとあるので、その送られた一人に長明がいたことは疑いない。この歌を詠んだ重保が建久二年に亡くなっているので、俊恵の死はそれ以前ということで建久元年以前とわかる。その俊恵の死とともに長明は和歌を顕昭に頼むところとなったのであろう。長明が自分の詠んだ歌について顕昭に語った話が『無名抄』の「瀬見の小川の事」の話に見える。

　光行、賀茂社歌合とてし侍りし時、予、月の歌に、
　　石川や瀬見の小川の清ければ　月も流れをたづねてぞすむ
　と読みて侍しを、判者にて師光入道、かかる河やあるとて、負けになり侍にき。思ふところありてよみて侍しかど、かくなりにしかば、いぶかしくおぼえ侍し程に、

光行の勧進した「賀茂社歌合」において、石川の瀬見の小川が清らかなので、賀茂の神が鎮座し、月もその流れを求めて川面に澄んでいる、と「瀬見の小川」という詞を使って詠んだところ、判者である源師光《もろみつ》入道から「このような川はあるのか」不審であるとして負けとされてしまい、いぶかしく思っていた。

しかしその後、師光の判には問題が多いということから、改めて顕昭に判を依頼すると、「石川瀬見の小川、いとも聞きおよび侍らず。ただし、をかしく続けたり」と、評価されたので、顕

昭に逢った際に、賀茂川の異名であることが当社の縁起に見える、と語ると、驚いて知らない名所ではあったが、歌様がよかったので難を示さなかったものであり、「これすでに老の功なり」と語ったという。

しかしその後、このことを聞いた禰宜の祐兼が、こうした詞は晴れの歌会においてこそ詠むべきであって、このような褻《け》の会で詠むのは無念である、と大いに難を示したのであるが、やがて藤原隆信や顕昭も詠むところとなり、かの歌も『新古今和歌集』に採られたとして、長明は大いに喜んでいる。

では、この歌はいつ詠まれたのであろうか。顕昭の著した歌学の書『袖中抄《しゅうちゅうしょう》』は、この瀬見の小川を歌語として採っている。顕昭は瀬見の小川について長明の歌で始めて知ったのだから、この『袖中抄』が著される前に歌会は開かれたのであろう。『袖中抄』の成立は顕昭が『古今集註』を著した文治元年以後で、『六百番歌合』で顕昭自身が瀬見の小川の歌を詠んでいるので、建久三・四年以前ということになるが、光行が生まれたのが長寛元年（一一六三）であれば、早い時期ではなく、「若宮社歌合」の勧進をした建久二年（一一九一）前後のことになろう。

なお顕昭の『袖中抄』は、瀬見の小川について詳しく語っているものの、長明の歌には全く触れておらず、このことを知った時に長明はさぞや驚いたことであろう。

法皇の死と六百番歌合

建久三年（一一九二）三月十三日の寅刻、長年にわたって院政を行ってきた後白河法皇が六条殿御所で六十六歳の生涯を閉じた。兼実は法皇の治世を高く評価するかたわら、ただ「延喜・天暦の古風（古きしきたり）」を忘れてしまったことを恨めしく思う、と記している。

法皇は多くの所領を後鳥羽天皇に譲ったが、六条殿御所に付属する長講堂とその所領は、丹後局が産み、建久二年六月に宣陽門院《せんようもんいん》という女院号を与えられた覲子《きんし》内親王に譲っている。その宣陽門院での供花会《くげえ》に向けて長明が詠んだ歌の話が『無名抄』に見える。「瞿麦契久《なでしこ》」という題で「うごきなき世のやまとなでしこ」と、長明が詠んだところ、これを見たある先達が「わが歌に似たり。よみかへよ」と強く言われたので、やむなく歌会には別の歌を詠んで出したという。別の作品を出せ、といったこの先達については、「寂蓮顕昭両人事」という話の題からして、顕昭と見てよいであろう。

供花会は後白河院が法住寺殿御所で始めた芸能中心の法会であって、法住寺殿御所で始まり、六条殿御所の長講堂に移された後、院の死後には長講堂を継承した宣陽門院が主催するようになったものである。

後白河法皇の死後、兼実は政治を積極的に主導するところとなった。『愚管抄』が「殿下、鎌倉ノ将軍仰セ合ツツ、世ノ御政ハアリケリ」と記すように、摂関の兼実と鎌倉の将軍頼朝とが協調しながら政治が進められていった。兼実は建久三年七月十二日には頼朝を征夷大将軍に任じてその後援を頼みとしつつ、前年に定めていた新制に沿って朝廷の公事や行事の再興に意を注いだ。

建久四年（一一九三）四月十日には、中宮の御所において管絃の会を公卿・侍臣のうち糸竹に堪能な人々を集めて開くなど、九条家は文化の中心に位置するようになった。その九条家の家督・良経が、建久四年秋に当世の有力歌人に歌を依頼して成ったのが『六百番歌合』である。左方に藤原良経・兼宗《かねむね》・有家・定家、顕昭、右方に藤原家房《いえふさ》・経家《つねいえ》・隆信・家隆、慈円、寂蓮という組み合わせで、春夏秋冬の四季題が五十、「初恋」から「寄商人恋」までの恋題が五十という新鮮な題が出されて詠まれ、その上で番を組まれた二人が相互に批評するのを受けて、俊成が判を行うという趣向により良経の邸宅で披講された。

俊成の御子左家と、それとは対立関係にあった六条家の歌人も招かれたこの企画は、余情と優艶を重んじた俊成の判に、六条家の顕昭が『六百番陳状《ちんじょう》』を著して批判するなど、大いに議論を呼び、摂関家を場とする和歌の饗宴となった。

この『六百番歌合』で両派を代表したのが顕昭と寂蓮である。南北朝時代の頓阿の歌論書『井《せい》蛙抄《あしょう》』には、二人が日ごとにいさかいをして、顕昭が法具の独鈷《どっこ》をもち、寂蓮が遁世者として頭を丸くして鎌首《かまくび》のような姿をしていたので、「独鈷かまくび」と女房たちに称されたという言い伝えを記している。「新古今時代」の幕開けとなる歌合となった。

有安の楽所預

建久五年（一一九四）二月二十七日に内裏に楽所《がくしょ》が置かれると、別当に蔵人頭中将の藤原兼宗と蔵人右衛門尉橘成広《なりひろ》が任じられ、楽所預には筑前守中原有安が任じられた。ほかに寄人として殿上人では藤原親能《ちかよし》（左中将、箏）、藤原忠季《ただすえ》（右中将、笛）、藤原公経《きんつね》（右中将、琵琶）、藤原隆雅《たかまさ》（前右衛門佐、笙）、藤原忠行《ただゆき》（右少将、篳篥《ひちりき》）、地下では藤原経尹《つねまさ》（笛）、藤原高通《たかみち》（琵琶）の二人の蔵人五位であったという。

長明の師・有安はここに楽所預となったのだが、先例ではこのような侍や五位の者が預に任じられたりした例はない、と舞人・楽人らが訴えていることを知った関白の兼実は、楽人の多好方《よしかた》を招いて事情を尋ねたところ、欝念を抱いていないということであった。もともと批判には根拠はないのだ、と兼実は記し、近衛の召人は殆ど侍に劣っており、どうして侍品《さむらいぼん》の者を嫌うことがあろうか、こうしたことはただ器量によるべきである、として、有安を起用した理由を記している。有安に管絃の道において、当世で比肩できる人はいない。私は当初、胡曲をあらあら姉の故女院（皇嘉門院）に習っていたが、その他の楽などはみな有安を師として伝え習ったという。

ここにうかがえるように、以前から有安は兼実から多大な信頼をえていた。建久二年四月十三日の中宮での童舞の後の御遊では、拍子を公継卿《きんつぐ》、笙楽を利秋《としあき》、笛を泰通卿《やすみち》と忠季朝臣、楽人宗方《むねかた》が、篳篥を楽人季道《すえみち》が、琵琶を隆房卿《たかふさ》が奏し、有安は方磬《ほうけい》を打つとともに、別の命によって大鼓をも打って、「尤も優也」と評されている。

楽の面ばかりでなく、同二年五月十七日の夜に兼実邸にやってきた有安は、天台座主の顕真《けんしん》が、昨朝に大原に入ったことを伝えるなど、情報通であった。有安が顕真と知音の間柄であることから、座主辞退の真意を尋ねさせていたことによるという。

こうして建久五年正月には有安を筑前守に任じ、さらに楽所預に補したのである。同五年三月十日の中宮の大原野行啓の試楽では、兼実は楽所預有安に楽屋にあって大鼓を奉仕させている。ただその後の有安の活動は史料不足のためよくわからないのだが、建久八年に筑前守が源泰宗となっていることや、この時期に有安の仕えた兼実が関白を罷免されていることからして、有安も楽所預をやめることになったであろう。

楽書の『胡琴教録』は「師説云」と、この書の著者の師である有安の言を中心にして語られているが、これは同じく有安の弟子となり、養子となった中原景康《かげやす》の手になるものである。景康はもとは吉備津宮《きびつぐう》の神官の子で、有安がその社に参詣した際、笛を吹いていたその技量を認め弟子になった。このことを伝える『文机談』は、「笛もうち物もよくよくつたへけり」と語り、他方で「有安には鴨長明と聞えしすき物もならひ伝けり。わづかに揚真操《ようしんそう》までうけとりて、残りはゆるされずしてうせにけり」と語っていて、長明は有安から多くの曲を継承しなかったとする。

景康が有安の継承者となって、その景康が師の説をまとめたのが『胡琴教録』である。『胡琴教録』の伝本は中原光氏《みつうじ》の本を書写したものであるが、光氏は景康の子である。

長明の悩み

建久五年八月十一日に中宮の和歌会が禁裏で行われるなど、九条家を中心にして和歌の世界が大きくひろがっていたが、それとともに長明は悩みを抱えるようになったと考えられる。建久六年正月二十日の「民部卿（藤原経房）家歌合」の参加者を見ると、多くの歌人たちが出席しているのにもかかわらず、長明は出席していない。

この時の歌人はすべてで四十六人、当代の歌人たちが集った。上賀茂社の摂社である片岡社の禰宜である賀茂重政《しげまさ》も名を連ね、源光行などもいるのに、長明の名は見えないのである。しかもこれ以降、久しく長明の歌会・歌合への参加が見出されない。後鳥羽院に仕えた家長は、この時期の長明は「やしろのまじらいもせず、こもりゐて侍し」という状況だったと記している（『源家長日記』）。

『無名抄』もこの時期の話を殆んど記していないが、僅かに「近代古体」の話からは、この時期の長明の心境が窺えよう。それは五つの問をあげ、それに答える問答体の形式の文章であるが、実は自問自答といえるものであろう。まずは第一問。

ある人問云、この頃の人の歌ざま、二面に分かれたり。中頃の体を執する人は、今の世の歌をばすずろの事のやうに思ひて、やや達磨宗などいふ異名をつけて、誹《そし》り嘲《あざけ》る。またこの頃様を好む人は、中頃の体をば、俗に近し、見所なし、と嫌ふ。やや宗論の

たぐひにて、事きるべくもあらず。末学、是非にまどひぬべし。いかが心得べき、と
いふ。

近頃の歌の詠みぶりは二つに分かれており、中頃の歌がよいと言う人は、今の世に流行する歌を意味のない歌のように思って、達磨宗などと称して誹謗している。また近頃様の歌を好む人は、中頃の歌が俗っぽく、見所のない歌と嫌っている。これは宗論のようなものであるから、決着するものではなかろうが、末学の者にはその是非に惑うので、どう心得ておけばよろしいであろうか、と。

この問は、建久四年秋に藤原良経が有力歌人に歌を依頼して編まれている『六百番歌合』に顕著になった二つの歌の流れに関するものである。これへの長明の答えは、「これはこの世の歌仙の大きなる争ひなれば、たやすくいかが定めむ」と、歌人にとっての大問題なので簡単には答えがたいのだが、と前置きして答えてゆく。

この問に対し、長明は悩んでいたのであろう。「人のならひ、月星の行度をも悟り、鬼神の心をも推しはかる物なれば、おぼつかなくとも、心の及ぶほど申し侍らん」と述べて、この時期に考えぬいたことを次のように記しているのである。

歌の様は時代によって異なるものであり、『万葉集』まではこまやかな情趣を述べるだけで、姿や詞を選ぶ必要はなかった。中頃の古今集の時代には歌に花と実が備わっていたが、この頃か

ら様々に分かれてゆくようになり、やがて風情が尽きてしまい、詞も古びてきてしまった。こうしたなかで今の人の中には、古風に帰って幽玄の体を学ぶ動きが生まれ、中古の流れを墨守する人々をそしりあざけるようになったのである。

しかしまことの志は一つであって、清輔や頼政、俊恵、登蓮などの詠み口は今の世の人にとっても捨てがたいものであり、基本的には一方に偏執すべきものではない、と結論づける。こうして以下の五問までをさらに掲げて、答えてゆく。

第二問「今の世の体をば新しく出で来たるやうに思へるは僻事《ひがごと》にて侍るか」

第三問「この二つの姿、いづれかよみやすく、又秀歌をも得つべき」

第四問「聞くがごとくならば、いづれもよきはよし、わろきはわろかりけり。学者は又、我も我もと争ふ。いかがしてその勝劣を定むべき」

第五問「その幽玄とかいふらむ体にいたりてこそ、いかなるべしとも心得難く侍れ。そのやうをうけ給はらむ」

しかしそれらの問への答えはこの後に長明が悩むなかで到達したものであって、この時期に答えを得たものではなかったであろう。

新たな展開

頼朝が再び上洛したのは建久六年（一一九五）三月四日のことで、その主な目的は南都・東大寺の大仏殿の供養に結縁することにあったが、妻の政子と子の大姫・頼家らを帯同していたことからもわかるように、そこには武家の後継者に関わる問題があった。

頼朝は三月十日に京を出て南都に到着すると、その夜のうちに天皇も南都に行幸し、雨が降りしきるなかでの東大寺供養を三月十二日に行った。これは、「朝家・武門の大営、見仏聞法の繁昌」という盛儀であったという。

在京中の頼朝は娘の入内に影響力のある丹後局の要望を聞き、その意に沿って行動をとったことから、我が娘中宮の皇子誕生を求めていた兼実は、頼朝に強い不信感を抱くことになった。『愚管抄』は、「内裏ニテ又タビタビ殿下見参シツツアリケリ。コノタビハ万オボツカナクアリケリ」と記し、頼朝と兼実の間には懸隔が生じたことを語っている。

頼朝は六月二十五日に鎌倉に帰ってゆき、やがて兼実の娘が八月十三日に産んだのが皇女であったのに対し、内大臣通親《みちちか》の養女となっていた源在子が十二月二日に産んだのは皇子・為仁《ためひと》であった。天皇は皇子誕生を背景に政治への意欲を強めてゆくなか、しだいに兼実の存在をうるさく思うようになり、それとともに兼実の関白をやめさせようという動きが広がってゆく。特に禁中を掌握していた通親が、為仁を早く位につけることを望んで、即位に向けて動き始めた。

ついに建久七年十一月二十三日に天皇が押小路殿、大内に行幸するなか、二十四日に中宮は八条院に退出せざるをえなくなり、ここに至って兼実も観念し、二十五日に上表を提出しないまま関白をやめさせられ、通親が上卿《しょうけい》となって近衛基通が関白に任じられた。兼実の罷免と連動して、二十六日に慈円が天台座主と護持僧を辞退し、代わりに承仁《しょうにん》法親王が任じられている。九条家では良経だけが天皇の近臣だったので、そのままに留まったものの、やがて良経も籠居することになった。

　こうして九条家関係者は政界から排除されたが、和歌の世界では新風の藤原定家や寂蓮、慈円などの流れがしだいに大きな影響力をもつようになっていた。そうした動きに基づくのであろう、仁和寺の守覚法親王が動いた。

『北院御室《きたいんおむろ》集』という歌集もある歌人の守覚は、治承・寿永の内乱の前後に多くの歌人たちに命じて家集や歌学書の撰進を命じていた。藤原教長《のりなが》の『古今集註《こきんしゅうちゅう》』は奥書に「治承元年九月十二日、教長入道に謁し、訓説を受け訖ぬ」とあって、治承元年（一一七七）九月に守覚に献呈されており、藤原俊成の自撰歌集『長秋詠藻《ちょうしゅうえいそう》』も「治承二年夏、仁和寺宮の召しにより、書き進す所也」と、治承二年夏に献呈されている。守覚の近くに仕えて阿闍梨となった顕昭は、寿永二年（一一八三）に『拾遺抄註』『後拾遺抄』『詞華集註』『散木集注』『古今集序注』を次々と著して進め、文治元年（一一八五）に『古今集注』を進めていた。

　このように守覚の和歌への関心は高く、源平の争乱後にはとくに顕昭とともにあったことがわかるが、建久八年、歌論書『古来風体抄《こらいふうていしょう》』を著した俊成は、これを守覚に献呈している。従来、本書は式子《しきし》内親王に捧げられたものと考えられてきたが、建久八年（一一九七）十二月五日に守覚の仰せを受けた俊成が、子の定家とともに和歌を詠進することを約束しており、九年から翌年にかけて守覚の主宰によってなった『守覚法親王家五十首』に協力するなど、守覚と俊成との関係は深まっており、その内容や他の徴証からして守覚に捧げられたものと考えられる。

後鳥羽院政の開始

建久八年（一一九八）九月六日、天皇が寵愛していた藤原範季《のりすえ》の娘重子《しげこ》が皇子守成を産み、在子との間に生まれた為仁にとっては強力なライバルとなることが予想されたことから、通親は為仁の即位をめざし天皇に譲位を強く働きかけるようになった。十月二日に通親が伊予国を知行して二条殿御所を華麗に造営したのは、譲位後の御所と期してのものであり、また十月十日に関白基通の子家実《いえざね》を中納言となしたのは、その支持をとりつけようとしたのである。

天皇も窮屈な状態から抜け出すことを願っていたから、譲位することに異存はなかった。しかし頼朝はそのままには認めるわけにいかなかった。関白の更迭は認めたものの、その後に続く兼実や慈円が失脚することまでは考えていなかったから、譲位を急ごうとするその打診に対し、幼主を立てることは「甘心《かんしん》」しないとの返事を送った。この書状は翌建久九年正月四日に京に着いたのだが、すでに天皇は譲位を決断していた。

建久九年（一一九八）正月九日に閑院内裏において譲位の議定が開かれ、すぐに譲位の運びとなって、土御門天皇に位が譲られ、関白基通が摂政となって参院し、後鳥羽院の院司が任じられた。上皇になって初めての神社参詣は、先例に沿って石清水八幡と賀茂社を選び、二月十四日の八幡御幸では、男山の山上まで束帯で歩行して、伴をした貴族たちを閉口させている。二月二十六日に賀茂社御幸があり、一連の譲位にともなう行事がひとまず終了すると、その翌日には再び鳥羽殿に御幸している。かつて後白河法皇は法住寺殿を院御所として整備したが、上皇は鳥羽殿に目をつけて文化空間として整備していくことになる。

三月三日、土御門天皇が大内の太政官庁で即位し、四月には待望の二条東洞院殿御所（二条殿）が完成し、上皇は二十一日に移っている。通親が伊予を知行国として造営した二条殿は、十間の厩、七間の牛屋にそれぞれ馬・牛を立てられるなど、「荘厳、善を尽くし、美を尽くす」「華構の壮麗、筆端に及ぶ所に非ず」という豪華さであったという。

譲位の後、洛中辺土をめぐっていた上皇は、さらに遠くへと足を運んだ。石清水・賀茂御幸に続いて、四天王寺・住吉社に御幸している（『源家長日記』）。四天王寺と住吉社にはかつて後三条天皇や後白河法皇が赴いているので、それらを踏まえての御幸であろう。住吉の浜は激しい雨風のなかでのことであったが、これまで海辺に接していなかった上皇にとって多くの感慨をもたらしたと考えられる。

住吉の神が和歌の神であることを考えると、後年の和歌への関心はこの頃には生まれていた可能性がある。七月二十八日になると、宇治の平等院に御幸し、続いて熊野御幸となった。かつて大治四年（一一二九）に白河院が亡くなった時、鳥羽上皇はすぐ翌年十一月二十八日に熊野に進発したが、これは白河院の晩年の熊野御幸を引き継いで院政を行うことを神に告げるためであった。また後白河院による永暦元年（一一七〇）の初度の熊野詣もまた、国政を掌握する院の立場を示すものであった。後鳥羽上皇も同様であったろう。

そうしたなかで、関東の頼朝が二月二十七日に相模川に架けられた橋の供養に臨んでの帰途に落馬し、それが遠因となり、翌建久十年（一一九九）正月十一日に出家し、十三日に亡くなっている。享年五十三。

すぐ正月二十六日に子の頼家に「前征夷将軍源朝臣の遺跡を続《つ》いで、宜しく彼の家人郎従等をして旧の如く諸国守護を奉行すべし」という宣旨が下され、これに基づいて二月六日に幕府で吉書始が行われたが、それには「北条殿（時政）、兵庫頭広元《ひろもと》朝臣、三浦介義澄《よしずみ》、前大和守（源）光行朝臣」以下が政所に列していた。三善善信《ぜんしん》が吉書の草案を作成し、仲業《なかなり》が清書したものを広元が持参して頼家が寝殿で披覧している。

頼朝死後の朝幕体制は、通親と親しい関係にある広元と通親との連携によって進められることになり、朝親の政治は通親の主導によって動いていった。

王の歌

上皇は建久十年（一一九九）二月末から鳥羽殿に滞在していたが、三月十七日に京の大内で桜が満開という知らせを受け、大内に御幸している。花はやや盛りを過ぎ、花びらは散り始めていたが、見事なものであったという。

天皇在位の際には花の下に左近の司が陣を引いていたのに、このたびの御幸では彼らが布衣《ほい》の姿で庭に出ていることについて、花はどのように思ったのだろうか。上皇はそう思いつつ、花を愛でるなか、花一枝を折ってくるように近くに仕えていた源家長に命じ、それが進められると、硯を召して次の和歌を記し、傍らにいた通親と中務少輔入道寂蓮に賜ったという。

雲の上に春暮れぬとはなけれども　馴れにし花の影ぞ立ち憂き

花が散りゆき、春が過ぎようとする風景を見て、馴染んできた花の下から立ち去りがたい、と大内の主である王の立場から詠んだ歌である。これに対して通親と寂蓮からはそれぞれ次の歌が返ってきた。

あかざりし君がにほひを待ちえてぞ　雲ゐのさくら色をそへける
いかばかり雲ゐの花も思ふらん　なれしみゆきのあかぬにほひを

花も君の御幸を迎えて、その色や匂いを増しています、とともに返したのである。この大内への花の御幸は単なる御幸とは違い、上皇が大内の主として和歌を詠んだことに大きな意義があった。初めて公の場で詠んだ歌でもある。

大内は朝廷の政治の中心となる場であって、保元の乱後に信西がその再建を担って、公事や行事の復興を果たしてきており、その後も何度か修造がなされてきていた。したがって上皇がこの地で和歌を詠んだことの意義は大きく、上皇の和歌は鳥羽に続くこの大内から本格的に始まったものと指摘できよう。

大内で上皇の歌をあたえられた通親と寂蓮の二人は、上皇が和歌を詠むうえで大きな影響をあたえた人物であろう。そのうちの通親は、上皇が和歌を好み始めたことからそれの手助けをしてきた。何かと上皇を援助するなか、和歌においても援助したのであろう。

そして寂蓮を上皇に引き合わせたのも通親であったと考えられる。この時に上皇は鳥羽にあって急ぎ大内に直行しているので、寂蓮は鳥羽殿に伺候していた可能性が高く、上皇の歌に最初に大きな影響をあたえた歌人であったといえよう。上皇はその寂蓮を通じて和歌の世界を深く知り、詠むに至ったと見られる。

九条家の復活

上皇は和歌にいそしむとともに、新たな動きに出た。正治元年（一一九九）六月二十一日、藤原（花山院）兼雅《かねまさ》が病により左大臣を辞すると、勅勘により籠居していた内大臣良経を左大臣に、源通親を内大臣に、右大臣の頼実《よりざね》を太政大臣に、右大臣に近衛家実を任じ、源通資《みちすけ》を大納言に、藤原宗頼《むねより》を検非違使別当に任じるなど、大幅な人事を行ったのである。

通親が主導した人事であり、自身は内大臣になったのだが、同時に良経の復活も明らかとなり、しだいに上皇の意思が示され始めていった。喜んだのは九条家の関係者である。心配していたところ、良経の籠居も解けた。このことを聞いた定家は「心中の欣快《きんかい》、喩《たとえ》に取るに物なし」という喜びようであった。慈円は「院ヨクヨクオボシメシハカラヒテ」と語って、これは上皇の計らいであると記し、「院ノ叡慮ニ、サラニサラニヒガ事、御偏頗ナルヤウナル事ハナシ」と記して、上皇の偏りのない人事を賞賛している（『愚管抄』）。しだいに九条家や一条家の関係者が復活をみていった。

しかしこうした京の動きとは別に、鎌倉では、頼朝死後の頼家の政治をめぐって対立が深まっていた。四月十二日に頼家が直接に裁断することが停止されると、四月二十日に頼家は梶原景時《かげとき》に命じて頼家の近習たちの鎌倉中での行為を厚遇する措置をとらせており、頼家を支えていた梶原景時と御家人との対立が表面化していった。

ついに十月二十七日には頼朝に仕えていた御家人の結城朝光《ともみつ》が「忠臣は二君につかへず」と語ったという発言を巡って、景時が頼家に讒訴したため、三浦義村《よしむら》を中心にして景時を排斥する一揆の訴状が十月二十七日に作成された。頼家は御家人らのこの一揆の訴状を見て、景時に弁明を求めると、景時は何も言わずに翌日に子息や親類を率いて鎌倉を退き、所領である相模国一宮に下っていったという。その後、いったん景時は鎌倉に戻ったものの、十二月十八日に鎌倉中を追放する処分が下され、翌正治二年（一二〇〇）正月には景時は上洛を企て、相模を発ち京に向かったところを、その翌日、途中の駿河で討たれている。

こうした関東での政変は京の通親にも影響を及ぼした。正月二十七日に景時逐電の噂が京に伝わると、二月二日に院御所で梶原謀反追討の祈りが行われ、二月五日には慈円が院御所で如法北斗法を修すことになり、ここに九条家の完全復活が明らかとなった。

それを反映して、二月九日に良経は詩歌合を行っており、二月十八日には良経が参院して上皇に拝謁を遂げている。これを聞いた父兼実は感涙を拭って懐旧を催したという。さらに良経は閏二月に十題二十番の撰歌合も行っている。

九条家の復活を認めた上皇は、正治二年（一二〇〇）二月九日に、院中の雑遊で修正会《しゅしょうえ》を真似て鬼役の殿上人を人々が杖で叩く遊びを行ったが、その時に源顕兼が鬼役になると、皆が手ごとに杖を持って叩いたことがあった。これは上皇が顕兼を憎んでいたからというが、これを見て呆れた通親は、「今においては吾が力及ばず」と語った、と定家に伝わってきている。

そうした上皇を二月十四日に通親は水無瀬《みなせ》の山荘に迎えて接待している。水無瀬への御幸は、この正月十二日に「上皇今日、皆瀬御所に御幸すと云々。供奉人、水干を着ると云々」とあるのが『明月記』のはじめての記事であり、以後、水無瀬御幸は頻繁になってゆく。水無瀬御所は上皇が得た新たな空間であり、この地において上皇は快く和歌を詠むところとなってゆく。

Ⅲ　奉公の勤め

歌会の場の風景　『慕帰絵詞』（国立国会図書館蔵）より

八　歌の事により北面に参り——正治・建仁の頃

石清水若宮歌合

正治二年（一二〇〇）四月十五日に後鳥羽上皇は寵愛する重子（後の修明門院《しゅめいもんいん》）との間に儲けた第三皇子の守成《もりなり》親王を皇太弟とした。いずれは守成が即位する路線がしかれたのであり、ならば通親の乳母夫としての地位が失われることになる。そこで通親は東宮を補佐する傅となり、さらに東宮権亮に子の通光を任じ、六月十二日に中院第に上皇と東宮を迎えると、その翌日には天皇も迎えている。

この頃に通親を中心にして編まれたのが『石清水若宮歌合』である。これは六十六人の歌人から歌を集めて成った歌合で、「道清法印結構　正治二年」とあるので、石清水八幡宮寺の別当道《どう》清《せい》の勧進という形をとるが、道清は四勝一持という好成績からして、主催者というより納受者と見られ、判者が通親であることから、事実上、通親が中心にあったものと考えられる。

六条家の季経、経家、顕昭や、御子左家の俊成・定家・寂蓮、歌僧の祐盛・覚盛、女房の小侍従・讃岐《さぬき》など広く時の歌詠みたちを集め、桜・郭公・月・雪・祝の五題の各三十三番からなっている。成立は藤原季能《すえよし》が大皇太后宮大夫と見えるので、その任じられた四月一日以降のこと、八月四日に通親の妻で、院の乳母であった範子が亡くなっているので、それ以前、さらに通親と定家の関係が悪化する前ということから、六月に東宮に立てられ、その奉祝を目的に編まれ、石清水八幡の若宮に捧げられたのであろう。

長明はこの歌合に招かれて、源敦房《あつふさ》と番えられて、勝四、持一という成績であった。長明の歌とその判を掲げておこう。長明はいずれも二十四番の右方である。

面影をこぞより雪はふるせども　なをめづらしきみねの初はな（桜）
右の、ふるせどものこと葉、おもふべくや、仍持とすべき者か
ききつとも誰にかたらむ郭公　それまでおしきよはの初声（郭公）
右の、それまでおしき、いささか心あるにや
ながめやる山のは近くなるままに　ねやまで月の影は来にけり（月）
右、終句ぞ猶思べくやみゆれど、さもありぬべき風情なれば、可為勝か
里近くなるるきぎすの声もなし　山の奥にも今朝の初雪（雪）
右、すごく聞ゆれば、勝侍べきにこそ
にしの海なみをわきていは清水　まぢかくすむもわが君のため（祝）
右、終句ぞたしかにきこゆれど、左ひがごとなれば、右勝べきにや

通親は上皇の和歌の成長に関わっていたので、新たな歌人の発掘の意味もあったのであろう。ここに長明が招かれ、いよいよ歌会に復帰するところとなったのである。

この六月下旬から上皇は和歌を公の場で頻繁に詠むようになって、上皇の和歌が世に広く示されるところとなった。六月二十二日に「暁天残月」、六月二十三日に「月前管絃」、六月二十八日に「萩風増恋」、七月四日に「花有歓色」という題で詠まれた当座和歌などに、上皇の詠作が認められる。

御所での歌合

正治二年（一二〇〇）七月になると、上皇は百首歌を企画し、多くの歌人たちに詠むように勧め、「正治初度百首歌」が成った。当初、藤原定家は通親によりはずされかけたが、俊成の取り成しによって入ることになり、上皇と定家の密なる交流の始まりとなった。

歌人は二十三人の広きに及び、上皇のほか、三宮惟明《これあき》親王、御室守覚法親王、前斎院（式子内親王）の三人の宮たち、左大臣良経、大納言忠良《ただよし》、前中納言隆房《たかふさ》、正三位季経・経家といった公卿たち、大蔵卿範光《のりみつ》、従四位下少将定家、従四位下隆信、従四位下家隆らの廷臣たち、入道左大臣実房《さねふさ》（静空）、入道三位俊成、入道生蓮（師光）、寂蓮らの出家した貴族たち、僧の前大僧正慈円、女房の讃岐、小侍従、丹後《たんご》などである。

先例の『堀河百首《ほりかわひゃくしゅ》』や『久安百首《きゅうあんひゃくしゅ》』では、歌人はすべて歌詠みの廷臣や女房であったが、このたびはそれに歌僧を入れ、三人の宮をも入れるという意欲的な企画である。

この成功に気をよくした上皇は、すぐに次を企画し、九月十二日に「十首歌」を進めるよう歌人たちに命じている。長明はこれらに召されることはなかったが、九月末日に行われた『九月尽《じん》日《じつ》歌合』には十六人の歌人の一人に選ばれている。

歌題は「月契多秋」「暮見紅葉」「暁更聞鹿」の三つで、判者は藤原俊成。作者は、上皇、内大臣通親、権大納言忠良、俊成入道、参議公経《きんつね》、左近中将通具《みちとも》、右近権中将定家、侍従雅経《まさつね》、春宮亮範光、能登守具親《ともちか》、散位隆信、相模、讃岐、民部少輔隆範《たかのり》、散位隆実《たかざね》らで、先の百首歌の歌人に入らなかった通親、公経、通具、雅経、具親、相模、隆範、隆実、長明が半分を占め、新たな歌人を発掘することが考えられて、それに長明も召されたのであろう。

この歌合において、長明は「月契多秋」で範光と、「暮見紅葉」で具親と、「暁更聞鹿」で隆実と番って詠み、上皇の近臣中の近臣であった範光とは持の成績であったが、他は勝をおさめている。具親との四番を見ることにしよう。

四番　左　　　　　　　　　　　具親

いとどまたしぐれにくるる山のはの　あかぬ梢のあけむ色々

右　勝　　　　　　　　　　　鴨長明

あかずみる梢の空の暮行ば　散らぬもみぢの惜しまるるかな
右歌、散らぬもみぢの惜しまるるかなと侍る、末の句ことにをかし、仍以右為勝

ここでは長明の末句がことに出来映えがよいとされて勝ちとなったが、番った具親は、かの「瀬見の小川」の歌に判を加えた源師光の子であり、後に長明と同じく和歌所の寄人となる。次に掲げる八番については、長明が『無名抄』の「取古歌」の話のなかで触れている。

八番　左　　　　　　　　　　　　　　　　隆実
夜もすがら山のたかねに鳴く鹿の　ちこゑに成りぬあけやしぬらん
右　勝　　　　　　　　　　　　　　　　　長明
今こむと妻やちぎりし長月の　有明の月にをしかなくなり
左歌、千こゑ、あまりにや侍らむ、右歌、いひしばかりといへる歌ぞむげにおなじさまに侍れど、左にはまさり侍らむ

番った隆実は藤原隆信の子で、後に信実と改名する歌人で、歌物語『今物語』を著すことになるが、その詠んだ「千こゑ」の表現が難とされ、長明の歌が勝となっている。

定家と長明

この時の長明の歌について『無名抄』は次のように語り、古歌を取るときのあり方について、藤原定家が難を加えた、と記している。

この歌は、ことがら優しとて勝ちにき。されど、定家朝臣当座にて難ぜられき。かの素性が歌に二句こそは変りて侍れ、かやうに多く似たる歌はその句を置きかへて、上の句を下になしなどつくり改めたるこそよけれ。これはただもとの置きどころにて、胸《むね》の句と結び句とばかり変れるは難とすべし、となむ侍し。

この歌は素性《そせい》法師の詠んだ「今こむといひしばかりに長月の　有明の月を待ち出でつるかな」の歌から「今こむと」「長月の」「有明の月」の三句をもとっているが、二句までにすべきこと、三句とるならば、上下入れ換えるなどすべきである、という難を示したのである。長明はこの定家の評価について特に語っていないので、その難を認めて『無名抄』に載せたのであろう。聞くべき時にはよく聞くという、長明の態度がよくうかがえる。

こうして長明はまずは無難な形で御所の歌合にデビューすると、翌日十月一日の歌会にも召された。「初冬嵐」「枯野朝」「夕漁舟」の三題が与えられ、十二人が出詠している。公経・範光・具親・定家・長明・女房（上皇）は、先の歌合と同じメンバーであって、ほかに今回は散位保季《やすすえ》、侍従隆祐《たかすけ》、安成《やすなり》、左衛門尉藤原季景《すえかげ》、散位宗長、前大和守公景《きみかげ》が新たに加わっている。保季は六条家の藤原季経の子、隆祐は藤原家隆の子、藤原季景と前大和守公景の二人は院の北面である。長明も「歌の事により、北面へ参り」と、『源家長日記』に記されているように、院の北面として遇されたのである。

散位宗長は、当時、その名が見えず、しばしば宗の字は家の字と間違いやすいので、歌人の源家長のことであろう。安成についても、その名が他に見えず、単に安成としか記されていないのでこれは仮名《けみょう》と考えられる。その成績が女房（院）の歌と番って持ということから見て、慈円の仮名の可能性が高い。慈円は後に康業《やすなり》の名で出詠している。

この歌合で長明は「初冬嵐」の題で、五番で藤原定家と番われ、持の成績となっている。

左　持　　　　　　　　　　　　　　　　左近権少将定家

けふよりや冬のあらしのたつた川　嶺のにしきは波のまにまに

右　　　　　　　　　　　　　　　　　　散位鴨長明

冬きぬとしらする峯の松の音に　ね覚よ深き大原の里

みねのにしき、紅葉にこそは侍らめど、さるもののあらん心やらん、松の音も、嵐にこそはと聞え侍れば、いづれにもおぼつかなくや、よりて為持この組み合わせは、前日の定家の長明に対する言を踏まえてのものであったろうか。なお長明は「宗長」（家長）との間で、「暮漁舟」で三番、「枯野朝」で四番において番うが、ともに負けとされている。

長明を推挙した人

上皇は不遇な人間を取り立てることに積極的であった。上皇の近くに仕えた家長は、その日記『源家長日記』において、「なにの数ならぬいたづらわざかなとみゆることまでも数々に学ばせ給へば、それにつけて誰たれ召し出だされ、心に思ふこと申し出だすめり。中にも和歌の道は、いひしらずとかや」と記し、何でも芸を学ばせ、堪能なものを召したが、なかでも新たに歌詠みを召し出しては朝恩を与えていったと記している。長明もまたこの上皇の意に沿って御所に召されたのである。

長明を推挙したのは通親と考えられる。「石清水八幡若宮歌合」にすでに長明を招いていたこと、通親が上皇の百首歌の企画に関わり、また以前には寂連を上皇に推挙しているなど、上皇の和歌の上達に大きな役割を果たしてきたこと、九月末日に行われた『九月尽日歌合』に子の通具とともに名を連ねていること、この後、通親が主宰する歌合に長明がしばしば名を連ねていることなどは、その点を物語るものである。『無名抄』の「榎葉井事」の話にはその通親邸での歌会のことが見える。

近く、土御門内大臣家に、月ごとに影供せらるること侍りし頃、しのびて御幸などなる時も侍き。その会に、古寺月と云ふ題にて詠みて奉りし、

ふりにける豊浦《とよら》の寺の榎葉井《えのはい》に　なほ白玉をのこす月影

五条三位入道これを聞きて、やさしくもつかうまつれるかな、入道がしかるべからん時、取り出でんと思ひ給つる事を、悲しく先《せん》ぜられにたり、とてしきりに感ぜられ侍き。

「五条三位入道」俊成によって長明の詠んだ歌が絶賛された歌会の場は、通親の主催していた「月ごとに」に行っていた影供歌合である。長明はその会で、榎葉井という歌枕を詠んだのだが、この詞は催馬楽《さいばら》に見えるものであり、誰でも知っていることではあっても、自分より先に詠んだ人はおらず、この後に定家が歌に詠んだということを、誇らしげに記している。ただ定家の『拾遺愚草《しゅういぐそう》』には、その詠んだという榎葉井の歌は収録されていない。どうも定家は長明をあまり評価していなかったようで、それは旧派に属することもあったが、嫌っていた通親により上皇に取り立てられたという経緯もあってのことであろう。

通親には「香山に擬《なぞら》へて草堂記《そうどうき》に摸す」という白居易の「草堂記」を模して作った漢文の文章があり、これは通親が久我の別業に草堂を建立した時のものであるが、この文章が長明の『方丈

記』に影響を与えたであろうことは、これまでに指摘されている。

正治第二度百首

二度目の百首歌は、初度の百首歌の成功に気をよくして上皇が熊野御幸に赴いた後に成立をみている。これに供をした範光・雅経・具親・隆実・家長の五人と、鴨長明・賀茂季保《すえやす》の二人の賀茂社の氏人、それに宮内卿《くないきょう》・越前《えちぜん》の二人の女房、「神主康業《やすなり》」と名乗る慈円らのあわせて十一人が詠んでいる（『正治二年院第二度百首』）。

この時の百首歌は二十題各五首からなる。最初が霞・鶯・花で春の歌、次が郭公・五月雨の夏の歌、ついで草花・月・紅葉の秋の歌、さらに雪・氷の冬の歌があって、これらは『堀河題百首』の四季の歌から選ばれており、残りは神祇・釈教、暁・暮、山路・海辺、禁中・遊宴、公事・祝言で、二題一組からなる五十首の歌で、その題は独自に選ばれている。

長明はこれをどう詠んだのであろうか。まとまって詠まれた百首歌には、詠んだ人の当時の思いや、これまでの生き方が示されることが多く、その意味からして最初と、最後の歌が重要である。

はるかぜのはらひもあへぬみねの雪を　まづけつものは霞なりけり（一・霞）
はれやらぬ心の空の朝霞　雪げをこめてはるめきにけり（二・霞）

いかばかりめぐみあまねきみよなれや　たかやののきのかやもしどろに（九九・祝言）
おりにあふことのはまでぞきこえあぐる　身はしもながらおもふちとせ（百・祝言）

雪に閉ざされた景色をまず霞が払い、ついで、晴れぬ心の朝の霞にも春が到来したことがわかる、と歌人として登用された喜びが、霞の歌からは伝わってくる。この祝言の歌には、御所に仕えるようになった身の引き締まる思いが詠まれているが、そのことをさらによく物語っているのが次の歌であり、禁中で公事に仕える嬉しさを思い、精勤することを誓っている。

君ぞみん千代をかさぬる九重の　雲ゐの花のゆくすゑの春（八一・禁中）
君が世に雲かかれとや百しきの　あたりにちりの山となるらん（八二・禁中）
君がためわたのはらからたづねきて　しるしをみする千代の初春（九一・公事）
諸人のなをあらたむる朝こそ　心の春のはじめなりけれ（九二・公事）

長明の立場の歌

これまでの長明の日常はどうだったのか。次の暁の歌から暮の歌にかけての一連の歌には、山に庵を構え、人と交流をもつ長明の姿が浮かんでくる。

おもふどち昔がたりによはふけぬ　ふすかとすれば鳥の初声（六四・暁）
やすらひにしらでねにける槙の戸を　明け方にさすしののめの月（六五・暁）
山がつののがひの道に馴にけり　をのが心とかへるはる駒（六六・暮）
しづのおが山路をいづる音すなり　爪木のしたにむつがたりして（六七・暮）
けふも又誰かは問ふとながめやる　おかべの松に日ぐらしの声（六八・暮）
月にこそ山のはかけてうらみしか　いりひの跡もこころすみけり（六九・暮）
さびしさよ雲ともわかでくれにけり　こさめそぼふる山陰のいほ（七〇・暮）

昔がたりをしているうちに夜が明けてしまったと詠む「おもふどち」の歌、山人が山路を通る音が聞えてくる「やまがつの」と「しづのおが」の歌、誰か訪ねてきてくれないかと待ち望む「けふも又」の歌、人が来ない寂しさを思う「さびしさよ」の歌などに、よくその点がうかがえよう。後に結んだ日野の方丈の庵での様子も、このようなものであったろう。

長明は、鴨の神に仕える立場にあったから、神関連の歌には特に注目が集まったであろう。それは神々に今の御代の平安を祈った一連の歌である。

よものうみの波をしづめて跡たるる　神やさながらあきつ島守（五一・神祇）
色かへぬきみにあふひのもろかづら　神にぞかくる千代の行末（五二・神祇）

やまとなるためしを見せよ君が代に　ちりにまじはる神ならば神（五三・神祇）
千代といはばいともかしこし朝夕に　いのる心は神のまにまに（五四・神祇）
さりともと濁なき世をたのむかな　流れたえせぬみたらしの水（五五・神祇）

では、長明の歌人としての本領はどこに発揮されたのであろうか。幾つかあげておこう。

ひさかたのあまの河水まさるらし　雲さへ濁る五月雨の比（二一・五月雨）
宵々にすむらんものを空の月　くもよりしたは五月雨の比（二二・五月雨）
たたきこし槙の板戸の音たえて　風だにとはぬ雪の夕暮（四五・雪）
かぜさはぐ波間の床に寝る鳥も　けふやつららの枕さだむる（四六・氷）
諏訪のとにくめぢの神やかよふらん　夜ぞ氷の橋わたしける（四七・氷）

天の川や空の月に対比して五月雨を詠み、冬の寒々とした風景を雪や氷に寄せて詠んでいるのがわかる。

歌合の展開
和歌の世界の面白さと奥深さを知り、和歌への自信を強めた上皇は、新たな趣向の歌合を次々と展開していった。たとえば翌年の正治三年（一二〇一）二月八日には「十首和歌会」を開いているが、これは和歌の試験の場でもあった。詠んだのは上皇と十九人の「試衆」で、俊成・良経・通親・定家・家隆・寂連らが陪席するなか、早々に上皇は読み終えたものの、他はなかなか詠めず、試衆皆が最後まで出し終えるのに相当な時間がかかったという。

この試験の結果、雅経・具親・通具・秀能《ひでよし》らが高く評価され、後に和歌所の寄人となってゆく。なかでも通具と雅経の二人は『新古今集』撰集に際して撰者となっている。秀能は下北面の武士で身分が低かったが、「秀能の外は下北面の者、晴の御会に接せず」と称され、上皇から目をかけられ、晴れの会に出席することが許されたという。

ほかに隆雅や隆衡、保季、家衡《いえひら》、隆実、賀茂季保など、実績のある歌人の親族、顕兼・忠行などの九条家の関係者、実兼・経通・信綱・家長・清範・季景・景頼などの上皇の近くに仕えていた人々などがいて、和歌試はこの年の和歌所の設置に向け、才能を見極める意味があった。広く歌人の才能を求めて行われたのである。ただその後、歌会への出詠がなくなる顕兼や、『新古今和歌集』に一首も採られていない人などは、この試験に不合格だったのであろう。

和歌試のあった翌日、上皇は定家・家隆・寂蓮らを召すと、上皇と良経が詠んだ五十首を結番して評定することを求めるとともに、さらにしかるべき歌人たちが詠んだ五十首を集めて、十六・十八日に歌合の評定を行っている。「老若五十首歌合」である。

この歌合は上皇により実力を認められた歌人たちによる歌で、老・若の二方に分かたれ、左の老方に大納言忠良、慈円、定家、家隆、寂蓮が入り、右の若方に女房（上皇）、良経、宮内卿、越前、雅経が配された。歌合は二百五十番、五百首からなり、ここからは多くの歌が『新古今和歌集』に採られることになった。

このように上皇が行った二月の和歌の行事は、新人歌人と和歌の手だれを発掘するという新たな和歌の世界の発掘を意図したもので、明らかに勅撰和歌集の編纂に向けての動きが認められるが、そのいずれにも長明は参加していない。

二月十三日が辛酉の年ということで改元されて建仁元年になると、その三月十六日に影供歌合を通親が開催している。歌合は上皇の御所の一郭にある宿廬《しゅくろ》が場とされ、「梅香留袖」「翠柳誰家」「水辺躑躅」「故郷山吹」「雨中藤花」「山家暮春」の六題、作者を隠して各十番の歌合となった。作者は上皇、内大臣通親、権大納言忠良、大宰大弐範光、俊成、慈円、隆信、通具、通光《みちてる》、保家、有家、定家、家隆、具親、保季、家長、長明、寂蓮、越前、宮内卿、「新参《いままいり》」（俊成女）らの二十人からなる。

この時に定家は、長明の座席について「五位と雖も、その身は凡卑、仍六位に准ず」と記し、身分が卑しく、五位ではあっても、六位に準じて扱われていたことを記している。早くに五位になっても、その後に位の上がらなかった長明に投げかけられていた視線は冷ややかであった。

ここで長明は「梅香留袖」の題の七番で源通光と番って勝、「翠柳誰家」の題の八番で源家長と番って持、「水辺躑躅」の題の九番で藤原有家と番って持、「故郷山吹」の題の十番で源通具と番って負、「雨中藤花」の題の五番で通光と番って負、「山家暮春」の題の二番で藤原家隆と番って持という成績であった。長明の歌のみを掲げておこう。

散らぬまはにほふともなき衣手に　名残しらるる梅のうつり香（梅香留袖）
すみなせる心も見ゆる梢かな　いかなる宿の青柳の糸（翠柳誰家）
吉野川たぎつ岩根のしらつつじ　かたえは波をさかせてぞみる（水辺躑躅）
池水ものぢとなりにし故郷の　みぎはわすれぬやまぶきの花（故郷山吹）
としどしの春を数へてわれもけふ　ながめし花をぬれつつぞ折る（雨中藤花）
聞てしもかぎりしらるる日数かな　軒ばにかへる谷の鶯（山家暮春）

新宮撰歌合

上皇は三月十九日には二十六人の歌人たちに十題の歌を提出させ、そのなかから七十二首の秀歌を選び、三十六番の歌合せにした『新宮撰歌合』を編んでいる。俊成が判者となり歌合の披講がなされ、定家が判と難の陳状を注すことになった。これについて定家は、極めて不堪なので恥を残すことになると思ったが、その仁にあたるので勤仕するように命じられ、「面目、身に過ぐる」と痛感したと、喜びを隠していない。

定家は選ばれた歌五首の中、月と恋の歌が上皇の叡感に与り、読上げの時には、「何の歌と雖も此の歌に勝つべからず」といわれたことから、「道の面目、何事かこれに過ぎん乎」と記し、「感涙禁じがたき者也」と涙をぬぐっている。なかでも「遇不会恋」の歌は頗る勝であるという上皇からの指摘があったのだが、判者の俊成が相手を勝と申したので負となったいわくつきのものので、これは通親の歌であればやむをえない、と記している。勝数では寂蓮が四首、頭中将通具が四首であったが、貴人たちを除けばこれだけの数はないと述べ、「和歌の中興に遇ふ」と大いに喜びをかみしめている。

定家に対する上皇の態度はいわば芸術家に対するパトロンといったものに相当するであろう。自尊心に溢れ、熱い魂をもつ芸術家に対し、批評家としての審美眼があり、自身も芸術家魂を有するパトロンという関係である。このような関係は日本の社会にはこれまで生まれなかったのだが、和歌という領域において身分の境界を突破し生まれたのである。ここに上皇ははっきりと勅撰和歌集の編纂に乗り出すことになった。

長明の歌は一首のみが採られ、三十一番で慈円とあわされたが、負となっている。

左　遇不逢恋　　　　長明
ながれてとなにおもひけんかち人の　わたれどぬれぬあふせばかりは
右　勝　寄神祇祝　　　　慈円
君が代をよろづ代とこそかぞふらめ　七のやしろの三の光は

以右勝之由、判者左右ともに申之

この歌合は二条殿の鎮守である新宮に寄せられた。この新宮には初度の百首歌の成功が祈られ、その成果も神前で詠まれていたから、新宮に本歌合が寄せられたのも、新たな和歌の企画の成功を祈ってのことと考えられる。それが勅撰和歌集の企画である。

『三百六十番歌合』

この三月過ぎに完成したと見られる歌合集に『三百六十番歌合』がある。三十六人の歌人の歌を集め、三百六十番に編むという極めて整然としたものであるにもかかわらず、勝負はつけられておらず、判もない。

歌人は上皇・三宮惟明・式子内親王、前関白（兼実）・良経・通親・忠良・隆房・公継・兼宗・季能・経家・季経、隆信・有家・定家・家隆・雅経・祝部允成《はふりべのまさなり》・長明・守覚法親王・慈円・静賢・顕昭・祐盛・覚盛、入道左大臣実房・入道右兵衛督惟方《これかた》・俊成・生蓮・寂蓮、小侍従・越前・宮内卿・讃岐・丹後らで、広く上皇と宮、公卿、貴族、神主、僧、遁世者、女房などに及んでいる。

序に「両十五番の昔に慣れ、緇素《しそ》数を定め、三十六人の風を慕ひ、優劣を判ぜず」とあり、僧俗の歌人を藤原公任の三十六歌仙に基づいて選んでいる。二度の正治百首の歌人から洩れているのは、範光・具親・隆実・家長・賀茂季保ら五人に過ぎず、ほぼこの時期の主要な歌人たちを網羅していた。

編成が整然としており、序に「五行に凝らして篇次《へんじ》す」とあって、春・夏・秋・冬・雑の五篇からなり、「一年に乗じて結番す」とあるように三百六十番に結ばれ、春・夏・秋・冬・雑の構成に恋の歌が見えないのが、正治二度の百首や「老若五十首歌合」と同じ趣向であるなど、こうした点からして後鳥羽上皇が関わっていたものと考えられる。

最も多い歌数は上皇・良経・慈円・俊成・式子内親王の五人で三十九、続いて寂蓮の三十六、定家と家隆の三十五、兼実が三十四、通親が三十一、隆信・有家と守覚が二十六、忠良と顕昭が二十三で、そのほか力量に応じて数が割り振られている。詠まれて間もない上皇主宰の百首歌や歌合からも多くの歌が採られている点は、上皇が関わっていなければ難しい。その人選といい、入集歌の数といい、そこには上皇の評価がうかがえる。すなわち『三百六十番歌合』は上皇が勅撰和歌集の編集を目指して、私的に編んだものであり、それを経て次のステップへと向かったのであろう。これに長明は次の五首が採られている。括弧内は題と番えられた相手である。

けさみればをきつなみまにねをたえて　かすみにやどるうきしまのはら（春・寂蓮）
すはのとにくめぢのかみやかよふらむ　よるぞこほりのはしわたしける（冬・雅経）
ふけぬればみよのほとけのかずならぬ　おほみや人のなをもきくかな（冬・家隆）

こえかねしあふさかやまにあはれけさ　かへるをとむるせきもりもがな（雑・祐盛）

これも又なににたとへむあさぼらけ　はなふく風のあとのしらなみ（雑・前宮内卿）

このうち「すはのと」の歌、「ふけぬれば」の歌、「これもまた」の歌の三つは正治百首歌で詠んだもの、「こえかねし」の歌は『鴨長明集』に載る歌である。『三百六十番歌合』に撰ばれた歌の多くは『新古今和歌集』に繋がってゆくことになるが、長明のこれらの歌は一つも採られることがなかった。このことは、長明の歌がこれから多くの研鑽を経て、上皇に認められるようになったことを物語っている。

三度目の百首歌

建仁元年（一二〇一）六月になると、三度目の百首歌を上皇は企画した。その構成は春二十、夏十五、秋二十、冬十五、祝五、恋十五、雑十首で、今度は極めて大掛かりなものとなった。その人数も三十人に及び、初度の二十二人より八人多い。

初度の百首歌の歌人のうち守覚法親王・式子内親王と、実房、隆房などが病や死によってはずれたが、惟明親王が残り、公卿では良経、忠良、入道俊成のほかに、通親、中納言公継・兼宗、宰相中将公経、三位中将通光、三位季能らが追加され、殿上人では定家、通具、隆信、家隆、寂蓮らのほか、有家、保季、良平、雅経、具親、家長らが加わった。僧では慈円のほかに顕昭が、女房では讃岐、小侍従、丹後のほかに宮内卿《くないきょう》、俊成卿女《としなりきょうのにょ》・越前らが追加されたのである。

季経・経家、範光、生蓮（師光）らははずれたものの、その後、提出された歌を『千五百番歌合』として編んだ際、季経と生蓮が判者の一人になっているので、何らかの事情によって詠まなかったのであろう。正治二度目の百首歌を詠んだ歌人のうちでは、範光・隆実・長明・季保の四人が入っていないが、彼らに依頼がなかったとは考えられず、歌人の数からして「三百六十番歌合」のように三十六人が考えられ、それを想定して依頼したところ、提出されたのが三十人にとどまったというのが実情であったろう。長明も出さなかった一人である。

良経は建久四年（一一九三）秋に、当世の有力歌人に歌を依頼して『六百番歌合』を企画したことがあったが、上皇はこの歌合に倣いつつ、その三倍の千八百番の歌合を構想したものと見るべきであろう。三十六人ならばその数となる。今回は顕昭らの六条家の歌人を含めるなど、当時の歌人を網羅しようとしたものと言ってよい。

この時に上皇の要望に熱くこたえたのが女房歌人である。なかでも宮内卿は、上皇から「かまへて、まろが面起こすばかり、良き歌つかうまつれ」と言われ（『増鏡』）、一生懸命に詠んだというが、この時の歌に詠んだ「薄く濃き野辺のみどりの若草に　あとまで見ゆる雪のむら消え（春・七六）」が評判をとり、「若草の宮内卿」と称されたという。

宮内卿は源具親の妹で、父は歌人の師光であって、「家の風たえぬことにすぐれるよし」が聞こえ、上皇に知られるようになったという。

『無名抄』の「俊成卿女宮内卿両人歌のよみやう変る事」の話は、「今の御所には、俊成卿の女と聞こゆる人、宮内卿と、この二人の女房、昔にも恥ぢぬ上手どもなり」と記して、二人の詠みぶりを語っている。それによれば、宮内卿は詠む段になると、初めから終わりまで草紙・巻物などを広げて火を灯しつつ、書き付ける作業を夜昼となく怠らずに案じる、という努力の歌詠みであって、そのために早死にすることになった、と記している。

もう一人の俊成の孫の俊成卿女は、この百首歌から六首もが『新古今和歌集』に採られることになるが、長明はその歌の詠みぶりをこう記している。

> 俊成卿女は、晴れの歌よまむとては、まづ日頃かけてもろもろの集どもをくりかへしくりかへしよくよく見て、思ふばかり見終りぬれば、みな取り置きて、火かすかにともし、人遠く音なくしてぞ案ぜられける。

徹底的に歌集を見終わった後に、独り夜中に詠んだという。この時に詠んで『新古今和歌集』に載った歌を一つあげておこう。「風かよふ寝覚めの袖の花の香に　かほる枕の春の夜の夢（春・一一二）」

九　御所に朝夕候し──和歌所の寄人として

和歌所の設置

三度目の百首歌の提出を経て、建仁元年（一二〇一）七月に和歌所が二条殿の殿上の北面に置かれた。寄人には左大臣良経、内大臣通親、座主慈円、三位入道俊成、頭中将通具、有家・定家・家隆朝臣、雅経、具親、寂蓮の十一人という豪華な顔ぶれである。

二人の大臣は格の高さを、出家遁世者三人は聖俗の世界にわたる領域の広さを、秀歌を詠む専門歌人五人は専門性の高さを示している。和歌所は和歌の叡智を結集する和歌の文化機構と位置づけられたのである。

七月二十七日に和歌所始が開かれると召次《めしつぎ》が一人置かれて、歌合がある時には歌人を催すことが定められ、すぐ八月三日に和歌所で影供歌合が開かれている。和歌所の具体的な業務は第一に歌会の開催にあったのである。

出席したのは、良経、通親、慈円、俊成、通具、隆信、有家、定家、保季、師光、雅経、具親、寂蓮らで、定家が講師を勤め、六題で各十八番、俊成が判を行った。題は「初秋暁露」「関路秋風」「旅月聞鹿」「故郷虫」「初恋」「久恋」の六つ、出詠歌人は十八人、左方は上皇、良経、通親、慈円、忠良、公継、光範、小侍従、讃岐、丹後、寂信、通具、保季、家長、公景、長明、季保、秀能、右方は定家、雅経、寂蓮、有家、越前、宮内卿、範季、隆信、俊成、静賢、生蓮、良平、具親、慶印、景頼、季景、宗安、景光という構成で、この時に長明は季景と番って、勝二、持二、負二、不明一の成績であった。勝った二番を掲げておく。

秋きてもいくよかはふるしののめや　岡べにしろき玉ざさの露（初秋暁露）
草枕哀を袖にさき立て　月にやどかれさほしかの声（旅月聞鹿）

この時、柿本人麻呂の影供が和歌所に移され、以後、毎月歌合が開かれるようになったという。寄人らが初めて和歌所に参る際には、束帯を着て、詠んだ歌を和歌所に参って書き、上皇の御前に参り奏することとされた。このような着到《ちゃくとう》の儀を行って以後、毎月末には月奏《げっそう》を行って、和歌所に勤めた日数を競うほどであったという。

八月五日に和歌所に寄人が集まった時、家長を和歌所の年預とすることが「衆議」で定められ、和歌所の運用は「各相議し、毎事勅許有り」と、寄人たちの衆議をもとに、それを上皇が主導したのである。

和歌所の第二の業務は和歌の撰集作業である。八月七日、定家が良経の邸宅に赴くと、良経が

『後撰集』『拾遺集』のうちから百首を選び出していた。上皇からそれを進めるように命じられていたものであり、それらを定家に見せて意見を求めている。

こうして和歌所は実質的な機構として運用が始まり、勅撰和歌集に向けて、急ピッチで撰集が開始されることになった。

八月十五日夜の撰歌合

和歌所で八月十五日夜に開かれた撰歌合は、長明にとって思い出深いものとなったろう。歌人は十六人で、常連の十三人のほかに、鴨長明、藤原秀能、大江公景の三人が新たに選ばれている。十四日にその和歌の撰定が行われ、十五日に撰歌合の披講があった。判者を俊成が勤め、定家は判の評定の詞を記したが、全体的に左方に勝が多かったという。

その勝敗表を見ると、左方の上皇が勝六、負一であり、良経が勝五・持二、俊成卿女が勝三・持三、宮内卿が勝四・持二、越前が勝三、寂蓮が勝三で、長明は勝四、と好成績であった。この時に注目されたのが好成績をあげた長明であり、ここで詠んだ三首が『新古今集』に採られることになる。おそらく長明が最も名誉に感じた時であろう。この時の勝歌を掲げておく。

十二番　題同前（月前松風）
左　勝　　鴨長明
ながむれば千々にもの思ふ月にまた　我身ひとつの峰の松風（秋・三九七）

右　　　　　　　　　　　　　　　　　　　　小侍従

すみよしの月はしき津の浦波に　松ふく風も神さびにけり

松ふく風の神さびにける心、誠によみふりて侍るうへに、我が身ひとつの峰の松風、めづらしとて、以左為勝

廿一番　題同（海辺秋月）

左　勝　　　　　　　　　　　　　　　　　鴨長明

松島や潮汲む海人の秋の袖　月はもの思ふならひのみかは（秋・四〇一）

右　　　　　　　　　　　　　　　　　　　讃岐

松島やをじまのあまも心あらば　月にや今宵袖ぬらすらん

左歌殊によろし、仍為勝

廿九番　題同（古事残月）

左　勝　　　　　　　　　　　　　　　　　鴨長明

はつせ山かねのひびきにおどろけば　すみける月の入り方のそら

右　　　　　　　　　　　　　　　　　　　具親

これやこの残る光の影ならん　たかのの山の有明の月

をのをの申ていはく、左歌、かねのひびき、いり方の月、猶夜深くは、残月の心いかが侍らん。又陳云、遊子猶行残月などいふも、ただ暁月也。暁月残月、その

心ことにわくべからぬにや。猶歌のさまよろしとて、勝とすべきよし、判者是を
申す
三十五番　題同（左深山暁月、右野月露涼）
左　勝　　　　　　　　　　　　　　　　　　　鴨長明
よもすがらひとりみ山の真木の葉に　くもるもすめる有明の月（雑・一五二一）
右　　　　　　　　　　　　　　　　　　　　　定家朝臣
をきあかす野べのかり庵の袖の露　をのがすみかに月さへぞゆく
左歌、ひとりみ山の真木の葉にくもるもすめるなど、もともよろし、仍為勝

十二番の「ながむれば」の歌は、大江千里《ちさと》の「月みればちぢにものこそかなしけれ　我が身一つの秋にはあらねど」（『古今和歌集』）の歌の本歌取りであるが、長明は、世間一般の月を見て物を思う心とに、我が身だけが松風を聞く思いとを重ねあわせて詠んでおり、我が身から発想する長明らしい歌となっている。

廿一番の「松島や」の歌は、月を見て物を思う人にのみ、月が袖に宿るのではなく、松島で潮汲む海人の袖にも宿るのだ、と詠む。常識に反論した歌となっている。

三十五番の「よもすがら」の歌は上皇から高く評価されたもので、後に長明が出奔し、やや時を経て上皇に十五首の歌を送ったなかにある「住みわびぬげにやみ山のまきの葉に　曇るといひ

し月を見るべき」の歌はこの歌を思い出して詠んだものという（『源家長日記』）。この歌では定家と番って勝ったということからも、長明は自信を得たことであろう。

寄人としての研鑽

長明はこの時の歌が認められて和歌所の寄人に選ばれるにいたったものと考えられる。「のちに、隆信朝臣、地下に鴨長明、藤原ひでよし、めしぐせらる」と『源家長日記』が記しているように、寄人には専門歌人から藤原隆信・鴨長明の二人が追加され、新人歌人からは藤原秀能が追加されたのである。

長明が賀茂の氏人、秀能が身分の低い下北面の武士ということからして、広く歌人を結集するという目論見によるものであって、ともに三度目の百首歌の歌人に入っていないので、その後における活動が認められたのである。長明が初めて和歌所に出仕した時に詠んだ着到の歌をあげておこう。

鴨長明参りしよの歌
わがきみの千代をへんとやあきつすに　かよひそめけんあまのつりぶね

こうして長明は研鑽の日々を送ることになった。家長はその奉公ぶりを「和歌所のより人になりてのち、つねの和歌の会に歌まいらせなどすれば、まかりいづることもなく、よるひる奉公をこたらず」と記し、和歌所での奉公を専らにしたという。そこには次のような体験が作用していたのかもしれない。

長明は御所の会に出るようになって、恐ろしい体験をしたという。これまでの会では「わが思ひいたらぬ風情」は少なく、「心のめぐらぬ事」はなかったのであるが、ここでは違っていたとして、『無名抄』の「近代古体」の話に次のように記している。

> 御所の御会につかうまつりしには、ふつと思ひ寄らぬ事をのみ人ごとによまれしかば、この道は早く底もなく、際《きわ》もなき事になりにけりと、おそろしくこそおぼえ侍しか。

御所の歌会に出席するなかで、寂蓮や定家らに学び、追いつくべく努力を重ねたのである。なかでも寂蓮との親交が大きかったことを話の中で語っている。具親について、寂蓮が妹の宮内卿と対比して、歌に心をいれなかったのを憎んでいた、とも記している。宿直所にたまたま立ち入って見たところ、晴れの御会があるにもかかわらず、具親が弓や矢などを取って詠んだり、細工の前に据え置くなどをしたりして歌を大事にしないのは悔しい、と言っていたという（「具親歌を不入心事」）。長明とは対照的だったのである。

八月十五日夜の撰歌合の日、その具親が早く退出してしまった。上皇はこれをとても残念に思い、翌朝、家長を台盤所に呼び出して、「よべの月にしも、具親早出したる事、口惜しさ思ひ鎮めがたし。早く和歌所に召し籠むべし」と命じ、具親を和歌所に召し籠めている。上機嫌の上皇にとって無粋な具親の行動が腹立たしかったのであろう。

九月十三日の和歌所当座歌会

九月十三日、上皇は和歌所において当座歌会を「近野秋雨」「遠山暮風」「寄池恋」の題で行っている。八月十五夜に続いて、この九月十三夜の歌合が行われたことで、和歌所では年中行事として和歌の会が開かれるようになった。

ここで興味深いのはそのメンバーである。「女房」(上皇)の他に、宮内卿・相模・越前などの女房、範光・雅経・家長・長明・秀能らの歌人たち、清範・宗安《むねやす》・公景・景頼らの八月三日の和歌所影供歌合の出席者のほか、左中弁長房《ながふさ》・左馬頭親定《ちかさだ》・肥前守範茂《のりしげ》・散位信仲《のぶなか》・信綱など、これまでの歌会に歌を提出していなかった人も召している。

このうち左馬頭親定は、藤原定輔《さだすけ》の子で管絃に優れ、この八月十九日に左馬頭に任じられた院近臣なので、メンバー中にいる親定も普通ならばこの人物をさすのだが、その歌歴は知られておらず、しかも翌年三月の影供歌合では、上皇がこの左馬頭親定の名で出詠していることからすれば、上皇は親定の名でこの時に出詠した可能性が高い。

そこで歌合を見てゆくと、二十七番からなり、親定は二番で宮内卿と番って負、十二番で秀能と番って持、二十二番で宗安と番って判定なしである。女房の名の上皇は三番で長明と番って勝、十番で雅経と番って判定なし、十九番で宮内卿と番って判定なしという成績であった。

上皇の相手は明らかに歌人として実績があるので、そうした組み合わせだけでなく、親定の名で秀能や宗安との組み合わせを、さらに宮内卿との間で二度の組み合わせを楽しんだのであろう。親定の名の歌が上皇の隠名であることを伏せておき、この歌合に臨んだと見られ、左馬頭親定の名でもう一つの歌を詠んで楽しんだものと考えられる。

この時、親定の歌が上皇の歌であるとは皆は知らなかったのではなかろうか。さらにその後も親定の名で出詠していることを考えれば、上皇は自らを親定の名で新人発掘のこの歌合に歌人としてデビューさせ、歌人の仲間に入ったことを宣言したものとも考えられる。

なお長明は上皇と番えられているが、これにより、先の八月十五日夜の撰歌合に続いて上皇から大きな評価を得たことを確信したことであろう。その上皇と番った歌を掲げておこう。

三番「近野秋雨」

左　勝　　　　　　　　　　　　　　女房

いほむすぶ秋の野中に風すぎて　ゆるき清水にまづまさるなり

右　　　　　　　　　　　　　　　　長明

みかりばの軒をあらそふなら柴に　時雨ならずは秋のあめかも

勅撰集の撰集

建仁元年（一二〇一）十一月三日、上皇の命を伝える左中弁長房の奉書が定家のもとに到来し、「上古以後の和歌、撰進すべし」との命が伝えられた。『拾芥抄《しゅうがいしょう》』には「右中弁長房朝臣奉書、蔵人頭通具朝臣・定家朝臣・家隆・雅経、上古以来の歌、選進すべきの由、これを奉る」とあるが、『源家長日記』は次のように記している。

よきあしき多くつもれる歌ども、また古き歌も、昔のひとおのづから見及ばざるも有べし。かれこれを心の及ばんかぎりもとめ集て奉るべきよし、六人におほす。通具朝臣・有家朝臣・定家朝臣・家隆・雅経・沙弥寂蓮

上皇は和歌所の寄人のなかから五人を選んで撰集事業の遂行を命じたのである。上皇の和歌の始まりとともに関わってきたのが通親と寂蓮の二人であるから、寂蓮が選ばれたのは順当であった。通親も撰ばれるはずであったが、これを要請された通親は大臣が撰者になった例はないと断り、代わりに子の通具を推薦して通具が入ったという。確かに通具はこれまでも実績が少なく、初めから選ばれた可能性は低いかもしれない。

歌人としての実績を上皇に認められて撰ばれたのは有家・定家・家隆・雅経の四人で、そのう

ち有家は六条家の出身とはいえ、良経に早くから仕えており、この時期には上皇の近臣としてその寵をえていた。長明は建仁元年十二月二十八日に行われた石清水社歌合では、撰者となったばかりの有家と番えられて負けとなっている。その二人の歌を掲げておこう。

十二番　旅宿嵐

左　勝　　　　　　　　　　　　　　　　有家

岩がねの床にあらしをかたしきて　ひとりやねなんさ夜の中山

右　　　　　　　　　　　　　　　　長明

苔むしろ雲にかさぬる夜半の袖　ぬきわかるるはみねの松風

左、ひとりやねなんさ夜の中山といへる、よろしく聞え侍べし

和歌を詠む中で腕をあげてきた雅経も撰者に選ばれているが、それはこの年の「老若五十首歌合」で頭角を現し、歌会や歌合での活動が評価されたのであろう。

珍しき御会

建仁二年（一二〇二）正月になると、上皇は早くも四日に水無瀬に赴き、五日に鞠始めを行って、十二日に新年始めての歌題〈三首〉を歌人たちに示し、十三日の申時に披講するように告げ

た。「初春松」「春山月」「野辺霞」の三題である。

当日の亥時ほどに和歌所に上皇が出御すると、内大臣通親の命によって藤原長房が歌人を召し、それぞれ着座した。公卿は通親、隆房、公経、公継、兼宗、範光、通具ら、殿上人は有家・定家、雅経、具親らである。歌を詠んだのは、藤原秀能、鴨長明、中原宗安、源家長、源具親、藤原雅経・定家・有家・隆信、源通具・通光、藤原範光、藤原公経・兼宗・公継らであったという。長明の歌は残されていない。

三月二十日に上皇は新たな試みを企画して、定家らに題をあたえている。それは歌をただ詠むのではなく、三体でもって詠進するように命じたものである。これを聞いた定家は「極めて以て叶ひ得難し」という感想をもらしている。二日後に定家が良経の供をして参院したところ、今夜、その和歌六首の会があることを告げられた。

三体とは、「大ニフトキ歌」を春・夏について詠み、「からび、やせすこき」歌を秋・冬について詠み、また艶体で恋・旅について詠むという趣向である。その歌会は和歌所で行われ、この時に詠んだのは長明、家隆、定家、寂蓮、慈円、良経、上皇の七人。有家と雅経は病を理由に参らず、それ以外は歌を召されなかったという。

そこには通具や通親、隆信、具親らの名がなく、長明の名があるのは、この時期に上皇が最も評価していた歌人を選んでのものと見られる。長明は『無名抄』の「会歌に姿わかつ事」の話にその時の感激を次のように記している。

御所に朝夕候し比、常にも似ず珍しき御会ありき。六首の歌に、皆すがたを詠みかへて奉れとて、春夏は太く大きに、秋冬は細くからび、恋旅は艶《えん》に優しくつかうまつれ。これもし思ふやうによみおほせずは、その由をありのままに申し上げよ、歌のさま知れるほどを御覧ずべきためなり、と被仰たりしかば、いみじき大事にて、かたへは辞退す。心にくからぬほどの人をば、又もとより召されず。

この企画は「歌のさま知れるほど」を見るためのものであり、思うように詠めないならば出席しなくてよい、という仰せがあったという。出席したのは僅かに六人で、そのなかに自分が選ばれたことは誇りであるとしている。有家と雅経は思うように歌えず欠席しており、他の歌人は「心にくからぬほどの人」として召されなかったということになろう。『新古今集』の撰者でもなかった長明が、これに選ばれたのは、あるいは撰者に任用するための力量を試す意味があったのかもしれない。

この歌会の結果をまとめた『三体和歌』によれば、上皇は「左馬頭親定」という名で出詠している。立場を同じくする歌人の一人としてこの会に臨んでいたことを意味するものであり、この企画への上皇の意気込みが見てとれよう。

三体和歌の構想

歌を詠む場合、その風体をどう捉えるのかが歌人の見せ所であるのに、それを予め指定されて詠むという難題に対しては、定家も困惑したが、そこには上皇の『新古今集』に向けての構想がうかがえる。すなわち春の歌と夏の歌は、太く大きな「高体」の歌を中心とし、秋と冬の歌は、細く乾びた「痩体」を、そして恋と旅の歌は、艶にやさしい「艶体」を中心に据えようという考え方である。この「三体和歌」において、長明は次の歌を詠んで提出した。

愚詠に、太く大きなる歌に、
雲誘ふあまつ春風かほるなり　高間の山の花ざかりかも
うちはぶき今も鳴かなんほととぎす　卯の花月夜さかりふけゆく
細くからびたる歌
宵の間も月のかつらのうすもみぢ　照るとしもなき初秋の空
さびしさはなを残りけり跡たゆる　おちばがうへに今朝は初雪
ゑんにやさしき歌
しのばじよ絞りかねつと語れ人　物おもふ袖のくちはてぬまに
旅衣たつ暁のわかれより　しほれしはてやみやぎのの露

『三体和歌』として編集された本によれば、春の「うちはぶき」の歌の代わりに、「住みなれし卯の花月夜時ふけて　垣根にうとき郭公かな」の歌が入っている。おそらく編集の段階で変えられてしまったのであろう。

長明はこの時に春の歌を多く詠んで予め寂蓮に見てもらったところ、「雲誘ふ」の歌がよい、と指摘してくれたので提出した。ところが、実は寂蓮も同じくその歌に詠まれている高間の花を詠んでいたことが後からわかった。寂連は同じ風景を詠んでいても、長明の歌と違えようとはせず、また違う歌を出すように、と長明には言わなかった。これは「いとありがたき心」である、と『無名抄』の「寂蓮顕昭両人事」の話に記している。当時、同じ素材を詠んだ時には、出すなといわれるのが普通だったからである。

しかし寂蓮の出した歌を、上皇が絶賛した。その歌は『新古今集』に採られた、「葛城や高間の桜咲きにけり　龍田の奥にかかる白雲」（春・八七）であるが、日頃から上皇は寂連が和歌を案じくだきすぎて、「たけ」がかえってないかのようであったと思っていたところに、「たつたの奥にかかる白雲」と、三体の歌に詠んできたので「おそろしかりし」と思った、と『後鳥羽院御口伝』に記している。

葛城連峰にかかる白雲と咲いた桜の広がりを「たけ」高く詠んだ歌である。もしこの時に寂蓮の歌がなかったならば、長明の歌はもっと光っていたことであろう。結局、長明はこの時に詠んだ歌を『新古今集』に採られることがなく、また寂蓮が亡くなった後には、撰者となる可能性もあったろうが、この段階でなくなったと考えられる。

寂蓮の死

上皇は三月の三体和歌会の後、二十六日に八幡御幸、二十八日に賀茂御幸を行ってともに競馬を楽しみ、四月からは神泉苑にしばしば赴いて狩を行い、五月四日には猪を生け捕って楽しんでいた。

五月二十六日に鳥羽殿の鎮守・城南寺で開かれた影供歌合には、常連の通親、慈円のほか、隆房・公継・兼宗卿、通具、隆信、有家、定家、家隆、寂蓮、具親らが出席し、定家が講師、通親が読師を勤めている。題は「暁聞郭公」「松風暮涼」「遇不会恋」の三つで、衆議による評定によって勝や持の判が付けられた。歌の提出者は二十六人に及んでおり、上記のほか、忠良、公経・通光・俊成・宮内卿・俊成卿女・伯耆・越前・保季・家長・長明・秀能らである。

その影供歌合が行われた後、上皇は水無瀬御所に赴くと、定家を招いて題六首による歌合を行い、勝負と判をつけて『水無瀬釣殿六首歌合』を編んでいる。題は「河上夏月」「海辺見蛍」「山家松風」「初恋」「忍恋」「久恋」である。

七月六日になると、上皇は下鴨社の禰宜鴨祐兼の泉亭に御幸し接待を受けている。長明が上皇に重用されていることに、祐兼は危機感を抱いていたのかもしれない。上皇との関係を深めていったのである。そうしたなか少輔入道寂蓮が逝去したことを、寂蓮の子の天王寺院主が通親に伝えてきていた。
寂蓮の死を聞いた定家は、「浮生の無常」は驚かないにしても、今このことを聞くと、「哀慟の思ひ」は禁じがたい、幼少の昔から久しく相馴れ、和歌の道において他の人を傍輩と頼むことがなかったことを思うにつけ、この「奇異の逸物」がここに亡くなったのは、道のために恨みとなり、わが身にとっても悲しい、と記している。
寂蓮は上皇に召し出されてから、播磨の明石浦の辺りに所領があたえられ、世と交じわってきていた。五月二十六日の城南寺で行われた歌会に出席した時に詠んだ「里は荒れぬむなしき床のあたりまで　身はならはしの秋風ぞ吹」（恋・一三一二）の歌が最後の歌となった。この歌会の後、病を得たので都を出て、天王寺の方面に赴いていたのであろう。上皇の歎きも深かった。『源家長日記』は、次のように記している。

その年の秋ころ、寂蓮入道わづらひて終にはかなくなり侍りにき。世のならひながら折りしもこそあれ、かかる勅をうけ給、此事をとげずしてうせぬる事、いかばかりの事おもひけん。君もなげきあへる御けしき也。まいて此道をたしなみ、心をそめたる人々のなげきあへるけしきもいへばおろかななり。

勅撰集の命を受けて、その途中で亡くなったことに、寂蓮は無念の思いを抱いたことであろう。

上皇の歎きが大きかったのはもちろん、歌に心を染めた人々の歎きはいかばかりであったろうか、と記しているが、長明もまさにその一人であった。

上皇が水無瀬殿で家長に寂蓮の跡を訪ねるように命じたことを聞いた定家は、雅経に歌を送り、その返歌があったことなども記して、その歌を書きとめ、住吉の神がどうして見捨てたのかと涙を流している。

撰集作業と歌会

寂蓮の訃報を定家が聞いた二十日には、大々的な除目の噂が流れていた。これに応じて定家はこれまでの実績を踏まえ、二十二日に通親に「転任所望の事」の申文を提出し、兄との関係により昇進が遅れがちであると訴え、中将に任じられるか、内蔵頭に任じられるか、はたまた右馬頭・大蔵卿になるか、その希望を伝えた。

しかしその希望は受け入れられず有家が大蔵卿に任じられた。これは明らかに「和歌の賞」であり、その悔しさに定家は、自らを「沈淪《ちんりん》の老翁」と歎いている。しかしこれは他の撰者や寄人に希望を抱かせるものであった。長明にも朝恩が与えられる希望が生まれたのである。

いよいよ和歌所の選歌の作業に熱が入ってゆき、定家は八月十三日には撰歌のために眼精疲労を起こし、目が腫れて出仕をやめざるをえなかったほどである。長明も和歌所にますます精勤していたことであろう。そうしたなかで上皇は次々に新機軸の新企軸を出していった。その一つが九月十三日に披講された『水無瀬十五首恋歌合』である。

水無瀬殿を本格的な和歌の空間となし、そこで恋の歌を詠む企画である。題は、春・秋・夏・冬のそれぞれの恋、暁と暮の恋、羇中・山家・故郷・旅泊・関路の恋、海辺・河辺の恋、さらに「雨に寄せる」「風に寄せる」恋など、時と場に応じる恋の歌の題が出された。

作者は上皇が親定の名で出詠したほかに、良経・慈円・公継・俊成卿女・宮内卿・有家・定家・家隆・雅経ら十人からなる七十五番の組み合わせで、上皇にとって残念だったのは寂蓮がそこにいなかったことであろう。長明も入っていない。

さらに前年に提出された院第三度百首歌を歌合に編んだ『千五百番歌合』の判が九月に命じられている。判を行う十人とその分担は、忠良が春の一・二、俊成が春の三・四、通親が夏の一・二、良経が夏三・秋一、上皇が秋二・三、定家が秋四・冬一、季経が冬二・三、師光が祝・恋一、顕昭が恋二・三、慈円が雑一・二であった。恋の判の担当は師光と顕昭となったが、もし寂蓮が生きていたならば、おそらく師光に代わって寂蓮が恋一を担当したことであろう。『六百番歌合』における顕昭と寂蓮の対立を再現させようという狙いがあったかに思われる。ここでも寂蓮の死の影響は大きかった。

十　家を出で、世を背けり——大原山の雲

通親の頓死

上皇は三度目の百首歌を『千五百番歌合』に編むと、そのうちの夏の部を源通親に判を要請していたところ、新たに京極殿御所が完成した直後、建仁二年（一二〇二）十月二十日にその通親が突然に亡くなった。『猪隈関白記《いのくまかんぱくき》』には、次のように記されている。

去夜、内大臣通親薨卒すと云々。指したる所労を聞かず。昨日参院するに、大略、頓死か。生年五十四、正二位右近衛大将、皇太弟傅なり、院中の諸事を申し行ふの人也。

『源家長日記』は、京極殿の移徙《いし》の御遊が終わって、退出した後、夢のようにはかなく亡くなってしまったこと、通親が上皇の御後見であり、肩を並べる人は他にいなかったこと、その死により「院中はさらにもいはす、民百姓にいたるまで、いとけなき子の母をもうしなへる如く、世中のさわぎにて泣まとひあへり」と、院中のみならず、民・百姓までその死を悼み歎いたことなど

を記している。

治承・寿永の戦乱を経て平和なこの時代が到来するまで、通親が一貫して後鳥羽上皇を支え、政治を切り盛りしてきた点を評価してのものである。上皇にとって、禁裏・院中と常に諸事を沙汰し、奉仕してきた通親の存在はすこぶる大きかった。

兼実を始めとする九条家が、幕府との協調関係を築いて政治の安泰をもたらそうとする政治姿勢をとったのに対し、通親は朝廷の政治の独立性を志向してきており、上皇が和歌を詠むようになると、その和歌を詠む上での様々な便宜を提供してきた。「和歌の道」が通親の死によって廃れるとさえ思われたという。『千五百番歌合』での通親の判も得られずに終わり、「内大臣の御事に久しく御歌合なども侍ざりき」とあるように、歌合も行われなくなってしまった。上皇の嘆きの大きさがよくうかがえる。長明にとっても痛手は大きかったであろう。何よりも長明を上皇の御所に招いた人であり、大きな頼みにしていたからである。

通親の死の影響は、和歌のことだけではなかった。今まで通親に抑えられていた九条家周辺の動きが活発になり、定家は閏十月二十四日に待望の中将になっている。さらに九条家は、奪われていた摂関の地位の奪還へと動いて、十一月二十七日に摂政基通の氏長者が良経に与えられ、内覧の宣旨が下されるところとなり、これに怒った基通は閉門の憂き目をみている。上皇は、通親の死によって遅れていた熊野御幸に出て、十二月十六日に帰京すると、十二月二十三日に基通の閉門を解くとともに、二十五日に良経を摂政となした。ここに摂関家の全権が九条家に移ってゆく。『愚管抄』は「世ノ人ハ、コハユユシク目出度コトカナ、ト思ヒケリ」と記している。

大内の花見

建仁三年正月、やっと新造の京極殿において通親亡き後の初めての和歌会が開かれた。八日に「松有春色」の題が示され、日野資実が序を記し、糸竹の御遊も行われた。良経が殿下として初めて臨んだ歌会であり、また京極殿での初めての歌会ということから祝祭の気分に溢れていた。

ところが訃報はさらに続く。上皇の近臣の女房である卿三位兼子の夫になっていた大納言藤原宗頼が上皇の熊野御幸の供をしていた折に松明で足を損傷し、それが原因となって正月二十一日に出家し、二十九日に亡くなったからである。宗頼は、九条兼実に見出されて執事として九条家に仕えるなか、蔵人頭になって上皇の近くにも仕えるようになると、八条院に仕えていた妻を捨てて、卿三位に密着するようになり、大納言にまで地位を上げてきていた。

この宗頼の死により、上皇は再び落ち込んでしまう。二月一日に定家が院に参ると、宗頼の亡くなったことが「天下の歎」と同じような扱いを受けており、院中や殿下の辺りでの行事が止められたと聞いている。去年の大臣の入滅、今年の大納言の逝去により、多くの行事が停止されてしまった、と定家は記している。

だが、二月十九日に和歌所が二条殿から京極殿に移され、ようやく和歌会が開かれるところとなり、二十三日に弘御所で行われた歌会では、歌合の判を競う「判合」が行われている。『千五百番歌合』で行われた、定家・良経・俊成・上皇らの歌の判の競いあいをここで再現してみたのだが、あまりに遊戯性の強い催しに、定家は「言ふに足らず」と批判している。だが沈みがちの上皇はこうした企画で立ち直りをはかったのであろう。

翌二十四日、定家が妻子を連れて大内の花見をして帰宅したところ、藤原雅経・源具親がやって来たので、その招きにより再び大内へと向かった。定家らが南殿の簀子《すのこ》において和歌を詠んでいると、「狂女」らが「謬歌」を擲り入れてきたので、歌人たちがそれぞれに歌を返すという一興があり、雑人らが多く見物していた。その後、雅経、具親、家長、長明、秀能らとの間で連歌が行われ、家長が盃を取り出して酒宴となった。夕闇のせまるころ、定家らは大内を出て、家長・長明が横笛を、少将が篳篥を吹きあいながら、四人が車に乗り合って家に帰ったという。

この話を家長から聞いて興を覚えたのが上皇である。なかでも定家の詠んだ歌が人々の心にとまったということを聞き、誘われなかったのは残念であると笑い、明日行ってみようと言った。通親・宗頼の死によって気分が沈んでいた上皇は、家長から花見の話を聞き、かつて大内の花見において歌を詠み始めたことを思い出したのであろう。今や寂蓮や通親はいなくなったが、その頃のことを思い出し、翌日に大内の花見に御幸することとしたのである。

大内に御幸した上皇は、前日の花見に来た殿上人や北面を召して歌を作らせた。家長や清範、信綱らの上北面、長明や宗保、景頼、秀能らの下北面もすぐに歌を進め、定家が召されて読上が行われた。上皇は帰り際に、散った花を硯の蓋に入れて、摂政の良経に歌を寄せている。わざわざ上皇が良経に歌を贈ったのは、今後については良経の援助を期待してのものであってのことであろう。上皇はこうして定家らの歌人たちの動きに応じ、再び歌の力を実感したのである。

家を出で、世を背けり

この時の大内の花見を最後に長明の朝廷での活動の跡が消えてしまう。その後も、建仁三年六月の影供歌合、七月の八幡若宮撰歌合と十一月の藤原俊成の九十歳の賀の行事に歌を提出してはいるのだが、和歌所に出仕していたかどうかは明らかでない。また元久二年（一二〇五）の『新古今和歌集』の竟宴に歌を寄せていない。

この辺りから今までの研究は元久元年に出家したものと考えてきたが、元久二年の詩歌合には「鴨長明」の名で歌を寄せているので、ならば元久三年に出家したものと考えたほうがよいことになる。しかしそうなると、『方丈記』に次のように記されているのとは辻褄があわなくなるのである。

①すなはち五十の春を迎へて、家を出で、世を背けり。（中略）むなしく大原山の雲に臥して、また五かへりの春秋をなん経にける。

②ここに、六十の露消えがたに及びて、さらに末葉の宿りを結べる事あり。

③今、日野山の奥に、跡をかくして後、

④また、麓に一つの柴の庵あり。すなはち山守が居る所なり。かしこに小童あり。（中略）か

れは十歳、これは六十。

⑤　おほかた、この住みはじめし時は、あからさまと思ひしかども、今、すでに五年を経たり。仮の庵も、やや故郷となりて、軒に朽葉深く、土居に苔むせり。

『方丈記』は建暦二年三月に記されたことがはっきりしているので、元久三年に出家したのでは、①④の記事が矛盾することになる。そこで④に六十歳とあるのをとらずに、②の「六十の露消えがた」という表現について、五十八歳に『方丈記』を記したものと見なし、そうであれば元久元年の出家でよい、と見てきた。

だが、そうは考えずに、素直に②と④から、六十歳で執筆したと考えるならば、①の記事にある五十の春に「家を出で、世を背けり」とあるのは、建仁三年に大原に遁れたということを意味する。家長は、長明が当初は「かきこめり」と、逃れ隠れたと記しており、「そののち出家し、大原におこなひすまし」と記しているので、すぐに出家したわけではない。つまり長明が大原に逃れたのは建仁三年の春、出家は元久二年の詩歌合以降のことと考えればよいのである。

出奔の原因は、上皇が「夜昼奉公をおこたらず」という長明の働きに報いようとして、下鴨社の摂社である河合社の禰宜が空席となったので、それにあてようと考えていたことが、長明の耳に内々に伝わって、その朝恩に喜んだことに発していた、と家長はいう。

ところがこれに鴨社禰宜の惣官鴨祐兼が大いに反対した。「長明は年はたけたりといへども、身を用なきものにおもへるゆへにや、社の奉公日あさし」と訴え、社司の務めをしておらず不適任であり、子の祐頼は若いながらも正五位下と位が上だけでなく、勤めもしっかり行ってきて適任である、と強く訴えたため、祐兼の訴えに理があるとして、上皇は長明を河合社の禰宜には任じなかった。

落胆した長明に対して上皇は、他の社を官社として格上げし、その禰宜にどうかともちかけたところ、長明はそれを辞して、「かきこもり侍」ることになったという（『源家長日記』）。

大原への出奔

当初、長明の行方はわからなかったのだが、やや時を経て長明から上皇に十五首の歌が送られてきた。そのなかに次の一首があったという。

住みわびぬげにやみ山のまきの葉に　曇るといひし月を見るべき

この歌は建仁元年八月十五夜の歌会で詠んだ「よもすがらひとりみ山の真木の葉に　くもるもすめる有明の月」の歌を上皇に高く評価されたことから、その歌を思い出して詠んだものである。家長は長明の態度について、「こはごはしき心」と評しているが、このことを記した家長は、長明と同じ「みなし児」という境遇にあって、上皇にひたすら仕えて立身をはかってきた人物である。その家長にとってみれば、長明の行動は信じがたいものに映ったのであろう。

だが長明の胸の内はどうだったのか。長明自身はどう思っていたのか。『方丈記』の次の一文が参考になる。

すべてあられぬ世を念じ過ぐしつつ、心を悩ませる事、三十余年なり。その間、をりをりのたがひめに、おのづから短き運をさとりぬ。すなはち五十の春を迎へて、家を出で、世をそむけり。もとより妻子なければ、捨てがたきよすがもなし。身に官禄あらず。何につけてか執をとどめん。むなしく大原山の雲にふして、また五かへりの春秋をなん経にける。

日頃から折々の違い目を実感していたところに自らの短い運を悟るところとなり、妻子やよすがもないことから、執心を止めるべく大原に籠ったという。

長明の立場に即して考えれば、おそらく望んで求めた禰宜の地位ではなかったのに、それに喜んでなろうと思った自分が恥ずかしく思えたのではないか。上皇の厚恩はうれしく、期待もした。ところが禰宜から大反対を受けるなかにあって、期待は裏切られ、他の恩を与えられようとしたのである。いたたまれない思いがし、それが出奔へと駆り立てたのであろう。このことが家長に「こはごはしき心」と映ったのである。

大原から

大原を選んだ理由は何か。大原は『平家物語』の「大原御幸」の章において、建礼門院が隠棲した場とされているように、人々の隠棲の場としてよく知られていた。しかもそれだけでなく、和歌と琵琶とともに生きてきた長明にとって、大原は縁りのある場であった。

歌人の大原三寂と称された藤原為経《ためつね》の子らはいずれも大原に隠棲し、出家しており、出家したばかりの西行も大原に住んだことがある。琵琶においても大原は重要な場であって、仏教音楽の祖ともいうべき良忍《りょうにん》が大原に住んでから仏教音楽の中心地となっていた。琵琶の名手・源基綱《もとつな》の孫の尾張局は、その器量を認められて琵琶の秘事を継承していたが、大原に隠棲し、来迎院《らいごういん》の檀越となっていた(『古事談』)。長明が師事した中原有安はその尾張局から琵琶を習おうとして大原に通ったこともある。

和歌と琵琶をよくする長明がひとまず逃れるのには最適の地であったろう。したがって歌や琵琶も大原にあっても続けることになった。『方丈記』は「糸竹・花月を友とせんにはしくはなし」と記している。

そこで建仁三年六月の影供歌合においては、求められて歌を送ったのであろう。十一番「草野秋近」の題で有家と番って負、十三番「水路夏月」では保季と番って持、十七番「雨後聞蟬」では隆重と番って持の成績であった。このうち隆重と番った歌を掲げておく。

村雨のはれてもはれぬ峯の雲に　すめばすみぬと蟬のもろ声

七月の「八幡若宮撰歌合」は、十五番の撰歌合で、石清水八幡の若宮に奉納された。「初秋風」「野徑月」「故郷霧」「海辺雁」「羇中暮」「山家松」の六題からなり、上皇・良経・慈円・忠良・公継・家経・俊成・俊成卿女、宮内卿・有家・国通・雅経・具親・長明・秀能の十五人が歌を提出している。歌人の歌は最低一首を撰ぶ方針がとられることになり、その組み合わせは上皇が作ったものであろう。

長明の成績は、四番「野径月」で俊成卿女と番って負、十一番「羇中暮」で慈円と番って負の成績となったが、この十一番の歌を掲げよう。

十一番（羇中暮）

左　勝　　　　　　　　　　　　慈円

待ちわびぬ今いくかまで東路や　そなたの空に山のはの月

右　　　　　　　　　　　　　　長明

まくらとていづれの草に契るらん　行くを限りの野辺の夕暮れ

左歌、そなたの空に山のはの月、いとありがたくこそ侍れ。右歌、行くを限りのといへるわたり、いとよろしく侍れど、猶いづれの草にといへる、山のはの月に

は及びがたく侍らん。以左為勝

「いづれの草に」という長明の表現が問題視され、負になったもの。草を擬人化しているのが嫌われたものかと解されている。ただ「行くを限りの」（行けるところまでいこう）という表現が評価されたらしく、『新古今和歌集』に採られることになる。この歌は当時の長明の心境がうかがえるような一首といえよう。

俊成九十の賀

建仁三年の後半になると、南都東大寺の総供養の儀式に向けて準備が進められていたが、関東では将軍頼家が伊豆に退けられ、実朝が将軍に任じられる政変が九月に起きた。そうしたなか建仁三年十一月二十三日に、俊成の九十歳の賀の行事が二条殿の寝殿の広御所に置かれた和歌所を場として開かれると、これにも長明は歌を寄せている。

行事に向けて制作された屛風に囲まれて、上皇の座と俊成の座が設けられ、俊成の座の下には俊成に賜わる法服の装束と鳩杖《はとづえ》が置かれた。上皇が出御すると、三位成家と中将定家の二人の俊成の子に助けられて俊成が入場したが、その様子を家長は、「たとしへなく老かがまりあへるに、心くるし、世になからへけるは、けふをまたれたると、哀にかたじけなくみえ侍き」「しとねの上にかがまり居られたりし法服姿、いつ忘るべしともおぼえず」と記している（『源家長日記』）。

老いの身になってのこのような晴れやかな様は忘れえぬ記憶となるであろう、と書いている。
宴が終わって御遊、その御遊の後には和歌が置かれていった。上皇の歌に続いて、序者である参議左大弁資実《すけざね》の歌、そして俊成の歌と続き、摂政良経以下二十人の歌が次々と置かれていった。長明の歌は最後の秀能の前に置かれた。その歌を掲げる。

ひさかたの雲にさかゆくふるきあとを　なをわけのぼるするゑぞはるけき

この歌のように、いずれの歌も俊成の長寿と上皇の御代の長久を寿ぐ歌である。長明は御所に仕えるなか、俊成の知遇を得て、教えを乞うことも多かったので、歌を寄せたのであろう。『無名抄』には俊成が長明に向かって、若かりし時の話を語った「三位入道基俊成弟子事」の話が載っていて、それは次のように始まっている。

五条三位入道談云、そのかみ年廿五なりし時、基俊の弟子にならんとて、和泉前司道経を媒にて、基俊の家に行き向《むかい》たる事ありき。かの人、その時八十五なり。

弟子になろうと訪ねてきた二十五歳の俊成に、上機嫌の八十五歳の藤原基俊《もととし》は、久しく籠もっていたので、今の世の人の有り様がよくわからない、この頃で、よく物を知っているのは誰であろうか、と問うてきた。そこで九条大納言伊通《これみち》、中院大臣雅定《まさただ》が優れています、と俊成が答えると、「あないとほし」とひざを叩き、扇を高く使ったという。

俊成はこのように長明に昔話を語った後、基俊とは師弟の契りを結んだのだが、歌の詠み振りになると、源俊頼には及ぶべくもなかった、と付け加えたという。話の内容から察するに、長明が老いた俊成に教えを乞うた時のことであろう。

その俊成も九十の賀の一年後には亡くなってしまう。それは十月に坊門前大納言（信清卿）の息女が将軍家御台所として下ることが鎌倉に伝えられ、幕府の使者が京に到着していた十一月のことであった。寂蓮に続いて、俊成という尊敬すべき先達を長明は失ったことになる。

『新古今和歌集』入集の喜び

『十訓抄《じっきんしょう》』という鎌倉中期に成った説話集によれば、後鳥羽上皇から元のように和歌所の寄人になるよう打診があったのだが、それにもかかわらず、「沈みにきいまさら和歌の浦波に　寄せばや寄らむ海女の捨て船」という歌を送って断ったという。

その和歌所の作業は、俊成の死の頃から大詰めを迎え、翌元久二年三月二十六日、竟宴《きょうえん》が院御所の京極殿の弘御所を場として開かれている。殿下良経、前太政大臣頼実以下の公卿が参列するなか、竟宴に異を唱える定家を除いた撰者が出席し、文台に『新古今和歌集』が置かれ、真名序が読まれ、春の部の始めの四、五首が詠まれた後、竟宴のための和歌が詠まれた。

上皇の歌に始まり、良経・頼実・通光・通具・隆衡・経家・有家・経通・保季・家衡・家隆・雅経・親房・宗宣《むねのぶ》・忠定《たださだ》・具親・家長・清範《きよのり》・秀能らが詠んだが、その中に長明の歌は見えない。寄人を辞退した長明には、歌を提出するよう求められなかったのである。

しかし長明は『新古今集』に多くの歌が入ることを望んでいたから、瀬見の小川の歌を含めて自分の歌が十首も入ったことを大きな喜びとした。次のように『無名抄』の「瀬見の小川の事」に記している。

すべてこのたびの集に十首入りて侍り。これ過分の面目なるうちにも、この歌の入りて侍るが、生死の余執《よしゅう》ともなるばかりうれしく侍なり。あはれ、無益の事どもかな。

「この歌」とあるのが「瀬見の小川」の歌のことで、長明が河合社禰宜になるのを阻止した鴨祐兼からかつて批判された歌であるだけに、どうしても入って欲しかったのであろう。ただその一文の最後で「あはれ、無益の事どもかな」と醒めた意識がふと出てくるのも、長明らしい。

今に伝わる『新古今和歌集』は竟宴時までの歌以外にその後の歌も含まれているが、それでも十首となっている。すべて掲げておこう。

秋風のいたりいたらぬ袖はあらじ　ただわれからの露の夕暮れ（秋・三六六）

ながむれば千々にもの思ふ月に又　わが身ひとつの峰の松風（秋・三九七）
松島や潮汲む海人の秋の袖　月はもの思ふならひのみかは（秋・四〇一）
まくらとていづれの草にちぎるらん　ゆくをかぎりの野辺の夕暮れ（羇旅・九六四）
袖にしも月かかれとは契りをかず　涙はしるやうつの山ごえ（羇旅・九八三）
たのめをく人もながらの山にだに　さよふけぬれば松風の声（恋・一二〇二）
ながめても哀れとおもへおほかたの　そらだにかなし秋の夕暮れ（恋・一三一八）
よもすがらひとりみ山の真木の葉に　くもるもすめる有明の月（雑・一五二一）
見ればまづいとど涙ぞもろかづら　いかに契てかけはなれけん（雑・一七七六）
いしかはのせみの小川の清ければ　月もながれをたづねてぞすむ（神祇・一八九四）

春と夏の歌がなく、秋と羇旅《きりょ》、恋の歌に二首ずつ入っているのが特徴である。十首という数であるが、表2の歌人ごとの入集歌数から知られるように、師光や隆信よりも多くとられ、公経や大輔と同じで、俊恵よりは少ない。長明の歌がどう考えられていたのかがよくうかがえる数字である。

雅経との交流

このうち「見ればまづ」の歌は「身ののぞみかなひ侍らで、やしろのまじらひもせでこもりゐて侍けるに、あふひを見てよめる」という詞書があって、葵蔓《あおいかずら》を見ると、涙がこぼれてしかたがない、いかなる前世の因縁によって、社に仕えることから離れてしまったのであろうか、と無念さを詠んでいる。

大原に逃れた建仁三年以降の歌であり、藤原定家・家隆・飛鳥井雅経らの撰者注記があることから、竟宴以前に詠まれた歌とわかるので、建仁三年か元久元年の葵を飾る賀茂祭の際に詠んだのであろう。

撰者の注記を見てゆくと、長明の歌を最も多くあげているのが飛鳥井雅経であって、「ながむれば」「松島や」「まくらとて」「よもすがら」「見ればまづ」「いしかはの」の六つの歌を撰んで

表2　新古今・千載集入集歌数

歌人	新古今集	千載集	計
西行	94	18	112
慈円	92	9	101
良経	79	7	86
俊成	73	36	109
式子	49	9	58
定家	46	8	54
家隆	43	4	47
寂蓮	35	7	42
上皇	34	0	34
俊成女	28	0	28
雅経	22	0	22
有家	19	1	20
通具	17	0	17
秀能	17	0	17
実定	16	16	32
讃岐	16	3	19
宮内卿	15	0	15
通光	14	0	14
清輔	12	20	32
俊恵	12	22	34
兼実	11	15	26
公経	10	0	10
大輔	10	5	15
長明	10	1	11
守覚	9	9	18
通親	6	6	12
師光	6	6	12
顕昭	3	13	16
隆信	3	7	10

いる。そこからは和歌所で交流のあったことがうかがえよう。長明が最も執心した歌という「瀬見の小川」の歌を撰んだのは雅経のみである。

雅経は、「蹴鞠の長」と称された藤原頼輔《よりすけ》の子であり、父が頼朝の不興をかったことから、鎌倉に下って頼朝に蹴鞠で仕えていたが、やがて上皇に召されて上洛をとげ、和歌にも精進して今の地位を築いてきたのである。最も長明を理解する立場にあった。

『古今著聞集』には、雅経が賀茂大明神の利生により出世を遂げたという話が載っている。雅経は花山院の釣殿《つりどの》から賀茂に参るのを常のこととしており、「世の中に数ならぬ身の友千鳥　なきこそわたれかもの河原に」という歌を心中で詠んでいたところ、ある社司の夢の中に、賀茂大明神が現れ、「なきこそわたれ数ならぬ身に」と詠んだ人が愛おしいので、訪ねるように、と語ったことから、尋ねてみると、それが雅経であり、この頃から次第に昇進して二位宰相にまで昇ったという。

この夢を見たという賀茂の社司については忘却したとあって、名はわからないとされているが、長明の可能性もなくはない。

元久詩歌合

撰者注記のない「袖にしも」「たのめをく」「ながめても」の歌は竟宴以後の歌を含めて、上皇自身が撰んだ歌であって、出奔後も上皇が長明を評価していたことは明らかである。そのうち

「袖にしも」の歌は、『新古今和歌集』の成立後の元久二年（一二〇五）六月に行われた『元久詩歌合』に寄せたものである。

この『元久詩歌合』は藤原良経が企画し、後鳥羽院が催して院の五辻《いつつじ》御所で行われた漢詩と和歌の歌合である。これ以前、藤原良経は詩歌合を正治二年閏二月二十一日に開いているが、この元久二年四月二十九日には、定家が良経邸に参った時、良経、慈円、長兼《ながかね》の間で詩歌合の企画が持ち上がっており、出題と歌人の選定が定家に任され、題は「水郷春望」、「山路秋行」となった。

和歌は、慈円、良平、有家、定家、保季、家隆、雅経、具親、讃岐、丹後、漢詩は、良経、良輔、資実、親経、長兼、為長《ためなが》、宗業《むねなり》、成信《なりのぶ》、孝範《たかのり》、信定《のぶさだ》と決まったところ、その後、五月三日に上皇が参加を望んで、上皇が参加するところとなったので、これまでの良経の私的な催しは公的な性格を有するようになった。

それにともない、参加者も上皇の推薦人物が加わり、漢詩は、在高《ありたか》、頼範《よりのり》、盛経《もりつね》、宗行《むねゆき》、家宣《いえのぶ》、行長《ゆきなが》、宗親《むねちか》などが、和歌では、通光、蓮性、大納言局、行能《ゆきよし》、業清《なりきよ》、長明、秀能、俊成女、家長などが入った。五月十二日に良経によって結番が定められ、六月十五日に開催されている。

長明と番ったのは儒者の藤原孝範で、次の四番が行われ、長明は持二首、負一首、不明一首の成績であった。

（水郷春望）

二十九番　左持　　孝範
鑪岫雁歸波月白　蘇州柳暗水煙青
右　　長明
けふも又おなじ霞や深緑　かひある春の跡を尋ねて
三十番　左持　　孝範
江南春樹千茎薺　湖上晩船一葉萍
右　　長明
雲雀たつみつの上野にながむれば　霞ながるる淀の川なみ
（山路秋行）
九番　左勝　　孝範
林館題書紅葉紙　巌扉同宿碧蘿帷
右　　長明
外山より野べの朝霧わけかへて　雲のいくへに日ぐらしのこゑ
十番　左　　孝範
二崤路僻秋雲色　八字山垂曉月眉
右　　長明
袖にしも月かかれとは契りをかず　涙はしるやうつの山ごえ

「外山より」の歌は、この後、長明が日野の外山に庵を結んで暮らす情景を見とおすような歌となっている。「袖にしも」の歌は、我が袖に宿れ、と月に約束はしておかなかったのだが、涙は知っているのか、宇津の山越えの旅路において、と詠んだもので、『新古今和歌集』に採られることとなったが、この時の成績は不明である。

Ⅳ　庵から問う

方丈の建物　『春日権現験記絵』（宮内庁三の丸尚蔵館蔵）より

十一　出家を遂げて——日野山の奥に

都に生きる辛さ

長明の出奔への心の動きをよく示しているのが、『方丈記』の五大災厄の不思議を語った後に記した次の感慨である。

すべて世の中のありにくく、わが身とすみかとの、はかなくあだなるさま、またかくのごとし。いはんや、所により、身のほどにしたがひつつ、心をなやます事は、あげてかぞふべからず。

もし、おのれが身、数ならずして、権門のかたはらに居るものは、深く悦ぶ事あれども、大きに楽しむにあたはず。嘆き切なる時も、声をあげて泣く事なし。進退安からず、立ち居につけて恐れをののくさま、たとへば、雀の鷹の巣に近づけるがごとし。

都にあって住むなかで、心を悩ますことを数え上げたらきりはない。もし権門の近くにあって付き合えば、喜ぶことはあっても、大いに楽しむようなことはできず、嘆きが深いときにも泣くことができない。喜怒哀楽を表現することは慎まれる。その立ち居動作の窮屈な思いは、雀が鷹の近くに近づいているようなものである、と記す。

同様な思いをさらに次のように記している。

もし、貧しくして、富める家の隣りにをるものは、朝夕すぼき姿を恥ぢて、へつらひつつ出で入る。妻子・僮僕のうらやめる様を見るにも、福家の人のないがしろなる気色を聞くにも、心念々にうごきて、時として安からず。

もし狭き地に居れば、近く炎上ある時、その害をのがるる事なし。

もし辺地にあれば、往反わづらひ多く、盗賊の難はなはだし。

裕福な家の隣りに住むと、みすぼらしい我が身を恥じてへつらい、その家に出入する人々を羨んだり、その家の人が我が身を蔑ろにする様子を見聞きして、心を動かされたりして、心安い思いがしない。狭い土地に住めば、火事が近くで起きた時には被災から免れることができず、洛中でなく辺地に住めば、都への往来が不便であるし、盗賊の難からも逃れがたい。

勢ほひあるものは、貪欲ふかく、独身なるものは、人にかろめらる。財あればおそれ多く、貧しければうらみ切なり。人を頼めば、身、他の有なり。人をはぐくめば、心、恩愛につかはる。世にしたがへば身くるし。したがはねば狂せるに似たり。いづれの所を占めて、いかなるわざをしてか、しばしもこの身を宿し、玉ゆらも心を休むべき。

勢いのある人は貪欲であり、独り身では人に軽んじられる、財があれば襲われる恐れがあり、貧しければ恨みが大きい。人を頼むと、わが身はその人に隷属し、人を養うと、その恩愛に心を労する。世に従って生きるとなれば身は苦しく、従わないと狂ったかに見られる。どこにあっても、どのような行動をとっても、しばしの間も安住する場はなく、ほんの少しも心の不安を休ませることがない。

これらの記事には、都では生きることのつらさと、そこを逃れて隠棲する心境が語られている。都での体験を語って、都から逃れざるをえなかった心の内が綴られているのである。

前半生の総括

ここで注目したいのは、五大災厄を記す記事の前に「予、ものの心を知れりしより、四十あまりの春秋を送れるあひだに、世の不思議を見る事、ややたびたびになりぬ」と記している点である。物心を知るようになってから四十年とあるが、普通に物の心を知るのは十代であるから、そこから四十年ということになれば五十歳代、つまり大原に逃れて数年程の頃となる。

ならばこれらの感慨はその頃に書かれた可能性が高い。これまで『方丈記』は、建暦二年にすべてが書かれたと見られてきたのだが、必ずしもそうとらなくともよいのではないか。小品であるから、一気に書かれたと見られているが、『方丈記』が前半と後半では趣の違うことはよく知られている。

長明にこの前半を書くきっかけを与えたのは、大原で遁世していた文人たちであったろう。正治二年（一二〇〇）閏二月、兼実・良経父子は大原に花見にでかけたが、そこで詠まれた漢詩をこの地に遁世している「長親・通業・最修房」の三人の僧たちに送っている（『明月記』）。当時の大原は文人たちの遁世の場となっており、その影響を受けて、長明は慶滋保胤の『池亭記』に倣って書いたものと考えられる。

前半では都に起きた事件を詳しく記し、人と交わるのがいかに大変なことであるのかを語り、続く後半では自らの家がどうであったか、身を置いた場から記している。「我が身、父方の祖母の家を伝へて、久しくかの所に住む。その後、縁かけて、身おとろへ、しのぶかたがたしげかりしかど、つひにあととむる事を得ずして、三十余りにして、更に我が心と一つの庵を結ぶ」と始めて、自らがどのように今まで過ごしてきたのかを語っているのである。

すべてあられぬ世を念じ過しつつ、心を悩ませる事、三十余年なり。その間、をりをりのたがひめに、おのづから短き運をさとりぬ。

すなはち五十の春を迎へて、家をいで世を背けり。もとより妻子なければ、捨てがたきよすがもなし。身に官禄あらず。何につけてか執をとゞめむ。むなしく大原山の雲にふして、また五かへりの春秋をなん経にける。

最初に「心を悩ませる事、三十余年」とあるのは、父が亡くなってから三十年後、すなわち五十歳となり、幾つかの違い目に遭遇し、自らの運を悟って、妻子もなく、捨てがたい所縁もないので、執心はなく、大原の地に籠ったという。

そして、「こゝに六十の露消えがたに及びて、さらに末葉のやどりを結べる事あり」と、日野の方丈の庵に移ってからの生き方を記したのが後半部で、ここそがまさに『方丈記』という名にふさわしい記事である。それは「むなしく大原山の雲にふして、また五かへりの春秋をなん経にける」とあるように、大原での四、五年を経てからのことである。

大原での出家

大原にあった長明は、やがて出家を遂げることになった。その出家後の様子を『源家長日記』は次のように記している。

その後、出家し、大原に行ひすまし侍ると聞えしぞ、あまりけちえんなる心かな、とおぼえしかど、さきの世に、かかるよすがにひかれて、まことの道におもむくべき契り深かりけるよと、この世の夢思ひあはせられしならんかし。

長明が大原で出家したことを聞いた家長は、「けちえんなる心」（きっぱりとした心）と思い、前世からの縁により仏道にいそしむようになったことについては評価していたのがわかる。この点では鎌倉中期になった『十訓抄』も、次のように記し、「真の道」に入ったとし、さらに高い評価を与えている。

社司を望みけるが、かなはざりければ、世を恨み出家してのち、同じくさきだちて、世を背きける人のもとへ、いひやりける。

いづくより人は入りけむ真葛原　秋風吹きし道よりぞ来し

深き恨みの心の闇は、しばしの迷ひなりけれど、この思ひをしるべにて、真の道に入るといふこそ、生死、涅槃ところ同じく、煩悩・菩提一つなりけることわり、たがはざりとおぼゆれ。

社司の望みがかなわなくして世を恨んで出家した際、同じように先立って隠遁した人に歌を送った。その歌は、深い恨みの心の闇となり、迷いを生んでいたが、逆にこの思いを導きとして真の道に入った、という内容である。このことを記す『十訓抄』は、『方丈記』も引用しているが、その使い方にはやや問題があり、和歌については取材源を明らかにしていない。信頼はあまりおきがたいのだが、長明の行動は後世において高く評価されるようになったことは明らかである。長明に仮託された『四季物語』など多くの物語が生まれるようになったのもそのためであろう。

さて出家ともなれば、賀茂の神に報告にゆかねばならない。次の歌は、『続歌仙落書』に載る長明の歌である。

出家の後、かもにまいりて、みたらしに手あらふとて
みぎの手もその面影もかはりぬる　われをばしるやみたらしの神
いにしへにあへりしことをわすれずは　袖のなみだのかからましやは

我が面影は変わってしまったが、賀茂の神は私のことを知っているのであろうか、これからも見ていてほしい、という思いを詠んでいる。『続歌仙落書』は、長明が歌を学び始めた時に著された『歌仙落書』に倣って承久の乱後に著されている。しかるべき歌人二十五人をとりあげて、評した書物である。そこでは長明について、「風体比興を先として、又哀なる様也。潯陽江頭《じんようこう》、琵琶の曲にむかしがたりを聞く心地なんする」と記し、白楽天が「琵琶行《びわこう》」を作った潯陽江での琵琶の曲に因んで評している。

長明と琵琶

長明はいつ出家したのか。それは元久二年の詩歌合以降のことであり、承元二年（一二〇八）には日野に移っているので、この間のことと考えられるが、出家してすぐに日野に移ったとは考えられないので、元久二年か翌建永元年（一二〇六）あたりの可能性が高い。

長明の出家にはこの時期の宗教界の影響も大きかったであろう。法然が建久九年（一一九八）に『選択《せんぢゃく》本願《ほんがん》念仏集』を著し、浄土宗の信仰は広がり始めていた。元久元年に比叡山の僧徒が専修念仏の停止を迫って奏状を出すと、法然は『七箇《ななか》条制誡《じょうせいかい》』を草し、門弟百九十名の署名を添えて出し、自戒を弟子たちに求めたものの、弟子たちには一向に反省する意思はなく、「上人の詞には皆表裏有り、中心を知らず、外聞に拘る勿れ」とさえ言う始末であったという。

これにまず危機感を覚えたのが慈円である。「九条殿ハ、念仏ノ事ヲ法然上人ススメ申シヲバ信ジテ、ソレヲ戒師ニテ出家ナドセラレ」と、兄兼実の法然に対する傾倒ぶりを見て、天台教学の興隆を思い立ち、元久二年（一二〇五）には大懺法院《だいせんぼういん》という仏教興隆の道場を建てている。笠置寺にあった貞慶も法然らの動きに危機感を覚え、同年に法然の専修念仏を批判して停止を求めた興福寺奏状の起草にあたった。法然の動きは大原にいる長明にも及んでいたことであろう。

出家の戒師は大原の上人とみられるが、法名が蓮胤《れんいん》とあるので蓮の一字を与えられたと考えると、『古事談』に大原の蓮仁上人が吉田の斎宮の臨終に立ち会った話が見える。ただこの人物は他の記録では蓮仁ではなく縁忍とある。

また大原の上人四、五人ほどが高野山に参詣した時に河内の石川郡日高で会った家主の僧の話が見え、その大原聖人の一人の円舜坊《えんしゅんぼう》は藤原俊盛《としもり》の子であったという。『発心集』巻三の五の「或る禅師、補陀落《ふだらく》山に詣づる事」の話に見える「近く、讃岐の三位と云ふ人」が、この俊盛である。

長明はこうした大原に多くいる上人の一人から戒を授けられ、出家を遂げたのであろう。その長明の出家を聞いた上皇が、「手習」という琵琶を所持しているであろう、と長明への問い合わせを家長を通じてしてきたので、これは上皇に進呈されることになった。その際に琵琶の撥《ばち》に次の歌を長明は書き付けて渡したという。

かくしつつ峰の嵐の音のみや　ついに我が身をはなれざるべき
はらうべきこけの袖にも露あれば　つもれる塵はいまもさながら

琵琶を献上するにつけ、その音が絶えてしまうこれからは、峰をふきつける嵐の音だけが身辺から聞えてくることになるでしょう、と詠み、さらに、琵琶の塵をはらうべき遁世の身の袖は、涙で濡れているために使えず、積もった塵はそのままにしておきました、と詠んで、琵琶を渡したという。琵琶と別れる辛さを泣く泣く詠み込んだのである。

そこで上皇から返事の歌を出すように命じられた家長が詠んだ歌が次の二首である。

これを見る袖にもふかき露しあれば　はらはぬ塵はなをもさながら
山深く入りにし人をかこちても　なかばの月をかたみとは見む

琵琶を見た私の袖にも涙があるので、払っていない塵はそのままにしておきましょう、と詠み、さらに、山深い遁世の道に入ったあなたをしのぶのに、「なかばの月」（半月形の穴のあることから琵琶のこと）を形見とします、と応じたのである。

手習の行方

この後、家長が思いがけずに長明に会ったところ、その人かとは思えないほどにやせ衰えていたという。長明は、「世をうらめしと思ひはべらざらましかば、うき世の闇ははるけず侍なまし」と語り、「これぞまことの朝恩」であると言って経袋から取り出したのは、かの返歌の書かれた琵琶の撥であった。「こけに袂もよよとしほれ侍し、うき世を思ひすて、少しのほだしにもこれが侍る」と語りつつ、さらに「これはいかにも、こけの下まで同じところにくちはてんずるなり」と付け加えて、この琵琶の撥を思い出に、これから生きてゆきます、と語ったという。

後鳥羽上皇は、元久二年（一二〇五）正月十九日の朝覲行幸に向けて琵琶を習っていた。『源家長日記』には「朝覲の行幸あるべしとて、京極殿の御所つくり、かねてより修理しみがかせ給。御遊にはあそばさせぬべしとて、常にならさるるめり」と記されている。

上皇はもともと建久元年（一一九〇）九月四日に藤原実教《さねのり》を師匠として、笛始めを行っており、翌年の朝覲行幸でも笛を吹いていたが、やがて琵琶を好むようになったのである。この正月の天皇元服の御遊で琵琶を弾いた二条中納言定輔《さだすけ》に琵琶を習うと、十七日には琵琶の秘曲である石《せき》上流泉《じょうりゅうせん》を定輔から伝授され、ついにこの日に臨んで琵琶の名器・玄上を弾いたのである。

その後、上皇は承元元年（一二〇七）の朝覲行幸でも玄上を弾くなど、琵琶を得意とするようになる。玄上と並んで名物とされた牧馬《ぼくば》も建暦元年（一二一一）の朝覲行幸で弾き、承久二年（一二二〇）三月には、琵琶の名器を番って評する琵琶合を行っている。その十三番で、玄上と牧馬を合わせて、勝負決せずとしたが、その評に、「その音を聞くに、物よりやぶれいづるがごときの声あり。所謂銀瓶破れながら水漿《すいしょう》ほとばしる。即ちこの音のすがたなり」と記している。高山に上らずしては天の高さを知ることができないようなものである、というのである。

こうした琵琶の音色にひかれていった上皇であるから、出家した長明から琵琶を召すことにしたのであろう。この上皇に召された琵琶の手習がその後にどうなったのかを語っているのが、鎌倉後期になった音楽説話集『文机談』であり、次のように説明している。

手習は、長明自らが制作した紫藤の小琵琶で、撥は黒木であった。長明から献じられた後に上皇の琵琶の師範である大納言藤原定輔に下賜され、次いでその子親定《ちかさだ》、経定《つねさだ》へと譲られてきたが、関東の歌人である東兵衛入道重胤《しげたね》がこれを伝え、そこから最明寺入道北条時頼《ときより》に献上され、さらに時頼から鎌倉幕府の将軍である中務宮宗尊《むねたか》将軍に献上されたという。

すなわち手習は長明自作の楽器であって、上皇の琵琶の師である藤原定輔に与えられ、一旦は関東にまで下ってゆき、皇族将軍宗尊親王の手に帰したという。手先の器用な長明の一面を伝えるとともに、琵琶の数奇な伝来をよく伝えている。

この話がどこまで真実を伝えるのか、問題はあるものの、特に否定するべき材料はないので、事実として認めてよいであろう。しかしこれを語る前に記されている長明の「秘曲尽くし」の一件については疑問とせざるをえない。

「秘曲尽くし」一件

この話は、「中原有安には、鴨長明と聞へしすき物もならひ伝けり」と始まり、長明が有安から琵琶を習い、揚真操までの曲は伝えられたものの、残りの曲は許されなかった、と記した後、長明は和歌の名人であったことから、その数寄のあまりに、ある時、世に聞えた人々を語らって、賀茂の奥で「秘曲尽くし」を始めた、と記す。

長明が歌人として名声があがり、人々を秘曲尽くしに誘ったと語るのだが、『無名抄』の記述からすれば、さほどに和歌を誇ることはなかったたし、まして名人たちを招いて音楽の会をもつようなことがあったとは考えがたい。これまでに長明の生き方を見てきたところからして、長明がこのような動きをとったことはとても考えられない。

それに出席した人々を見ると、大納言経通《つねみち》卿、中将敦通《あつみち》朝臣、三品実俊《さねとし》卿、中納言盛兼《もりかね》卿、右馬頭資時《すけとき》入道らであり、彼らが今様の足柄、篳篥の小調子、笙の人調、笛の荒序、箏の調子などの秘曲を次々に演奏したことから、これに感動した長明が琵琶の秘曲である啄木《たくぼく》を数回に亘って弾いたところ、「おもしろき事いひやるかたなし」ものとなった、と語る。

ところが出席したとされる人物を探ってゆくと、元久二年には三品実俊卿が十二歳、中納言盛兼卿が十五歳であって、そこに楽所の大神景資《かげすけ》、景基《かげもと》も出席していたと記されているが、景基は僅かに七歳であった。彼らが出席したとはとても考えられない。これ以後に会があったとしても若すぎ、メンバーが間違っていたと考えることも可能ではあるが、裏がとれない限り、これを事実として見ることはできない。

むしろこうした話が作られた理由を探るのが先決である。それは、この「秘曲尽くし」一件を批判したという藤原孝道《たかみち》の存在と主張とを、著者が語りたかったからがためであろう。孝道は「秘曲尽くし」に驚いて、長明の演奏を後鳥羽上皇に訴えた。玄上がいかに伝えられてきたのかを縷々語り、正統な流れを伝えていない者が秘曲を弾くべきではない、という主張を展開したという。

孝道は上皇が定輔から秘曲を授けられて玄上を弾いたことにも批判的であったことが記されているが、『古今著聞集』に載る説話にも、同じようなことが記されているので、どうもこの話は孝道の主張を芸談として伝えたいがために作られた話のようである。『文机談』が孝道の流れを引く隆円《りゅうえん》によって著されたものであることも、話をそのままに受け取れない理由である。孝道の執念を鎌倉後期には有名になった長明との引き合いから語られたのであろう。

とはいえ話がすべて創作だったというわけではなく、先の手習という琵琶が上皇に召されて伝えられていった箇所まで間違っていたわけではなかろう。

実はこのような話が作られるには、長明が『方丈記』に記している出家後の楽しみと関連してもいる。すなわち「余興あれば、しばしば松の韻《ひびき》に秋風楽をたぐへ、水の音に流泉の曲をあやつる」と、かの秘曲を自らのために演奏していたと記しているのである。それは「独り調べ」という自分だけの楽しみであったのが、この付近の記事が秘曲尽しの話へと発展させられていったと考えられる。長明は「かつらの風」〈源都督〈経信〉〉の琵琶の流れを引いていたが、それは孝道が継承してきていたのとは違う流れにあった。

末葉のやどり

大原から日野に移ったのは承元二年（一二〇八）のことと見られるが、その前年に興福寺の訴えによって念仏停止の宣旨が下され、法然が讃岐国に流されており、兼実が亡くなっている。上皇を支えた兼実の子良経は父に先立って亡くなっていた。

では長明に移住を促した契機は何であろうか。『方丈記』は次のように語っている。

こゝに六十の露消えがたに及びて、さらに末葉のやどりを結べる事あり。いはば旅人の一夜の宿をつくり、老いたる蚕の繭を営むがごとし。

大原はひとまず求めた隠棲の場であり、五十代の後半になって老いが迫るなか、さらに六十歳を機に移ったのが日野だったのである。とはいえそれも旅人の一夜の宿りであり、老いをかこつ蚕の繭にくるまるようなものではある、と記す。決して終の棲家として移ったわけではない。後に「おほかた、この所に住みはじめし時は、あからさまと思ひしかども」と記している。そして日野における活動の様が記されてゆく。

もし念仏ものうく、読経まめならぬ時は、みづから休み、みづから怠る。さまたぐる人もなく、また恥づべき人もなし。ことさらに無言をせざれども、独り居れば口業を修めつべし。必ず禁戒を守るとしもなくとも、境界なければ何につけてか破らん。

念仏や読経に熱心にならない時、それをやめても妨げる人もいなければ、恥をかくような友もいない、戒を破ったとしても、咎める人はいない、と記す。大原には多くの遁世者がおり、彼らとの付き合いや彼らの目に見張られていたことを窮屈に感じていたことであろう。

日野の地を紹介したのは、大原の禅寂《ぜんじゃく》上人であろうことがこれまでの研究で指摘されている。日野兼光《かねみつ》の次男長親で、文治四年（一一八九）二月に突然に出家し大原に籠もっていた。先に『方丈記』前半を記すのに影響を与えた人物としてみたが、その出身の日野氏の氏寺が日野にある法《ほう》界寺《かいじ》である。禅寂は、後に長明から『月講式《がっこうしき》』の作成を依頼されたという関係にあることもこの推測を助けるものである。

日野は京の南に位置し、京と宇治の中間、醍醐と鳥羽との中間に位置し、山々に囲まれた大原とは違い、京を北に見る開放感の溢れた地である。ここに新たな住所を求めたのは、修行の地というよりは、新たな生き方を模索する場としてのものであったと考えられる。

もし、跡の白波に身をよする朝には、岡の屋に行きかふ船をながめて、満沙弥が風情を盗み、もし、かつらの風、葉をならす夕には、潯陽江を思ひやりて、源都督の行ひをならふ。もし、余興あれば、しばしば松の響きに秋風楽をたぐへ、水の音に流泉の曲をあやつる。芸はこれつたなけれども、人の耳を喜ばしめんとにはあらず。ひとり調べ、ひとり詠じて、みづから情を養ふばかりなり。

はかない川の流れの白波に託した身にあっては、朝は近くの岡屋で行き交う船を眺めて、満誓《まんせい》沙弥《しゃみ》の風情に倣って歌を詠んだという。これは歌人の満誓沙弥が詠んだ「世の中を何にたとへん

朝びらき　こぎ去にしる船の跡なきがごとし」の歌に基づく表現である。

また「かつらの風」が葉を鳴らす夕べには、白楽天が「琵琶行」を作った潯陽江のことを思って、源都督（経信）に倣って琵琶の曲を演奏したという。その芸は拙いが人を喜ばせるものではなく、自らの心を楽しませるものである。まさに長明はこの地に自由の境涯の楽しさを見つけたのである。

方丈の庵の設計

日野に移って長明は方丈の庵を建てたが、それは前に建てた家に比較すれば、百分の一にも及ばぬ狭さであり、年をとるとともにいよいよ住処は狭くなってきた、と自嘲しながら、それが次のようなものであったと『方丈記』に記す。

その家の有様、世の常にも似ず。広さはわづかに方丈、高さは七尺が内なり。所を思ひ定めざるがゆゑに、地を占めて造らず。土居《つちい》をくみ、うちおほひを葺きて、継目ごとにかけがねを掛けたり。もし、心にかなはぬ事あらば、やすく他へ移さむがためなり。その改め造る事、いくばくの煩ひかある。積むところ、わづかに二両。車の力を報ふほかには、更に他の用途いらず。

広さは一丈四方、高さは七尺にも満たない。もし心に適わないことがあれば、移動できるような移動式の住宅であって、土居を組んで建てたものという。方丈の庵としたのは、仏典にある維《ゆい》摩《ま》居《こ》士《じ》に倣ったものというが、その住宅の様をさらに詳しく記してゆく。

いま、日野山の奥に跡をかくして後、東に三尺余りの庇をさして、柴折りくぶるよすがとす。南に竹のすのこを敷き、その西に閼伽棚を作り、北によせて、障子をへだてて、阿弥陀の絵像を安置し、そばに普賢をかけ、前に法華経を置けり。東の際に蕨のほどろを敷きて、夜の床とす。西南に竹の吊棚を構へて、黒き皮籠三合を置けり。すなはち和歌、管絃、往生要集ごときの抄物を入れたり。傍に琴、琵琶、おのおの一張を立つ。いはゆるをり琴、つぎ琵琶これなり。仮の庵の有様、かくのごとし。

仏道を求めるための阿弥陀の絵を掛け、普賢・法華経を置いたのみならず、和歌・管絃・『往生要集』に関する抄物などを皮籠《かわご》に入れていたという。長明がここで何を求めていたのかがうかがえよう。ことに管絃については、折琴、継琵琶まで備えている。和歌については、和歌と仏道との密接な関わりがあることを、西行を始めとする歌人たちが唱えてきており、琵琶と仏道との関係をも長明は主張したかったかに見える。

現在、この記述に基づいて、下鴨社の摂社の河合社の境内に長明の庵が復元されているが、このような建物の設計をしたのには、長明にこうした才能があったからである。琵琶の手習も自身が製作しており、福原の都についてはその地理を詳しく記している。

長明の編集した『発心集』の巻五の十五「貧男差図を好む事」には、「近き世の事にや、年はたかくて、貧くわりなき男」が、建物の差図を書いては家作りの指南をしている話がある。寝殿はこうこう、門はどうといった調子で過ごしていたという。この男は「司などあるものなりけれど、出つかふるたつきもなし」という、まさに長明にそっくりである。

長明自身を客観化して描いたものであろうと、これまでも指摘されてきているが、その可能性は高い。「我が身の臥すところは一、二間に過ぎず、その外は、皆したしきうとき人の居所」であったというのもまさにあてはまる。そしてこの貧しき男の家についてこう語っている。「彼男があり増しの家は、走り求め、作り磨く煩もなし。雨風にも破れず、火災の恐れもなし。なす所は僅かに一紙なれど、心をやどすに不足なし」とあって、まさに方丈の庵そのものである。

日野の外山

長明は庵の設計に続けて、庵を建てた場所柄について語っている。

その所のさまをいはば、南に懸樋あり、岩をたてて水をためたり。林、軒近ければ、爪木《つまぎ》を拾ふに乏しからず。名を外山といふ。まさきのかづら、跡を埋めり。谷しげけれど、西晴れたり。観念のたより、無きにしもあらず。

日野の外山という地にあって、南に懸樋があり、林が近くにあって、西に開かれているといい、その春夏秋冬の風景のなかに、仏の道との縁について触れている。

春は藤なみを見る。紫雲のごとくして、西の方に匂ふ。夏は郭公を聞く。語らふごとに死出の山路を契る。秋は日ぐらしの声、耳に満てり。うつせみの世を悲しむかと聞こゆ。冬は雪をあはれぶ。つもり消ゆるさま、罪障にたとへつべし。

春は藤の花に西方浄土を、夏は郭公の声に死出の道を、秋は蟬の声に無常を、そして冬は雪の消え行く様に罪障を思うという。さらにその生活についても触れる。

また、麓に一つの柴の庵あり。すなはちこの山守が居る所なり。かしこに小童あり。時々来りてあひ訪ふ。もし、つれづれなる時は、これを友として遊行す。かれは十歳、これは六十。その齢ことの外なれど、心を慰むる事、これ同じ。或は、つばなを抜き、岩梨をとり、ぬかごをもり、芹をつむ。或は、すそわの田居にいたりて、落穂を拾ひてほぐみをつくる。

一人で寂しくないかといえば、麓には山守の十六歳の童がおり、時々やってきては遊びの友となってくれる。我は六十歳であるから、年の差は著しいが、心を慰めてくれることに変わりはない。いっしょに周囲を歩いて、雑草を採ったりしているという。

もし、日うららかなれば、峰によぢ登りて、遥かに故郷の空を望み、木幡《こばた》山・伏見の里・鳥羽・羽束《はつかし》師を見る。勝地は主なければ、心を慰むるに障りなし。

麗かな日に峰にのぼると、京や伏見・鳥羽が遠望できる、素晴らしい風景は誰のものではなく、心を慰めるのに支障はないと記す。かつて清少納言は『枕草子』において、四季の自然の動きを眺めて鮮やかに切り取って描写した。

春はあけぼの。やうやう白くなり行く、山ぎはすこしあかりて、むらさきだちたる雲のほそくたなびきたる。夏は夜。月のころはさらなり。闇もなほ蛍のおほく飛びちがひたる。また、ただ一つ二つなど、ほのかにうち光て行くもをかし。

この頃から日本の風景が詠まれ、書かれ、描かれる試みが広がり、独特な自然観や人間観が形成されたのだが、長明はこの自然を体感し、心を慰めるものと実感したのである。ではこの日野の外山の庵は実際にどこにあったのか。

『醍醐随筆《だいごずいひつ》』には、その長明の旧跡を訪ねていったことが記録されている。これによれば、法界寺の東の方へ細道があり、岩間を伝わり草を分けて上ること、三町ばかりのところがその跡であったという。そこは「山の腰のかけたる所より二丈ばかりなる、岩のさし出て、西の方はれやかに、伏見淀などの川のおもて、船のゆきかふも見ゆればおもしろけれ」とあって、まさに長明が記した通りのところであるが、ここが長明の旧跡であった確証はない。

今、長明の旧跡としては、萱尾祠の北から東へ四、五町ほど登った炭山街道を入った所にある、外山の方丈石の近くとされている。ただこれも確証があるわけではないのだが、長明を偲ぶ便りにはなろう。

十二　閑居の気味――方丈の庵にて

『無名抄』の成立

日野の庵で長明は和歌を詠み、琵琶を弾き、仏道を求めたが、その際に執筆したのが『無名抄』であったろう。『方丈記』に、日野から遠出して散策した場が次のように記されていることに注目を向けたい。

歩み煩ひなく、志遠くいたる時は、これより峰つづき、炭山を越え、笠取を過ぎて、或は、岩間にまうで、或は、石山を拝む。もしはまた、粟津の原を分けつつ、蟬歌の翁が跡を訪ひ、田上河を渡りて、猿丸大夫が墓を尋ぬ。帰るさには、をりにつけつつ、桜をかり、紅葉をもとめ、蕨を折り、木の実を拾ひて、かつは仏に奉り、かつは家づととす。

日野を足場に峰続きの炭山《すみやま》から笠取《かさとり》、岩間、石山、粟津の原、蟬丸《せみまる》の跡、田上《たがみ》川、猿丸大夫《さるまるたいふ》の墓など近江にまで訪れたという。『無名抄』を見ると、ある人が猿丸大夫の墓が田上の下の曾束《そつか》にあると語ったという話が見え（「猿丸大夫墓」）、また近江の志賀の郡に大伴黒主《くろぬし》を祀る黒主明神や、三室戸《みむろど》の奥に宇治山を詠んだ喜撰《きせん》法師の跡があることを語った話（「黒主神に祝事」「喜撰跡」）を載せている。これらの話を聞いたことから、長明はその地を訪ねてゆき、それを『無名抄』に書いたのであろう。

その点をよく示しているのが、「関の清水」の話である。関の清水は三井寺近くの走り井であるといわれていたところが、実は別の所にある、と三井寺の円宝房《えんぽうぼう》阿闍梨が語っていたというのを聞きつけた長明が、その阿闍梨を訪ねているのである。すなわち「かの阿闍梨知れる人の文を取りて、建暦のはじめの年十月廿日あまりの頃、三井寺へ行く。阿闍梨対面して」と、建暦元年（一二一一）十月二十日過ぎに、三井寺の円宝房阿闍梨に長明が対面している。

長明が日野において『無名抄』の執筆をしていたことは明らかであろう。日野の方丈の庵に「黒き皮籠三四合を置く。すなはち和歌、管絃、往生要集ごときの抄物を入れたり」とあるが、執筆していた『無名抄』は、その皮籠に納められていたことであろう。

『無名抄』の成立年代については、藤原定家の名が二カ所見えているのが推定の根拠となる。「榎葉井事」の話には「その後こそ、冷泉中将定家の歌によまれ侍しか」とあり、「取古歌」の話には「定家朝臣、当座にて難ぜられにき」とある。定家が「冷泉中将」や「定家朝臣」と記されているのがわかるが、定家は建暦元年九月八日に三位の侍従になっているので、この二つの記事は少なくともそれ以前に書かれたものと言える。

ただ「取古歌」に「定家朝臣、当座にて難ぜられにき」とあるのは、その時の定家の位階により記されたことも考えられるのだが、この歌合は正治二年九月十三日に行われており、定家はまだ「朝臣」と日記で称されるような四位とはなっていない。そうなると、定家が公卿になった直後の「建暦のはじめの年十月廿日あまりの頃」という先の記事が『無名抄』に見えるのが問題となるが、おそらくこの記事は『無名抄』の完成に際して付け加えたものであろう。『無名抄』で日付を記しているのはこの箇所だけである。

『無名抄』は基本的には『方丈記』の成立した建暦二年以前に書かれたものといえよう。

『無名抄』を執筆して

『無名抄』を日野の庵で記し始めたものとわかったが、「関の清水」の話の一つ前にある「井手の山吹かはづ」の話も興味深い。ある人が、山城の井手にあった井手の大臣（橘諸兄《もろえ》）の旧跡に赴いて、井手の山吹のことを尋ね、井手の蛙のことを聞いた、という話を又聞きして、長明は次のような感想を書きつけている。

この事、心にしみて、いみじくおぼえ侍しかど、かひなく三年になり侍ぬ。年たけ、歩みかなはずして、思ひながらいまだかの声を聞かず。かの登蓮が、雨のうちに急ぎて出でけんには、たとへなくなむ。

この話を聞いて三年になるが、年をとって歩行が困難なこともあり、行きたいと思いつつも、蛙の声を聞いていない、と記し、若い時に、登蓮《とうれん》が「ますほの薄」のことを聞くや、すぐに求めて行ったことを思い起こしている（四一頁）。『方丈記』では、長明は歩くことに困難を覚えていないので、あるいはこの付近の記事はそれ以降に記したことになるかも知れないが、話を聞いたのはその三年前というから、建暦二年の『方丈記』執筆以前のことと見てよいであろう。多くの人から和歌の話を聞きながら、歌枕の地を訪ね、『無名抄』を執筆していったのである。

その執筆時の感慨を記したと考えられるのが、『方丈記』において日野からの散策のことを記した後の次の記事である。

もし、夜しづかなれば、窓の月に故人を忍び、猿の声に袖をうるほす。くさむらの螢は、遠く槇《まき》の島の篝火にまがひ、暁の雨は、おのづから木の葉吹く嵐に似たり。山鳥のほろほろと鳴くを聞きても、父か母かと疑ひ、峰の鹿の近くなれたるにつけても、世に遠ざかる程を知る。或はまた、埋み火をかきおこして、老の寝覚の友とす。恐ろしき山ならねば、梟の声をあはれむにつけても、山中の景気、折につけて、尽くる事なし。いはんや、深く思ひ、深く知れん人のためには、これにしも限るべからず。

移り行く景色を友として、執筆に勤しんだ様子が浮かんでこよう。「窓の月に故人を忍び」「くさむらの螢は、遠く槇の島の篝火にまがひ」とあるのは、まさに執筆時の気分をよく示している。最後の文章の「いはんや、深く思ひ、深く知れん人のためには、これにしも限るべからず」とあるのも、その点をうかがわせてくれる。

長明が『無名抄』を執筆するにいたったのは、御所から出奔し、やがて出家するなかで心の平安を取り戻すようになって、また『新古今和歌集』に十首の入集を果たすなかで、師である俊恵から学んだ様々なことを語り伝え、また自らが和歌に取り組んだことなどを記し、後の人に伝えようと強く思ったためであろう。

後鳥羽上皇は元久二年以後も『新古今和歌集』の歌の切り張りを行っていたが、承元四年（一二一〇）までにはそれを終え、それとともに土御門《つちみかど》天皇から順徳《じゅんとく》天皇への代替わりを行って、翌年に建暦と改元し、建暦の新制などの徳政に基づく政策を推進するようになった。この時期は文化と政治の転換期に相当していた。

そうしたなかでかつて悩んだ新たな和歌の流れと中頃の歌の流れの対立についても、長明は自分の考えをまとめるに至った。それが『無名抄』の「近代古体」の話に見える五つの問答である。

第一問「この頃の人の歌ざま、二面に分かれたり。中頃の体を執する人は、今の世の歌をばすずろ事のやうに思ひて、やや達磨宗などいふ異名をつけて、誇り嘲る。またこの頃様を好む人は、中頃の体をば、俗に近し、見所なし、と嫌ふ。やや宗論のたぐひにて、事きるべくもあらず。末学、是非にまどひぬべし。いかが心得べき」

第二問「今の世の体をば新しく出で来たるやうに思へるは僻事にて侍るか」

第三問「この二つの姿、いづれかよみやすく、又秀歌をも得つべき」

第四問「聞くがごとくならば、いづれもよきはよし、わろきはわろかりけり。学者は又、我も我もと争ふ。いかがしてその勝劣を定むべき」

第五問「その幽玄とかいふらむ体にいたりてこそ、いかなるべしとも心得難く侍れ。そのやうをうけ給はらむ」

『無名抄』の構想

長明は『無名抄』をどう構想したのであろうか。この構成については、先に次のように分類してみた。

① 一話の「題心」から十話の「瀬見の小川の事」まで
② 十一話の「千載集に予一首入を悦事」から二十五話の「人丸墓」まで
③ 二十六話の「貫之躬恒勝劣」から三十九話の「榎葉井事」まで
④ 四十話の「歌半臂句」から五十一話「思余自然に歌のよまるる事」

⑤五十二話の「範兼家会優事」から六十一話の「道因歌に志深事」
⑥六十二話の「隆信定長一双事」から六十七話の「近代古体」まで
⑦六十八話の「俊恵定歌体事」から七十八話の「とこねの事」まで

このうちの①群において、和歌を詠み、歌会に臨むに際しての一般論を語った部分と、⑦群において、和歌を詠む要点を再び述べている部分に、長明の和歌を詠む上での注意点が多く記されているのがわかる。

初めの①群では次の三点から和歌についての心得を記している。

i「歌は題の心をよく心得べきなり」（「題心」）
ii「歌は、ただ同じ詞なれど、続けがら、いひがらにて、よくも悪しくも聞こゆるなり」（「連《つづけ》がら善悪ある事」）
iii「晴れの歌は必ず人に見せ合すべきなり」（「晴歌可見合人事」）

そして最後の⑦群では、俊恵の言説に続いて「歌には故実の体といふことあり。よき風情を思ひ得ぬ時、心の巧みにてつくりたつべきやうを習ふなり」と語って、和歌を詠む上での三つの要点を記してゆく。

一　させる事なけれど、ただ詞つづきにほひ深く、いひながしつれば、よろしく聞こゆ。
一　名所を取るに故実あり。国々の歌枕、数も知らず多かれど、その歌の姿にしたがひてよむべき所のあるなり。

一　古歌を取る事、又やうあり。

このように和歌の詠み方について長明が記しているのは、単に書こうという動機だけではなく、人から勧められたことにもよるのであろう。その勧めた人物は、長明の歌をよく理解していた雅経と見られる。雅経と長明との交流は『無名抄』の「歌詞糟糠」にうかがえる。

「二条中将談雅経云、歌には、この文字のなくもがなとおぼゆる事のあるなり」と始まって、無くもがなの歌の詞を源頼政などの歌を例にとって指摘している。頼政の場合、「澄みのぼる月のひかりに横切れて　わたるあきさの音の寒けさ」の歌について「ひかり」の三文字が悪く、これを「月に横切れて」とすれば、もっときらきらしく聞こえるであろう、これは歌の瑕ともいうべきであり、深く思い入れなければ弁えがたい、と語ったという。

長明はこの話を紹介するのみで何も語っておらず、雅経の言をそのまま認めていたことがわかる。長明が後に雅経の推挙により鎌倉に下ったことをもあわせて考えれば、日野に遁れて以降も交流があったと見られ、『無名抄』にさりげなくその言説を載せたのであろう。

住宅論の展開

『無名抄』の執筆をほぼ終えるなかで、長明は『方丈記』の最終的な執筆に取り掛かったのであろう。それは日野に移って五年を経て後のことであった。

大かた、この所に住みはじめし時は、あからさまと思ひしかども、今すでに五年を経たり。仮の庵も、やや故郷となりて、軒には朽葉ふかく、土居に苔むせり。おのづから事のたよりに都を聞けば、この山に籠り居て後、やんごとなき人の隠れ給へるもあまた聞こゆ。ましてその数ならぬたぐひ、尽くしてこれを知るべからず。たびたびの炎上にほろびたる家、また、いくそばくぞ。ただ仮の庵のみ、のどけくして、おそれなし。

五年の間に仮の庵も古くなったが、都の便りによれば、貴人が多く亡くなったというから、それ以外の人々も多く亡くなったことであろう。度々の火事で家を失った人も多いであろうが、私の庵はのどかで、被災の恐れもない。こう記した後、その庵の特性を語ってゆく。

ほど狭《せば》しといへども、夜臥す床あり、昼居る座あり。一身を宿すに不足なし。がうなは小さき貝を好む、これ、事知れるによりてなり。みさごは荒磯に居る。則ち人を恐るるが故なり。我またかくのごとし。事を知り世を知れれば、願はず走らず。ただ、しづかなるを望みとし、うれへなきを楽しみとす。

狭くとも一身を宿すに足る家があれば事足りるのである、と語り、我が身を知り、世を知れば、他に願わず交わらず、ただ静かなる生活を望み、憂いのないことを愉しみとする、と述べる。そして住まいは我が身のために作るものである、という考えを展開してゆく。

すべて、世の人の、すみかを作るならひ、必ずしも身のためにはせず。或は、妻子・眷属《けんぞく》のために作り、或は、親昵《しんじつ》朋友のために作る。或は、主君・師匠および財宝・牛馬のためにさへこれをつくる。我今、身のために結べり。人のために作らず。故いかんとなれば、今の世の習ひ、この身の有様、ともなふべき人もなく、頼むべき奴もなし。たとひ広く作れりとも、誰を宿し、誰をかすゑん。

世の人は住家を人のために作っている。妻子や友、主人や師のことを考えたり、馬や牛を養うためにはどうしたらよいかなどとも考えたりする。しかし私は人のためでなく我が身のために家を作った、と力説している。この長明による身体に基づく住宅論は、十三世紀の鎌倉後期に著された兼好の『徒然草』に次のように受け継がれてゆく。

家の作やうは夏をむねとすべし。冬はいかなる所も住まる。暑き比悪き住まゐ、堪へがたきことなり。深き水は涼しげなし。浅くて流れたる、遥かに涼し。細かなる物を見るに、遣戸は蔀の間よりも明し。天上の高きは、冬寒く、ともし火暗し。造作は、

用なき所を造りたる、見るもおもしろく、よろづの用にも立ちてよしとぞ、

家は夏を念頭において建てるべきこと、涼しさと明るさの演出が大事であること、無用な部分を造るのもよいことなどを語って、いかに住むかを念頭において住宅とはかくあるべし、と住宅論を展開したのである。

身体からの発想

長明の住宅論には身体からの発想がうかがえるが、その身体からの発想は他の箇所でも展開されている。

もし、なすべき事あれば、すなはちおのが身をつかふ。たゆからずしもあらねど、人を従へ、人を顧みるよりやすし。もし、歩くべき事あれば、みづから歩む。苦しといへども、馬・鞍・牛・車と、心を悩ますにはしかず。今、一身をわかちて、二つの用をなす。手の奴、足の乗物、よくわが心にかなへり。身、心の苦しみを知れれば、苦しむ時は休めつ、まめなれば使ふ。使ふとても、たびたび過ぐさず、ものうしとても心を動かす事なし。いかにいはんや、常に歩き、常に働くは、養生なるべし。なんぞいたづらに休み居らむ。人を悩ます、

罪業なり。いかが他の力を借るべき。

我が身を動かすこと、常に歩き、働く、それが養生にもなるという。体をいたわる養生のこうした考えもまさに身体からの発想に基づいている。同じ頃に栄西は『喫茶《きっさ》養生記《ようじょうき》』を著して養生論を展開し、実朝に献呈している。住宅論を本格的に展開した兼好も『徒然草』の各所で養生論を展開している。

そもそも『方丈記』は自伝としての性格を有するが、こうした自伝の登場自体も己が身を振り返ってみるという点で身体性がうかがえる。自伝の系譜という点では、後白河法皇の『梁塵秘《りょうじんひ》抄《しょう》口伝集』が自らの今様の遍歴を語って自伝的な性格をもっていた。長明以後をみれば、栄西に自伝があり、本格的な自伝という点では、律宗の叡尊《えいぞん》が著した『金剛仏子《こんごうぶっし》叡尊《えいぞん》感身学正記《かんじんがくしょうき》』が鎌倉後期に生まれている。その冒頭の「生育肉身」の章では自らの生い立ちを記している。

長明が『方丈記』や『無名抄』を書く行為自体にも身体性が認められる。兼好は「つれづれなるままに、日ぐらし硯に向かひて、心にうつりゆくよしなしごとを、そこはかとなく書き付くれば」と書き出し、「筆を取れば物書かれ、楽器を取れば音を立てんと思ふ。盃を取れば酒を思ひ、賽を取れば攤打たむことを思ふ。心はかならず事に触れて来る」と記しているのである。兼好はさらにこうも書いて、身体を動かすことから、禅定（真理を悟る）にまで至ると説いている。

心更に起こらずとも、仏前にありて、数珠をとり、経を取らば、怠るうちにも善行自ら修せられ、散乱の心ながらも縄床に座せば、覚えずして禅定成るべし。

この考えは新たに広がった仏教運動に認められるところであるが、長明の場合はまだその前段階にあって、隠遁の思想が展開されてゆく。

隠遁の思想

方丈の庵に住むことに、どのようなよいことがあるのか。隠遁の思想が次々に語られてゆくことになる。

それ、人の友とあるものは、富めるを尊み、ねんごろなるを先とす。必ずしも情あると、すなほなるとをば愛せず。ただ、糸竹・花月を友とせんにはしかじ。人の奴たるものは、賞罰はなはだしく、恩顧あつきを先とす。更に育みあはれむと、安く静かなるとをば願はず。ただ、我が身を奴婢とするにはしかず。

人が友を選ぶのは、富裕であることや自分に親切な人を先となしており、情けある人や素直な人を必ずしも喜ばない。ならば糸竹・花月を友にするのには及ばない。人に従うのもそうである。

よく面倒をみてくれる人を先とし、静かにしておいてくれる人を願わない。ならば自らの身に仕えるべきである。

衣食の類、また同じ。藤の衣、麻の衾《ふすま》、得るに随ひて、肌をかくし、野辺のおはぎ、峰の木の実、わづかに命をつぐばかりなり。人に交はらざれば、姿を恥づる悔いもなし。糧乏《とも》しければ、おろそかる報をあまくす。すべて、かやうの楽しみ、富める人に対して、いふにはあらず。ただ、わが身一つにとりて、昔と今とをなぞらふるばかりなり。

衣食についても同様である。肌を隠し、命を繋ぐだけのものでよい。人と交わらなければ、恥じることはない。食料が乏しければ、努力のなさに甘んじるのである。こうした楽しみは富める人に言うのではなく、我が身にとっての昔と今について比べて言うのだ。

それ、三界はただ心一つなり。心、もし安からずば、象馬《ぞうめ》・七珍もよしなく、宮殿・楼閣も望みなし。今、さびしきすまひ、一間の庵、みづからこれを愛す。おのづから都に出でて、身の乞匃《こつがい》となれる事を恥づといへども、帰りてここに居る時は、他の俗塵に馳する事をあはれむ。

もし、人このいへる事を疑はば、魚と鳥との有様を見よ。魚は水に飽かず。魚にあらざれば、その心を知らず。鳥は林を願ふ。鳥にあらざれば、その心をしらず。閑居の気味もまた同じ。住まずして、誰かさとらん。

そもそも生死流転の三つの世界に生きるのは心一つである。心が安くなければ、何があっても意味はない。今はこの寂しい住まい、一間の庵を愛しているのだ。こう語って、幾つかの喩えを引く。魚は水に飽きることはないが、魚でなければその心はわからない、鳥は林に住むが、鳥でなければその心はわからないであろう。それと同じであって、閑居に住んでみなければ、この閑居の気味は味わえないし、その心はわからないのだ、と明快に隠遁の妙味を開陳している。

このように隠遁を謳歌する考えはこれまで提出されてこなかったことからすれば、草庵を愛し、そこで暮らす生き方を謳歌する隠遁の思想はここに極まったといえよう。

三途の闇に向かって

このように隠遁の気分を謳歌したのであるが、このままで終わらない。一転して自戒の文章を綴ることになる。

そもそも一期の月影傾きて、余算の山の端に近し。忽に三途の闇に向はんとす。何の業をかかこたんとする。仏の教へ給ふおもむきは、事に触れて執心なかれとなり。今、草庵を愛するも、とがとす、閑寂に着するも、障りなるべし。いかが要なき楽しみをのべて、あたら時を過ぐさん。

我が一生の終わりが近づき、あの世に向かおうとしているが、その今、何を思い悩むのか。仏の教えは、事に触れて執心を抱くな、とある。ということは、今のように草庵を愛するのも、静かな生き方に心を休めるのも、往生への障りになるのではないか。我は必要もない楽しみを語って、時を過ごそうとするのか。

『方丈記』を記すうちに、このように記すこと自体が往生への障りになると思うようになったのであろう。さらに悩みは続く。

静かなる暁、このことわりを思ひつづけて、みづから心に問ひて曰く、世をのがれて、山林にまじはるは、心を修めて、道を行はんとなり。しかるを汝、姿は聖人にて、心は濁りに染めり。すみかは則ち浄名居士の跡をけがせりといへども、保つ所は、わづかに周利《しゅうり》槃特《はんとく》が行ひにだに及ばず。

静かな暁の頃に、先のような理を思い続けて、自分に問いかける。世を遁れ、山林に交わるのは、心を覚まし、仏の道を行うためであるはずだ。しかし自分の姿は聖であっても、心が濁っている。維摩居士に倣って住処を占めたが、戒を保つことにおいては、愚かな仏弟子である周利槃特に及びもつかないのだ。そしてさらにこうも語ってしめくくっている。

もしこれ、貧賤の報のみづから悩ますか。はたまた、妄心のいたりて、狂《きょう》せるか。その時、心更に答ふる事なし。

こうなったのは、貧しさ、賤しさの報いなのか、はたまた妄心によって狂わせたものなのか、心には全く答えがでてこない。

全くの楽観的な隠遁の思想から、全くの悲観的なそれへ、と転換しているのがわかる。草庵での自由を謳歌すればするほどに、そうしている自分はこのままでよいのか、自戒の念がこみあげてきたのである。

次への出発

そこで長明はどうしたのであろうか。最後の一文となる。

ただ、かたはらに舌根をやとひて、不請阿弥陀仏、両三遍を申して、やみぬ。

我が舌を雇って「不請阿弥陀仏」と三遍申して終えたという。どうしてわざわざ舌根を雇うなどという表現をしたのか。また不請阿弥陀仏とは何なのか。通常ならばここで「南無阿弥陀仏」と唱えて、と言うところであろう。この時期、法然による念仏の信仰が広まり始めていたのであれば、なおさらのことである。

しかしそれならば舌根を雇うなどという表現をとる必要はないであろう。ここに「不請阿弥陀仏」の意味が問題になってくる。実際、この難解な語をめぐってはこれまで多く言及がなされているが、その多くは「不請の阿弥陀仏」と読んで理解してきた。しかしこれでは理解できない。南無阿弥陀仏と同様に、不請阿弥陀仏と続けて読むべきであろう。すなわち不請阿弥陀仏、不請阿弥陀仏、不請阿弥陀仏と長明は三遍唱えたのである。

これは阿弥陀仏を「不請」というのであり、阿弥陀仏の来臨を請わない、頼らないという言明なのである。安易に南無阿弥陀仏と唱えて、阿弥陀仏に頼るのではない事を意味する。とはいえ、それほど強く言い切るほどの意思を持ち合わせておらず、舌根を雇うことになったわけである。

ここからうかがえるのは、長明が方丈の庵で自足するのではなく、次への出発を求めていたということ。ここに自伝としての『方丈記』のあり方がよくわかる。過去を見つめたうえで、これから何をすべきかを求める、それが自伝である。来し方を振り返るのは、我が生涯を飾るためではなく、これからの生き方を探るためのものである。

長明は『方丈記』において、若い時代に体験した多くの災害や危難を語って、それに向き合ってきたことを記し、さらに年をとって方丈の庵での自由な気楽な生活で心が充足してきたことを記すなか、最後に次に求めることが何かを考え、それへの出発の決断をここに記したのであろう。そこで次に問題になってくるのが、『方丈記』の記された時期の問題である。

時に、建暦の二とせ、弥生の晦日比、桑門の蓮胤《れんいん》、外山の庵にしてこれを記す。

このように建暦二年の三月末日に記したというが、鎌倉幕府の歴史書である『吾妻鏡』によれば、前年の建暦元年十月十三日に、長明が鎌倉に下っていることを記しているのである。『方丈記』には全くこの鎌倉下向のことが反映されていないように見える。いやそうではなく、鎌倉下向のことを踏まえて、『方丈記』の記事は書かれており、鎌倉での出来事を踏まえている、と見るべきであろうか。

その点を考えつつ、長明が『方丈記』を書いた後、何を求めていったのか、次に探ってみよう。

十三　東国修行――鎌倉の世界

鎌倉下向

長明が鎌倉に下ったことを記しているのは、『吾妻鏡』建暦元年（一二一一）十月十三日条であって、次のような記事からなる。

鴨社の氏人菊大夫長明入道（法名蓮胤）、雅経朝臣の挙により、この間、下向す。将軍家に謁し奉ること、度々に及ぶと云々。しかるに今日、幕下将軍の御忌日に当たり、彼の法花堂に参り、念誦し読経の間、懐旧の涙、頻りに相催す。一首の和歌を堂の柱に註す。

草モ木モ靡シ秋ノ霜消テ空シキ苔ヲ払ウ山風

鴨社の氏人である菊大夫の長明入道蓮胤は、飛鳥井雅経の推挙によって鎌倉に下ってきて将軍実朝とたびたび会っていたが、十月十三日が頼朝の忌日であったことからその墓所の法花堂に参って読経をし、懐旧の涙を催して歌を詠み、堂の柱にその歌を記したという。

この記事の最初の「鴨社の氏人菊大夫長明入道（法名蓮胤）」という部分からは、長明が鎌倉において、鴨社の氏人で、菊大夫（南大夫の誤り）という五位から入道して法名を蓮胤と称していた人物と見られていたことがわかる。

次に「雅経朝臣の挙」とあるが、雅経はかつて蹴鞠の芸によって頼朝に鎌倉で仕え、幕府の重臣の中原広元の娘婿になった人物であり、その推挙により長明が下ってきたことを意味している。長明と雅経との間には親しい交流があったことはすでに見たところである。

「今日、幕下将軍の御忌日に当たり、彼の法花堂に参り」とあるが、この十月に頼朝の墓所である法花堂に参ったということは、長明はその一月前ほど以後に鎌倉にやってきたことを意味するかもしれない。頼朝の祥月命日は正月十三日であった。

「懐旧の涙、頻りに相催す」とあるのは、かつて頼朝が上洛した時の威勢を目の当たりにして、頼朝の威光を背景にして催行された京の「六条若宮歌合」に長明が参加していたことなどによるのであろう。

「一首の和歌」の意味するところは、草木もなびくほどの威光のあった方は今やなく、そのなきがらを葬った地を山風が吹きぬけてゆく、というものである。

この記事から、長明は建暦元年に鎌倉に下って来た、とこれまで見られてきたのだが、これには大いなる疑問がある。既に見たように『無名抄』の「関の清水」の記事によれば、建暦元年

（一二一一）十月二十日過ぎに、長明は三井寺の円宝房阿闍梨と対面しているからである。十月十三日に鎌倉で涙を流していた長明が、二十日過ぎに三井寺で人と会ったとはとても考えがたい。そこでこの記事については別人が円宝房と対面したものとされてきた。

しかし内容はどう見ても長明とする以外には考えがたい。そうすると『吾妻鏡』の記事についてこそ再考する必要があろう。かつて私もまた『吾妻鏡』のこの記事をそのままに信用してきたのであるが、再検討する必要がある。

『吾妻鏡』の問題点

鎌倉幕府の歴史を描いた『吾妻鏡』の編纂の材料にされたのは、主に朝廷に仕えていた文士が鎌倉に下ってきて、幕府の奉行人となり、記していた日記である。幕府の政所に関わった大江氏や二階堂氏、清原氏、問注所に仕えた三善氏などが記していた日記である。

続いてそれらの奉行人の家に残された文書や記録もあげられる。朝廷から届いた文書や武士が提出した文書など、また裁判に関係して提出された文書の数々である。長明下向の先の記事もそれらに基づくものであろうが、それが何かは判然としない。

そこで『吾妻鏡』に利用されたことのはっきりしている『明月記』の利用の仕方について考えてみよう。将軍実朝の時代には京の文化が移植されており、『吾妻鏡』には、その時の京都の情勢や動きを記す『明月記』が材料として用いられた。たとえば次の『吾妻鏡』建仁四年正月十二日の記事である。

将軍家御読書〈孝経〉始め。相模権守御侍読たり。此の儒は殊なる文章無きにより、才名の誉れ無しと雖も、好んで書籍を集め、百家九流に詳通すと云々。

相模権守源仲章《なかあきら》が実朝の侍読となってその読書始が行われたという記事であるが、このうち「此の儒」以下において仲章を紹介する文章は、次の『明月記』建暦二年八月二十六日条に見える部分が利用されたものと見てよいであろう。

天晴。未時許、弾正大弼源仲章朝臣、不慮来臨し、閑談移漏す。此の儒は殊なる文章無きにより、才名の誉れ無しと雖も、好んで書籍を集め、百家九流に詳通す。卑しむべからず。

また、この時期の『吾妻鏡』の京都関係の記事には、貼り間違いが散見する。たとえば建暦二年七月八日条には次の記事が見える。

弾正大弼仲章朝臣の使者参着す。去月廿七日、造閑院事始め也。上卿光親卿并びに家宣、行事官人明政也。上卿の事思し食し定められず。度々改めらる。所謂、始め光親、次に定通、次に師経。遂に以て光親に治定すと云々。大夫属入道、御前において此の状を読み申す。而るに善信申して云く、適造営の事有るべし、須らく上臈の上卿・宰相・弁これを奉るかと云々。

これによれば、この年の六月に閑院の造営は始まったかに見えるが、事実は前年の十月であり、『吾妻鏡』のこの記事が次の『明月記』建暦元年十月二十三日条によって作られたものとわかる。

今日、造閑院の事始。上卿は光親卿、弁は家宣と云々。たまたま造営の事有るべし。須らく上臈の上卿・宰相・弁承るか。近代の事、只其の沙汰有るに当るに随はんか。此の事始め光親、次に定通、次に師経。又光親卿定め改られ了んぬと云々。

『吾妻鏡』がこれを引用していることは、二つを比較すれば歴然としている。ただ『吾妻鏡』では「大夫属入道」三善康信が御前において仲章の書状を読んだと記されているので、事実らしく見えるが、『吾妻鏡』の京からの報告記事は、多くが三善康信が伝える形をとっており、康信を顕彰する意図がうかがえる。

建暦二年の鎌倉下り

『吾妻鏡』は『明月記』をしばしば引用しているが、それは『明月記』が定家から為家を経て冷泉為相《ためすけ》に伝えられ、その為相が所領相論などで鎌倉に滞在する機会が多くあり、この訴訟の関係上、また和歌や蹴鞠の関係から幕府の奉行人との接触があったので、『吾妻鏡』の編纂者が入手することになったのであろう。為相が二条為世《ためよ》との所領の訴訟を幕府におこして裁許を得たのは正応二年（一二八九）十一月七日のことで、『吾妻鏡』の編纂はその少し後になされている。

『吾妻鏡』は後世に編まれた歴史書であり、しばしば貼り間違いのあることが指摘されてきている。その目で改めて先の長明下向の記事を見ると、この前後には長明に関連する記事がなく、単独で立項されていることから、これを建暦元年とのみ考える必要はない。では貼り間違いとすれば、長明の鎌倉下向はいつのことと考えるべきであろうか。

一番考えられるのは、建暦二年を元年と誤ったということである。先の『明月記』の例もそうであったが、元年と二年の字は間違いやすい。かといって翌年の建暦三年には和田合戦が起きているので、その可能性は薄い。ならば建暦二年十月のことと考えてみるとどうであろうか。

建暦二年後半には、実朝は御所の北面三間所に近習の壮士たちに詰めさせて「古物語」などを語らせていた。八月十八日には伊賀前司藤原朝光《ともみつ》と和田左衛門尉義盛《よしもり》などの古老が祗候していた記事が見える。

続いて九月二日には、筑後前司頼時《よりとき》が京から鎌倉に下ってきて藤原定家の消息と和歌文書等を御所に持参している。さらに十一月八日には鎌倉の御所で絵合が行われている。これは老若が左右に分かれ勝負を行ったもので、八月上旬から沙汰があり、各人が京都から誂えていた。その絵合では中原広元《ひろもと》が出した「小野小町一期盛衰《おののこまちいちごせいすい》」の絵や、伊賀朝光が出した「吾朝四大師伝《わがちょうよんだいしでん》」の絵を将軍がことに好んで、老方の勝となったという。当時、しきりに京都から情報や文化を受け入れるように実朝は努めていたことがわかる。

実朝が範を求めたのは朝廷の文化と政治であった。元久元年（一二〇四）正月に将軍の読書始が行われた際、侍読として後鳥羽上皇の近臣である源仲章を招いたのを始め、八月には妻を京都の坊門家から迎えている。藤原定家の弟子となった内藤朝親《ともちか》を通じて『新古今和歌集』を入手すると、定家から和歌の指導を受けるようになった。承元三年（一二〇九）に従三位となって公卿に列すると、将軍家政所を開設して政所を整備し、ここを中心にして幕府の訴訟制度や政治制度を充実させてきていたのである。

そうであれば、この時期に長明が鎌倉に下ってきたというのが最も考えられるところである。実朝の成長とともに、都の文化に触れるべく、京にいる飛鳥井雅経を通じて識者の下向を依頼していたところ、長明が推挙され、建暦二年に長明が鎌倉に下ってきたのであろう。長明に期待されたのは、その和歌のみならず、京の朝廷に関わる鴨社氏人菊大夫の様々な知識であったと考えられる。

長明の鎌倉下向が建暦二年（一二一二）の後半ということになると、「建暦の二年、弥生のつもごりごろ」に記している『方丈記』は、長明が鎌倉に下る前に完成をみていたことになる。執筆が鎌倉に下る前なのか、後なのかによって、その書かれた風景は一変するだけに、意味するところは大きい。『方丈記』に鎌倉の体験が微塵も見えないのはこのことと関係していよう。

東国修行の旅

『方丈記』を仕上げて、長明は鎌倉に下ったのである。かの『方丈記』最後の文章にこれから新たに修行に出るぞという気構えがうかがえたが、それが鎌倉下りにつながったと考える。

研究者によっては、長明は鎌倉の実朝に仕えるために鎌倉に下向したと見るむきもある。果たしてそうであろうか。長明が琵琶を習った中原有安の弟子である中原景康は、鎌倉に赴いて幕府に音楽の芸能で仕えるようになるのだが、遁世していた長明にそうしたことがあったとは考えがたい。

長明が将軍と会って話した内容が書かれていないので、鎌倉下向の理由ははっきりしないが、長明の著した『発心集』の巻八の五には「東の方、修行し侍りし時、さやの中山のふもとに」と見え、長明自身が東国修行を目的に赴いた、と記している。

この話は、駿河国の小夜の中山にある「ことのさきと申す社」で、小法師を連れた六十ばかりの盲目の琵琶法師に長明が出会い、話を聞いたものである。どこに行くのかと尋ねると、鎌倉に赴くのだが、他の人がするような、鎌倉に訴訟のために行ったり、恩顧を得ようと思ったりしているのではなく、「ただ世の過ぎがたさ」の故に赴くのである、と語る。道中の難儀はたいへんなものであることを察してほしい、とも語ったという。

この話を聞いた長明は、「我が身の上の様に覚」えて、懇ろに同情するとともに、「我等が盲のかたばかり、彼が類ひにて、しかも志はうすき事の、とにかくに取るところなく」と、自分もこの琵琶法師と同様な存在なのであるが、それに比べると志が薄い、と「心憂く覚え」たという。長明もまた鎌倉に下ったのは、訴訟のためや、恩顧を得ようと思ってのものではないが、何ともまだまだ志が薄いことよ、と思ったのである。

なおこの話からは、琵琶法師が小法師を連れて各地を歩いていたことがうかがえ、鎌倉後期の絵巻の『一遍聖絵』に描かれている風景がすでにこの時期から広くあったことでも注目される。鎌倉後期になると、琵琶法師が『平家物語』を語るべく各地を歩くようになったが、その『平家物語』を作った信濃前司行長は、長明も出詠した『元久詩歌合』に漢詩を提出していた。

ところで室町時代に多くの連歌を集めて編集した『菟玖波《つくば》集』には、長明が鎌倉に赴く途中の駿河の宇津山で同行していた雅経との間で行った際の連歌が載っている。

参議雅経を伴ひて東へまかりけるに、宇津山を越え侍けるとて、楓を折りて

鴨長明

昔にもかへてぞ見ゆる宇津の山

これに蔦の紅葉を打ち添へて
いかで都の人に伝へん　　　　参議雅経

長明と彼を推薦した飛鳥井雅経とが宇津谷峠において詠んだ連歌というのだが、雅経が長明に同道したという証拠はなく、また雅経が参議となったのは後のことであれば、採用できない資料である。

入間川の洪水の難

『発心集』巻四の九には「武蔵の国入間河のほとりに、大きなる堤を築き、水を防ぎて」と始まる話があって、これについては長明が東国修行に赴いた際に、入間川で起きた洪水の話を聞いて記したものと考えられる。

入間川の堤の内側には田や在家が多くあって豊かな地であったが、そこを襲ったのが堤を切っての洪水であった。土地の官首《かんじゅ》とその郎等、家のものどもが、家ごと流され、海に近くなってやむなく河に飛び込んだのだが、さらに流されるなか、やっと蘆の末葉にとりついたところ、蛇が連なってまとわりつき、恐怖から仏神に祈るなか、何とか助かったという。

『方丈記』に記さなかった水難事故を、ここに長明は記しており、『方丈記』に対応する話となっている。その描写も『方丈記』と同じく迫真に満ちている。たとえばこれまで堤が切れたことはない、と思っていたところに、洪水が襲ってきた様子を次のように描く。

雨沃《い》こぼす如く降りて、おびただしかりける夜中ばかり、俄にいかづちの如く、世に恐しく鳴りどよむ声あり。此の官首と家に寝たる者ども、皆驚きあやしみて、こは何物の声ぞ、と恐れあへり。官首、郎等を呼びて、堤の切れぬると覚ゆるぞ。出でて見よと云ふ。即ち、引きあけて見るに、二三町ばかり白みわたりて、海の面とことならず。こはいかがせん、と云ふ程こそあれ、水ただまさりにまさりて、天井までつきぬ。官首が妻子をはじめて、あるかぎり天井にのぼりて、桁・梁に取りつきて叫ぶ。この中に官首と郎等とは、葺板をかき上げて棟にのぼり居て、いかさまにせんと思ひめぐらす程に、此の家ゆるゆるとゆるぎて、つひに柱の根抜けぬ。堤ながら浮きて、湊の方へ流れ行く。

官首の身に添っての詳しい描写や、妻子への視線など、『方丈記』の描写とよく一致し、これに続く官首と朗等の間で交わされる会話も生き生きと語られているが、こちらは『無名抄』の描写に通じるものがある

「官首」とは貫首のことで、所の長、すなわち地頭と見てよい。神宮文庫本では、「秩父の冠者と言ふ男」とあり、武蔵の豪族・秩父氏の系譜をひく地頭といったところであろう。

長明がこの話を聞いたのは京であった可能性もあるが、東国と考えるのは、洪水で命からがら逃れた官首に残されたのが我が身と郎等のみで、「我が家の者ども十七人、ひとり失せでありけり」、財産も「一夜のうちにほろび失せぬ」という状態であったことに基づいている。京に上るだけの資力はなかったであろう。

なおこの話の真実性についてであるが、大きな堤が当時築かれていたことは、発掘の成果によって確かめられており、また鎌倉時代に入って幕府の命により武蔵野の開発が進められていたことは『吾妻鏡』の記事からうかがえる。

長明と実朝

『発心集』に載る東国の話には、巻六の十二に、歌人の西行の話がある。「東の方」に修行し武蔵野を通り過ぎようとした時、経をあげる声がしたので尋ねてゆき、「いかなる人のかくは」と問うた。その人は郁芳門院《いくほうもんいん》の侍の長であったが、女院がお隠れになったので、出家して人に知られぬところに住もうとして、この地にやってきた、と語ったという。

郁芳門院は白河上皇の寵愛した皇女で、若くして死去したため、上皇がそれを契機に出家したとされる女院である。その侍長であったこの武士もまた、出家して東国に下って徘徊するなか、武蔵野の秋の草に心を染めるようになり、花のない時にはその跡をしのび、この頃は花の色に心を慰めている、と西行に語ったのである。

話は西行が若い時期に奥州に下った時のものであり、その後の二度目の奥州下りでは鎌倉に下って、頼朝と対面して武芸や和歌の話に及んだのであるが、『方丈記』を仕上げた長明が修行の旅に出るにあたっては、この西行の修行に倣って鎌倉に向かったのかもしれない。『発心集』には、他にも西行の話が載っている。

では修行の最中に鎌倉に来た長明は、実朝に影響をあたえたのであろうか。実朝は京下りの人々を招いては、大きな影響を受けている。学問を源仲章から受けたのを始め、禅宗をもたらした栄西や、慈円の弟子で平家の生き残りの忠快、大仏の鋳造にあたった陳和卿などに大きな影響を受けた。

そこで見てゆくと、実朝の詠んだ歌を集めた歌集に『金槐《きんかい》和歌集』があるが、その定家本のなかに次の歌が見える。

　　川辺の月
ちはやぶる御手洗川の底きよみ　のどかに月の影は澄みけり
　　祝の歌
君が代も我が代も尽きじ石川や　瀬見の小川の絶えじとおもへば

このうちの後の歌については、長明が執心したところの、かの瀬見の小川の歌「石川や瀬見の

小川の清ければ　月も流れも尋ねてぞすむ」の本歌取りであることは明らかであろう。実朝に影響をあたえたことは明らかである。そうであればこの歌の来歴を記している『無名抄』が、長明から実朝に献呈された可能性もある。栄西が実朝に『喫茶養生記』を献呈したように。では『方丈記』も、献呈されたかというと、その内容からしてよほど親しくならなければそうはしないと考えられるから、それはなかったであろう。

建暦二年十一月十三日に実朝は頼朝の法花堂に赴いているが、ここでは一月前に長明が柱に記したところの、かの歌を見たことであろう。翌年二月一日に幕府では和歌会が「梅花契万春」という題で開かれ、それには武蔵守北条時房《ときふさ》、修理亮北条泰時《やすとき》、伊賀次郎兵衛尉光宗《みつむね》、和田新兵衛尉朝盛《ともより》らが出席しているが、おそらくこの時には、すでに長明は鎌倉を後にしていたことであろう。続いて実朝は二月二日に昵近の祗候人の中から芸能の輩を選抜し結番で詰めさせる学問所番を設けて、「和漢の古事」を語らせることとしたが、これもあるいは長明の影響があったのかもしれない。

伊勢修行

長明は東国のみならず伊勢にも修行の旅をしていたことが、『御裳濯《みもすそ》和歌集』に次の歌が載っていることから知られる。

修行にいでて伊勢にまかりて侍けるに、ある山寺にて秋ごろよみ侍ける

蓮胤法師（俗名長明）

むぐらはふやどだに秋はさびしきを　いくへかどつるみねの白雲

この歌集は天福元年（一二三三）に伊勢内宮の禰宜荒木田長延《ながのぶ》（寂延）が編んだもので、この歌の詞書から長明は伊勢にも修行の旅をしていたことがわかる。これを詠んだ時期は、修行のため伊勢に赴いた時とあり、蓮胤法師とあることから、出家後のことであろう。ここにも伊勢に赴いた西行の影響があったのかもしれない。

ただここで注意したいのは、長明が伊勢に旅していた時のものとされる紀行文の存在である。鎌倉後期に編まれた『夫木《ふぼく》和歌抄』に、長明が伊勢を旅した時の紀行文「鴨長明伊勢記」が載り、さらにそれらを配列した『鴨長明伊勢記抜書《ぬきがき》』といった書物があって、それは次のように始まっている。

伊勢へ下りけるに、野路うち過ぎて、石部河原といふ所にて、友まつほどに、風のいたく吹けば、よもぎの中に寄り臥して、

よこた山石部河原の蓬生に　秋風寒み都恋しみ

この旅行の時期については文治二年（一一八六）とも建久元年（一一九〇）とも指摘されてきているが、果たしてその時期に伊勢に旅をしたのであろうか。その頃には西行が伊勢に赴いていて、東大寺の大仏再興に力を尽くした重源も伊勢参宮を行っていた。それもあって長明が伊勢に赴いたとしてもおかしくはないのだが、『伊勢記』によれば、長明は西行のいた庵を見たとするなど、いかにも作り話っぽい。江戸時代に橘南谿《なんけい》により著された『北窓瑣談《ほくそうさだん》』は、「鴨の長明が道の記よみたりし頃おもひしは、名にたかきに似もやらず、いとつたなし」と記し、「後人の偽撰なりや」といぶかしく思ったと記している。

そもそも『夫木和歌抄』の選歌のあり方には、『海道記《かいどうき》』に載る歌を長明の歌とするなど多くの問題点があるので、これを採用するのは慎重でありたい。長明が伊勢の山寺で詠んだという『御裳濯和歌集』に載る歌を『伊勢記』が載せていないのも疑問である。もし長明が早くに伊勢に赴いたのであれば、長明の他の作品に何らかの伊勢関係の記事があってもよいのではないか。

しかし『無名抄』や『発心集』には、伊勢に関わる記事が全く見えない。長明に仮託する作品は『四季物語』など多く見られることを考えると、長明にあやかって作られた作品とも考えられるが、実は誰か別人の伊勢記を長明のものと見誤った可能性が高いというべきであろう。というのも『伊勢記』には、証心《しょうしん》法師が詠んだという歌が載っているからである。

この法師を元暦二年（一一八五）に七十二歳で出家した参議・式部大輔の藤原俊経《としつね》であるとみなして、長明と関係づける見解もあるが、法名の一致だけでは無理があり、また「友」というのには長明とは身分が違いすぎる。長明とは別の、証心を友とする人物の『伊勢記』と見るのが妥当であろう。

『発心集』の成立

各地を修行して帰郷した長明が本格的に取り組んだのが『発心集』の編集であったろう。『発心集』の序に、「人、一期過ぐる間に、思ひと思ふわざ、悪業に非ずと云ふ事なし。もし形をやつし、衣を染めて、世の塵にけがされざる人すら、そともの鹿、つなぎがたく、家の犬、常になれたり」とあるが、これはまさに『方丈記』の最後の文章を受けている。

とはいえ、『発心集』が本当に長明の作品かどうかは確かめておく必要がある。『発心集』が書かれてから少し後に慶政《けいせい》上人が著した『閑居友《かんきょのとも》』には、「発心集には、伝記の中にある人々あまた見え侍」とあり、続いて「長明は、人の耳おもよろこばしめ、また結縁にもせむとてこそ、伝のうちの人お載せけんお」とも記し、長明の『発心集』には伝記のなかに見える人々の話が多く収録されていると語っているが、これはまさに今に伝わる『発心集』の性格と合致している。『本朝書籍目録《しょじゃくもくろく》』も『方丈記』を長明の作としている。

ではいつ編まれたのか。年次が記されているのは、巻八の七話に、承元二年（一二〇八）五月に法勝寺の九重塔が雷によって焼失したのを見た執行の僧が、悲しみから絶え入ったという話であるから、それ以降の成立となる。さらに長明が東国に修行した建暦二年以降ということになるのだが、もう一つ、これの成立に影響を与えた本として考えられるのが『古事談』である。それとの関係も考えておく必要がある。

『古事談』の著者は、長明が後鳥羽院の御所に仕えていた時にともに仕えたことがある源顕兼であって、知り合いだったと考えられるが、『発心集』と『古事談』とは同じ頃に成立し、同じような話を載せているので、いずれかが見ていたことが想定され、この想定に沿って両書の関係が探索されてきた。

『発心集』が『古事談』を見て利用したという説、逆に『古事談』が『発心集』を見て利用したという説も出されている。ただ『古事談』が『発心集』とは違って比較的生の資料をそのままに使い、加工することが少ないのに対して、『発心集』には加工が多いことから、長明が『古事談』を見ていた可能性が高く、『発心集』は『古事談』の成立に促されて著されたことが考えられる。

実際、『発心集』巻一の劈頭に置かれている玄敏《げんびん》僧都の「遁世逐電の事」という話は、内容がほとんどそのまま『古事談』第二〇三・二〇四話と同じである。第二話の玄敏僧都が「伊賀国郡司に仕はれ給ふ事の話もまた、『古事談』の第二〇五話とほぼ同じであるが、玄敏の話を聞いて渡守になるべく船を儲けた道顕《どうけん》僧都について、『古事談』はどこの僧と触れていないのに、『発心集』が三井寺の僧と述べている点で違うといった相違がある。

この他、永観《ようかん》律師の話や浄蔵貴所の話など、『古事談』の「僧行」の巻の中核をなす話は『発心集』の巻二の「禅林寺永観律師の事」や巻四の「浄蔵貴所鉢を飛ばす事」の話にも見えている。このことは『発心集』が『古事談』を踏まえていた可能性の高いことをよく物語っている。

『古事談』と『発心集』

『古事談』は、「王道后宮」「臣節」「僧行」「勇士」「神社仏寺」「亭宅諸道」の六巻からなり、話はそれぞれの巻のなかでほぼ年代順に配列されている。「古事談」という書名は、大江匡房《まさふさ》の『江談抄《ごうだんしょう》』を強く意識してのもので、『江談抄』を語った匡房は中納言にまで昇った公卿であるが、顕兼もまた刑部卿を経て三位に昇っており、同じく中流の貴族であった。

では『古事談』はいつ、書かれたのであろうか。多くの記録や日記、藤原忠実《ただざね》の言談を記した『中外抄《ちゅうがいしょう》』や『富家語《ふけご》』なども利用して説話を収録し、年代順に配列しているが、成立の時期に関わる話では、二七八話に「大納言法印良宴《りょうえん》、建暦二年九月、於雲居寺房、入滅之時」と見えるので、成立は建暦二年（一二一二）以後と知られる。その前年三月三日に顕兼は出家しているので、遁世の時期の作品である。

顕兼は建保三年（一二一五）二月に亡くなっており、それ以前の成立となるが、その間の建暦二年十一月に女子を亡くしており、その死が大きな影響をあたえたことが、定家の『明月記』からうかがえるので、『古事談』成立は建保元年（一二一三）と見られる。

したがって『発心集』は『古事談』が成立した翌年の建保二年（一二一四）から長明が没する

建保四年までの間になったものと考えるのが妥当であろう。もちろん、以前から蒐集していた話が多くあったろうが、それを『発心集』として纏めるようになった契機としては、『古事談』の影響がすこぶる大きかったと考えられる。

たとえば、第一話の玄敏（玄賓）僧都の話が『古事談』の冒頭に見えるが、この玄敏は「奈良の御門」（桓武天皇）に召されて仕えて大僧都に任じられたものの、「いづちともなく失せにけり」と世を逃れ、天皇から遠ざかっていったのだが、長明もまた同じような境遇にあった。自らの生涯を振り返るなかで、先人たちがいかに発心を求めていったのかを記したのが『発心集』である。

ではその『発心集』から、長明はどのような生き方を学んだのか、このことを見て、いかに長明が一生を終えたのかを次に探ることにしたい。

十四　我が心のおろかなるを励まして――『発心集』

『発心集』の形成

現在に伝えられる『発心集』がすべて長明の手になるものかは検討を要する。というのも『本朝書籍目録』は「発心集三巻」としているが、原本がなく、写本の神宮文庫本では五巻、江戸時代の慶安四年板本では八巻から成るからである。

最初に三巻本、続いて五巻の神宮本、さらに八巻本が生まれたものか。八巻本の跋文《ばつぶん》には「事の次ごとに書きつづけ侍るほどに」と記されている。そこで改めて『発心集』の構成を考え、いかに長明がこの作品を著したのかを探ることにしたい。

まず五巻からなる神宮文庫本と八巻本とを比較してゆくと、巻一は配列はほぼ同じであるが、八巻本の十二話に見える「美作守顕能《あきよし》家に入り来たる僧の事」の話が、神宮本では巻五の九話に入っていて、神宮本には話が一つ少ない。

巻二は、神宮本と八巻本とは相当に異なり、神宮本の話が八巻本では巻二、巻三、巻五、巻六などに散らばってある。巻三も同じく八巻本の巻二・三・六に散らばっているが、六話の「新羅明神、僧の発心を悦び給ふ事」と七話の「桓舜《かんしゅん》僧都、貧により往生事」の話が八巻本には見えない。

神宮本の巻四の話も、八巻本の巻二から六にかけて散らばって入るが、二話の「在る禅尼、山王の御託宣の事」と第三話の「侍従大納言の家に、山王不浄の咎めの事」の話が八巻本にはない。続く巻五では、八巻本の巻一から巻五までに散らばっているが、話は八巻本にすべて収められている、という状況である。

これらからして、五巻の神宮本から八巻本にいたる過程で、話の入れ替えや増補、削除などが行われたことがわかる。特に巻三の七話「桓舜僧都、貧により往生事」は、八巻本には見えないのに、そこに登場する桓舜僧都について、八巻本の巻八の十二話「前兵衛尉、遁世往生の事」で、「これもかの桓舜僧都のたぐひにこそ」と記している。この話を見ておこう。

桓舜僧都は日吉山王に詣でて祈るなか、稲荷社にも詣でて同じ祈りをなしたところ、夢の中に現れた日吉山王から注意を受け、それ以来、山に帰って勤めに励むようになり、往生を遂げたという。これに対して前兵衛尉の話は、賀茂社に祈りを捧げるなか、弟が出世したのを羨んでいたところ、賀茂の神の本地である阿弥陀仏が現れて告げを示したことにより、出家して往生を遂げたという。

おそらく増補する際に桓舜僧都の話も八巻本に入れるべきであったのに、落としてしまったのであろう。当初は増補だけの予定が巻の構成を変えるなか、幾つかの話を意識的に落としたり、不用意にも落としてしまったりしたものと見られる。

　こうした増補部分については、後世に別人が追加した可能性も考えられるところだが、先にあげた八巻本の巻八の十二話「前兵衛尉、遁世往生の事」は、賀茂の神を頼みとした話であり、これに続く十三話の「或る上人、生ける神供の鯉を放ち、夢中に怨みらるる事」もまた、鯉を「賀茂の供祭」としているなど賀茂社に関わる話である。そして最後の十四話の「下山の僧、川合の社の前に絶え入る事」もまた、「中比の事にや、山より下りける僧ありけり。糺の前の河原を過ぎ」と賀茂社に関わる話である。長明は『発心集』の最後に賀茂社に関わる話を並べたのであろう。そのために跋文に「おのづから神明の御事多くなりにけり」と、神明の話が多くなったと言い訳をすることになった。

　ただ全編、長明が書いたものかというと、いささか問題もある。というのも跋文を見ると、「おのづから神明の御事多くなりにけり」とある部分はよいとしても、その後の神明に関わる文章には違和感があり、注意して作品を見てゆく必要があろう。

『発心集』の構想

『発心集』は、幾多の往生伝とは異なり、「短き心を顧みて、ことさらに深き法を求めず、はかなく見る事、聞く事をしるし集めつつ、しのびに座の右に置ける事あり」とあるように、発心と遁世の話を自分のために広く収録した、と記している。仏法への結縁を勧める、それまでの往生伝とは違うものとして構想されており、この点は、『方丈記』の考えによく合致する。

したがって『発心集』に大きな影響を与えたのも、『方丈記』が慶慈保胤の『池亭記』に構想をもとに書かれたのと同様に、同じ保胤の『日本極楽往生記』であった。その序文はこう記されている（原漢文）。

①叙して曰く、予少き日より弥陀仏を念じ、行年四十より以降、その志いよいよ劇し、
②今国史及び諸の人の別伝等を検するに、異相往生せる者あり。
③後にこの記を見る者、疑惑を生ずることなかれ、願はくは、我一切衆生とともに、安楽国に往生せむ、

①からは、『方丈記』の「予ものの心を知れりしより、四十あまりの春秋を送れるあひだに、世の不思議を見る事、ややたびたびになりぬ」という記事が思い起こされよう。四十歳という年齢で保胤は往生への志を抱き、それを継承した長明は『方丈記』や『発心集』を著わすにいたったのであろう。

次の②の文は、『発心集』の序に「ただ我が国の人の耳近きを先として、うけたまはる言の葉をのみ注す」とあるのに、よく対応している。他方、③の文は、同じ序に「定めて謬りは多く、実は少なからん」「道のほとりのあだ言の中に、我が一念の発心を楽しむばかりにや」とあるのとはやや異なる感慨である。これは遁世者の思考が時代とともに変化してきたことを物語るものであり、そこに長明の独自性があった。

保胤の『日本極楽往生記』以降も、多くの往生伝が著わされたが、そうしたなかにあって、長明は新たに『発心集』を構想するに際して、最初の『日本往生極楽記』に遡り、それに倣ったのである。このこともあって保胤の話を『発心集』に収録している。八巻本の巻二の三の「内記入道寂心の事」と題する話である（以下、断らない限り八巻本による）。

「村上の御代に、内記入道寂心と云ふ人ありけり。そのかみ宮仕へける時より、心に仏道を望み願うて、事にふれてあはれみ深くなんありける」と始まり、『今鏡』に見える帯を失くして泣く女に自分の帯を貸したという話や、『今昔物語集』に見える、中務宮具平《ともひら》親王に拝領した馬に乗って堂塔の礼拝をしたところ、長時間に及んだために、その馬に舎人が手荒に扱ったことを涙を流して哀れんだ話などを交えて載せている。そして「かやうの心なりければ、池亭記とて書きおきたる文にも、身は朝にありて、心は陰にありとぞ侍るなる」と、『池亭記』からも引用している。

往生伝との関わり

『日本往生極楽記』には四十二人の往生人の伝が載るが、続いて法華の持経《じきょうしゃ》者の往生人をとりあげた『大日本法華験記《ほっけげんき》』が長久四年（一〇四三）に鎮源《ちんげん》によって著されると、保胤の『日本往生極楽記』を直接に継承した大江匡房の『続本朝往生伝』が康和四年（一一〇二）に著された。その序に「寛和の年中に著作郎慶保胤が往生の記を作りて世に伝へたり、その後百年、また往々にしてあり」と記されているように、収録した往生人も同じく四十二人、構成も同じ、書名も『続本朝往生伝』とあって、明らかに『日本往生極楽記』の継承を意図していたものとわかる。

これに続くのが三善為康《ためやす》の『拾遺往生伝』『後拾遺往生伝』や藤原資基《すけもと》（沙弥蓮禅）の手になる『三外往生伝』、藤原宗友《むねとも》の手になる『本朝新修往生伝』などであるが、長明はこれらの往生伝に載る人物を再びとりあげて深く探究し、和文によって自分なりの評価を加えて『発心集』に載せている。

たとえば巻一の四の「千観内供、遁世籠居事」に見える千観《せんかん》の話は「くはしく伝に記せり」とあるが、この伝とは『日本往生極楽記』のことである。巻四の四話に見える、叡実《えいじつ》阿闍梨が天皇の召しにあったにもかかわらず、路頭の病人を見捨ててはおけないとして参内するのを拒んだという話は、「此の阿闍梨をはりに往生遂げたり。くはしくは伝にあり」とあって、『続本朝往生伝』に見える。続く五話に見える肥後国の僧の話は、「往生伝には、康平の比とせり」と記して、話の出所が『拾遺往生伝』に基づくことが記されている。

このように『発心集』は往生伝の系譜を引きながらも、他方で説話集の系譜をも引くという、新しいタイプの書物であったと指摘できよう。基本は説話集の形式をとりながら、往生伝の要素を加味したものともいえる。

さて長明が生きていた鎌倉時代の初期に著されたのが『高野山往生伝』である。三十八人の往生人の伝記を記し、形式はそれまでの往生伝に倣ってはいるが、既往の往生伝とは異なって、著者自ら往生の場に赴いて調査をしている点、また高野山という場に限定して載せている点で、これまでのものとは異質である。たとえば最初の沙門教懐《きょうかい》伝は、『拾遺往生伝』によって記しながらも、次のような記事を追加している。

元暦元年四月之比、予参籠高野、為訪彼上人聖跡、攀到小田原別所、古老住僧出来、相談云（中略）予為結来縁、専礼今影、

著者が元暦元年（一一八四）に高野に参籠して、教懐の往生の様子を古老の僧から聞き取って記したことが知られる。さらに十二話の律師行意《ぎょうい》は、保延七年（一一四一）七月に亡くなっているが、著者は、「予今度訪其庵室、柱石猶残、寄宿彼辺、為結芳縁也」と、それとの芳縁を結ぼうとして庵跡を訪ね、近くに寄宿したことを記している。

十三話の宝生房教尋《きょうじん》については、かねてから知り合いの高野山伝法院の学頭の仏厳房聖心《しょうしん》に尋ねたところ、教えてくれたという。三十七話の密厳房阿闍梨禅恵《ぜんえ》は、元暦元年九月九日に八十五歳で往生したが、後日に著者が「仁和寺宮」に参った時、臨終の際に瑞相が現れたので諸人が群集した、という話を聞いて載せている。

著者を『本朝高僧伝』が「如寂《にょじゃく》」としており、これまでの研究から、治承五年（一一八一）二月二十五日に中納言で出家した文人貴族の藤原資長《すけなが》であることが明らかにされている。彼は日野

で出家し、日頃は日野に住んでいて建久六年（一一九五）に日野で亡くなっている。資長が日野に遁世していたことを考えると、その近くを遁世の場とした長明との関わりは大きく、当然、長明はこの往生伝を見ていたことであろう。

高野山関係の話

『発心集』は『高野往生伝』と同じ往生人をとりあげているので、二つを比較すると、『高野往生伝』の巻一の一話の沙門教懐は、『発心集』では巻一の七でとりあげているが、全く違う話となっており、同六話の南筑紫上人についても、『高野山往生伝』とは異なった記事を載せている。長明は『高野山往生伝』を見た上で、できるだけこの往生伝とは違った内容を『発心集』に盛り込もうとしたのである。

その際、往生人の身に添って描写しているのが特徴である。たとえば南筑紫上人は、門田を五十町も所持す裕福な武士であると指摘した後、その発心の様子を次のように描いている。

八月ばかりにやありけん、朝さし出でて見るに、穂波ゆらゆらと出で、ととのほりて、露こころよく結び渡して、はるばる見えわたるに、思ふ様、

稲の穂波がゆらゆらとし、実が結んでいるのを見ているうちに、わが身は分に過ぎて豊かにな

ったと思ううちに、世の無常な様を思うと、これもいつしかは終わるものであると考えるようになり、この世への執心を止めようと思うにいたって、ついに遁世の道を選ぶところとなったという。南筑紫上人の身となって、遁世にいたる情景を描いているのがわかる。

さらに巻七の十二話では、高野山の別所に遁世した心戒《しんかい》上人について詳細に触れている。

近く、心戒坊とて、居所も定めず雲風に跡をまかせたる聖あり。俗姓は花園殿の御末とかや。八島のおとどの子にして、宗親とて、阿波守になされたりし人なるべし。

と始まって、心戒は俗名が平宗親《むねちか》といい、屋島の大臣こと平宗盛《むねもり》の養子となって阿波守にも任じられたが、平家が滅んだ後、高野山に籠もるようになったとして、その後の生き方を詳細に描いている。特に日本の各地を修行しているのを心配した妹が、山崎に庵を提供して住まわせ、生活の資を送っていたが、河内の弘川寺《ひろかわでら》の聖が訪ねて来て逢ううちに再び修行の旅に出ていってしまったという話には、長明はことに感銘を受けたとみえ、次のように記している。

いと尊く、今の世にもかかるためしも侍れば、これを聞きて、我が心のおろかなる事をも励まし、及びがたくとも、こひねがふべきなり。

続く十三話には、尾張中島郡の斎所《さいしょ》権介成清《なりきよ》の子が、東大寺の大仏供養に赴いて発心を起こし、裕福な武士の身を捨てることを大仏の聖重源《ちょうげん》に話し、ついには妻子や父母を捨てて出家を遂げ、聖の弟子たちと交わったが、やがて高野山の新別所に赴き、念仏三昧の日々を過ごすにいたった話を載せている。

これら高野山関係の話は独自に取材したものであろう。ただ高野山関係とはいっても、東大寺の大仏再建にあたった重源に関わる話と見るべきかもしれない。というのも、巻七の十話には、大仏再建の供養に際して、重源の夢に一人の高僧が現れて「数知れず集まる中に、大夫阿闍梨実《じつ》印《いん》と云う僧の無始の罪障」のみ悉く滅する、と語ったという話が載っているなど、いずれも重源に絡む話だからである。

すなわち心戒も、大仏の聖重源の縁故により大陸に渡ったことがあるといい、斎所権介成清の子も、大仏の供養の年に参詣して道心をおこし重源のもとで出家し、重源が設けた高野山の新別所に赴いてそこで往生を遂げている。

同時代の話

これ以外にも、長明は自分の生きた同時代の話を多くとりあげている。先に見た巻八の五の「東の方、修行し侍りし時、さやの中山のふもとに」と始まる話や、巻四の九の「武蔵の国入間河のほとりに、大きなる堤を築き、水を防ぎて」と始まる話は建暦二年の長明の東国修行の時に得た話である。

その少し前の話には巻八の七の「法勝寺に執行頓死の事」がある。承元二年（一二〇八）五月十五日に落雷のために法勝寺の九重塔が焼失したことから、寺の執行が悲しみにたえず、その日に亡くなってしまった、という。さらに建久の頃の話として見えるのが、巻四の八の「或る人、臨終にもの言はざる遺恨の事」の話で、「過ぎぬる建久のころ」の出来事から話が始まっている。

もっと遡れば、巻五の十二の「乞児、物語の事」には「或る人云はく、治承の比、世の中乱れて人多く亡びうせ侍りし時」とあって、治承の頃の話が載っている。巻二の七の「相真、没後、袈裟を返す事」は、摂津渡辺の長柄の別所にいた僧暹俊《せんしゅん》の所持していた袈裟の話であるが、そこには「長寛二年の秋、暹俊、夢に見るやう」と見え、同巻六の「津の国妙法寺楽西聖人の事」には、「福原入道」清盛が楽西に消息を送ったことが記されている。

巻六の八の「宝日上人、和歌を詠じて行とする事、並びに蓮如、讃州崇徳院の御所に参る事」の話は、宝日《ほうにち》上人が暁・日中・暮の三時に和歌を詠む行をしていた話であるが、それに添えて、保元の乱で敗れ、讃岐に流された崇徳院の御所を訪ねた蓮如《れんにょ》上人についても語っている。ここで長明は、宝日上人の三時の行が珍しいとして、「和歌はよく理を極むる道なれば、これによりて心をすまし、世の観ぜんわざども、頼りありぬべし」と和歌の効用に触れている。

また蓮如が和歌を好んだ崇徳院に仕えた縁りがあって、その配流の地に赴き、やっとのことで歌を院に捧げることができ、その返歌を得ることができた、として、その歌のやりとりを記しているのも注目される。讃岐に赴いた西行のことはよく知られているが、蓮如がそれ以前にすでに赴いていたことを記し、和歌の効用について語っているのである。

和歌と並んで長明の心を捉えた管絃については、年次は記されていないが、巻七の五の「太子の御墓、覚能上人、管絃を好む事」の話が見える。聖徳太子の墓守である覚能《かくのう》上人が管絃を好んで、板切れで琴や琵琶を作り、竹を切って笛を作り、演奏を常に行っていたが、ついに楽の音が聞こえるなかで臨終したという。それはここ五十年ばかり先のことであったとし、管弦も浄土の業と信ずる人のためには、往生への導きとなる、と評している。

さらに巻三の八の「蓮華城、入水の事」は、「近き比、蓮華城と云ひて、人に知られざる聖ありき」とある話で、この蓮華城はかの歌人の登蓮の知り合いで、桂川に入水したことが語られているが、これは明らかに登蓮から長明が聞いた話に基づいている。

これらの話は明確に長明が生きてきた時代の話であり、長明が見聞したものを載せたのである。宝日上人や蓮如の話などは蓮華城の話と同様に、俊恵の歌林苑で仕入れた話の可能性が高い。こうして見てゆくと、長明が独自に探った話が『発心集』に意外に多くあることがわかるが、実はこれらだけではない。

近き比の話

注目したいのが先の「蓮華城、入水の事」の話が、「近き比」とある点である。巻八の七の

「法勝寺に執行頓死の事」の話も「近き比」として語られている。この二つの話からすれば、「近き比」とは、長明の生きてきた時代を意味していると見られる。

この言葉は頻出しており、巻一の一の「玄敏僧都、遁世逐電の事」には、「近き比、三井寺の道顕僧都と聞こゆる人侍りき」とあって、三井寺の道顕僧都の話を追加して載せているが、三井寺には長明が赴いて、関の清水の所在について聞いた話が『無名抄』に見えている。長明が日野から赴いて直接に仕入れた話であろう。

そのほか、巻一の十の「天王寺聖、陰徳の事」の話には「近比、天王寺に聖ありけり」とあり、巻二の一の「安居院聖、京中に行く時、隠居の僧に値ふ事」の話には「近比、安居院に住む聖ありけり」とある。いずれも長明と同時代の話と見て齟齬は生じない。表3に示しておこう。

「近き比」と同じような表現として「近く」とある話も、同様に考えてよいであろう。巻七の十二話の先に見た心戒上人の話は、「近く、心戒坊とて」と始まっており、巻三の五の「ある禅師、補陀落山に詣づる事」は、「近く、讃岐の三位と云ふ人いまそかりけり」と始まるが、この讃岐三位は讃岐守から三位に昇進した貴族をさし、『春日権現験記絵』において重要な人物として描かれている藤原俊盛のことで、後白河院のために法住寺殿を造営して公卿に昇進している。

ほかに巻五の五の「不動持者、牛を生まるる事」の話は、「近く、山の西塔の西谷に南尾と云ふ所に、極楽房の阿闍梨と云ふ人ありけり」とあり、巻八の十二の「前兵衛尉、遁世往生の事」は「近く前兵衛尉なる男ありけり」と始まっている。

近き世の人の話

「近き比」、「近く」と同様な表現に「近き世」があるが、この場合はどうであろうか。巻一の九の「神楽岡清水谷仏種房の事」は、仏種房という聖人の話であって、「対面したる事はなかりしかども、近き世の人なりしかば、終に往生人として人の貴みあひたりしをば、伝へ聞き侍りき」とあり、長明と同時代というよりは、やや遡る話を長明が聞き伝えたものと考えられる。

巻五の四の「亡妻現身、夫の家に帰り来たる事」の話は、安居院《あぐい》の澄憲《ちょうけん》法師が「これは近き世

表3

巻一の一	玄敏僧都、遁世逐電の事	「近き比、三井寺の道顕僧都と聞こゆる人侍りき」
巻一の十	天王寺聖、陰徳の事	「近比、天王寺に聖ありけり」
巻二の一	安居院聖、京中に行く時、隠居の僧に値ふ事	「近比、安居院に住む聖ありけり」
巻二の五	仙命上人の事	「近比、山に仙命聖人とて賢き人ありけり」
巻三の八	蓮華城、入水の事	「近き比、蓮華城と云ひて、人に知られざる聖ありき」
巻三の九	樵夫独覚の事	「近き比、近江国に池田と云ふ所に、いやしき男ありけり」
巻四の三	永心法橋、乞児を憐れむ事	「永心法橋と云ふ人、近き比の事にや」
巻八の六	長楽寺の尼、不動の験を顕はす事	「近き比、南都に僧ありけり」
巻八の七	法勝寺に執行頓死の事	「近比、一人の武者あり」「近き比、法勝寺の九重塔」
巻八の八	老尼、死の後、橘の虫となる事	「近比、ある僧の家に大なる橘の木ありけり」

の不思議なり。更に浮きたる事にあらず」と語ったのを紹介しているが、やはり長明が耳にした話ではあっても、長明が「近き世」と語ったわけではないので、これもやや時代が遡る話かもしれない。

巻五の三の「母、女を妬み、手の指蛇に成る事」は、「まさしく見しとて古き人の語りしは、近き世の事にこそ」とあって、これも古き人の語る近き世なので多少は遡る話と見られる。巻八の三の「仁和寺西尾の上人、我執によって身を焼く事」は、「近き世の事にや、仁和寺の奥に同じさまなる聖二人ありけり」と始まって、「近き世の事にや」とあるので、この場合も、やや遡る話であろう。巻八の十の「金峰山において妻を犯す者、年を経て盲となる事」は、「これは近き世の事なり」とあるが、事件があってから「さて四十余年経て後」と記されているので、この話もやや遡る可能性が高い。

ただ巻五の十三「貧男、差図を好む事」の「近き世の事にや」と始まる話については、すでに指摘したように、この貧しい人物は長明自身の可能性が高い。とすると、「近き世の事」という表現には、時代を朧化する意図もあったと見られる。

このほか年代が明示されない話がある。巻二の八の「真浄房、暫く天狗になる事」は、「近来、鳥羽の僧正とて、やむごとなき人おはしけり」と始まって、その鳥羽僧正の弟子真浄房の話であり、巻一の十一の「高野の辺の上人、偽って妻女を儲くる事」や巻二の十「或る上人、客人の値はざる事」も年次は記されていないが、同時代の話である可能性は高い。

『発心集』は約百の話からなるが、そのなかに長明と同時代の話が三十ほどあり、これらは長明が生きてきたなかで、見聞したものであった。その意味からして、長明は優れた話の収集家でもあったことがわかる。

死に臨んで

諸国を修行した後、『発心集』を編み終えて、長明も死を期することになる。そうした時に思い起こしたのが、『発心集』の巻四の八の「或る人、臨終にもの言はざる遺恨の事」の話に見える、「年比、相ひ知る人」の臨終のあり方であったろう。

この人は重病になった時に聖を召したところ、聖からは後に残る人々への遺言をするように求められた。しかし今、死ぬとは思わず、周囲もそう思わなかったが、日に日に弱りゆき、ついにその人も遺言を語ろうとしたところが、舌がもつれていえず、かといって手もわなないて書けないので、日ごろに思っていたであろうことを、娘の乳母が書いて見せたところ、首を振って承知しない。すべてが徒労に終わり、最期に念仏を勧められたが、どうしようもなく、あくる日に二度ばかり叫び声をあげ、息が絶えたという。

長明は後にこのことを聞き、今一度会いたかったと思っていたところ、かの人が夢に出てきたのだが、物も言わず、次第に薄れて消えてしまった、という。「その面影、今に忘れがたくなん侍る」と忘れえぬ思い出であったと語るとともに、次のように指摘する。

大方、人の死ぬるありさま、あはれに悲しき事多かりけり。物の心あらん人は、つねに終りを心かけつつ、苦しみ少なくして、善知識《ぜんちしき》にあはん事を仏菩薩に祈り奉るべし。

心ある人は、常に我が死を心にかけ、苦しみ少なく、仏の教えをよく知る友に会うことを仏菩薩に祈るべきである、という。長明はこの方針で、死に臨んだのであろう。そこで知り合いの善知識として禅寂こと藤原長親に、『月講式』の作製を依頼した。講式とは、仏菩薩などを賛嘆する表白文で、月講式とは、十二天のうちの月天を賛嘆するのだが、長明はそれを待ち望んでいる間に亡くなったという。

長明の依頼した講式は、結局、建保四年七月十三日に成っている。蓮胤上人こと長明入道から存生の時に式文を誂《あつら》えられていたところが、作成を怠っているうちに空しく亡くなってしまった、後悔することは甚だしいものがあるが、長明の素意を汲んで、この式文を作成し、講演を開いたと記している。その講式の最後の文章にはこう見える。

この講演、所生の善根をもって、彼の蓮胤上人の得脱《とくだつ》に資す。別れを告げて五七日、秋を迎へて十四夜、皓々《こうこう》たる窓の月、南端を照らし、瀼々《じょうじょう》たる叢の露、中庭に満ちて、景色、腸を断ち、懐旧、肝を屠る。

ただ願はくは、三宝哀愍納受したまへ。妄想の風静かにして、中道実相の花に陶染し、
煩悩の雲晴れて、上品蓮台の月に優遊せん。

この講演での功徳により、蓮胤上人の成仏の助けとなしたい。死別して三十五日となって、秋の十四夜にあたる今夜、窓越しに見える白々と光る月は、家の南端を照らし、一面に生い茂った草むらの夜露は、中庭に満ちている、その風景は悲しみにたえず、懐旧は心を切り刻む。ただ願うのは、三宝が哀れんで望みを聞いてほしいことを、妄想が静まって、煩悩が晴れ、上品の蓮台に往生することを。

これによれば、長明は建保四年閏六月八日に亡くなったことになる。享年は六十四。その三日後の閏六月十一日に『吾妻鏡』は大地震があったことを記している。

月に託した思い

なぜ『月講式』であったのか。長明の月に寄せる思いは強かった。『方丈記』には、「そもそも一期の月影傾きて、余算の山の端に近し」と記し、人生を月になぞらえていた。月への思いは早くからあったと見える。若い時期に編んだ『鴨長明集』の掉尾を飾るのは次の歌である。

朝夕に西にそむかじと思へども　月待つほどはえこそ向はね

朝夕と西方浄土への志をもっているが、月が出るのを待つときは西に向かわず、東に向かってしまう、と詠む。正治の百首歌で月の題で詠んだ歌二つも掲げておこう。

おもひいでむおのへの松の枝わけて　月にとはるる苔のうへぶし
ひかりみつもちのおもかげいつなれや　かたまゆのこす有明の月

長明が詠んだ秀歌も、月に関するものが多く、『新古今和歌集』に撰ばれた歌十首のうち、五首が次のように月を詠んでいるのである。

ながむれば千々にもの思ふ月に又　わが身ひとつの峰の松風（秋・三九七）
松島や潮汲む海人の秋の袖　月はもの思ふならひのみかは（秋・四〇一）
袖にしも月かかれとは契りをかず　涙は知るや宇津の山越え（羇旅・九八三）
よもすがらひとりみ山の真木の葉に　曇るも澄める有明の月（雑・一五二一）
石川や瀬見の小川の清ければ　月も流れをたづねてぞすむ（神祇・一八九四）

長明が修行の旅に出た時に、強く意識したのは西行であった。その西行は花に自らを託したのであるが、長明は月に思いを託したのであろう。嵯峨本の『方丈記』には、次の歌が奥書の後に載っている。あるいは辞世の歌であろうか。

月影は入山の端もつらかりき　たえぬ光りを見るよしもがな

おわりに

長明は様々な伝を探って往生人の生き方を記したが、私もそれに倣って様々な史料を探って長明伝を記してきた。その長明の一生を振り返ると、改めて『方丈記』の冒頭の文章が思いおこされる。

行く川の流れは絶えずして、しかも、もとの水にあらず。よどみに浮かぶうたかたは、かつ消え、かつ結びて、久しくとどまりたるためしなし。世の中にある、人とすみかと、またかくのごとし。

こうした長明の思いは、父の亡くなった後から通奏低音のように長明の心の底に響いていたように思われる。時代の大きな流れに乗れぬ我が身を絶えず思いつつ、社会の動きに翻弄されてきた。通常であれば、早くに遁世していたであろうが、耐えに耐えながら人々との交わりをもち、「まことの心」を失わずに生きたのである。

この長明のような不遇感をもつ人物を好んだのが後鳥羽上皇である。笠置の貞慶や天台の慈円、さらに定家を重用すると、彼らはそれに応えてよく働いたが、長明もまた上皇に仕え、御所での研鑽を経て、和歌においては大いに名をなすことはなかったものの、散文の新たな世界を切り拓くことになった。和歌とは違って散文が世俗的に評価されることは当時にはなかったのだが、後世の人々に大きな影響を与えるようになったのである。

私自身、長明の生き方を探るうちに、その生き方に教えられることが大きかった。ここ数年、私は歌を史料として歴史の動きを考えてきた。その最初が『後白河院――王の歌』であって、そこでは今様が社会や政治にどのような影響を与えてきたのかを探り、後白河院の内実に迫った。続いて、和歌を材料にして考えるなか、たまたま西行学会から講演を依頼されたのが契機となって、西行の和歌を探り、その生きた時代の文化と政治の展開を探ってみた。それが『西行と清盛――時代を拓いた二人』である。

この和歌研究の延長上で『新古今和歌集』を編んだ後鳥羽上皇の文化と政治の関わりを探ったのが『後鳥羽上皇――新古今集はなにを語るか』であるが、本書はこの三部作に続く第四作目である。これも中世文学会からの講演依頼が直接の契機となって著すことになったのだが、東日本大震災に絡んで行った「震災と歴史学」の講演において『方丈記』に触れたこともあって、本格的に取り組むところとなった。

後白河院や西行らはいずれも強い精神力で時代を生き、文化を拓いてきたのだが、長明は違った。時代に後れて登場した長明は、何かと不遇の思いを拭えずに生きることになった。和歌や管絃に親しみ、それなりに名をなすのだが、ついに遁世を遂げる。そうしたなかで散文に心を注ぎ、『無名抄』『方丈記』『発心集』という異なった類型の三部作を著すことになったのである。

政治や社会への不遇感と自然と人生への鋭い感性とから紡ぎだされる長明の散文は、今に生き生きと訴えてくる。それは近代の作家にもつながるところがあり、その影響の大きさを痛感する。

本書は前作の『後白河院――王の歌』に続いて、山川出版社の方々のお世話になった。記して感謝したい。

二〇一二年十二月十九日

五味文彦

主な参考文献

本書執筆にあたって以下の文献を参照し、参考にした。

【本文】

久保田淳・大曾根章介編『鴨長明全集』（二〇〇〇年、貴重本刊行会）
関連史料を網羅しており、本書は基本的に多くをこれに負っている。

簗瀬一雄訳注『方丈記』（一九六七年、角川文庫）
『方丈記』の本文は主に本書に負うが、適宜、意により読みなどを変えている。

三木紀人『方丈記　発心集』（一九七六年、新潮日本古典集成）
『発心集』の本文も主に本書に負っているが、適宜、意により読みなどを変えている。

小林一彦校注「無名抄」（歌論歌学集成七、二〇〇六年、三弥井書店）
『無名抄』の本文も主に本書に負っているが、適宜、意により読みなどを変えている。

安良岡康作『方丈記』（一九八〇年、講談社学術文庫）

市古貞次校注『新訂方丈記』（一九八九年、岩波文庫）

浅見和彦『方丈記』（二〇一一年、ちくま学芸文庫）

【主な参考文献】

日本文学研究資料刊行会編『方丈記・徒然草』（一九七一年、有精堂出版）
浅見和彦「発心集の原態と増補」（『中世文学』二十二号、一九七七年）
細野哲雄『鴨長明伝の周辺・方丈記』（一九七八年、笠間書院）
簗瀬一雄『鴨長明研究』（簗瀬一雄著作集二、一九八〇年、加藤中道館）
三木紀人『閑居の人　鴨長明』（一九八四年、新典社）
五味文彦『増補吾妻鏡の方法』（二〇〇〇年、吉川弘文館）
五味文彦『書物の中世史』（二〇〇三年、みすず書房）
大隅和雄『方丈記に人と栖の無常を読む』（二〇〇四年、吉川弘文館）
今村みゑ子『鴨長明とその周辺』（二〇〇八年、和泉書院）
田渕句美子『新古今集――後鳥羽院と定家の時代』（二〇一〇年、角川学芸出版）
五味文彦『後白河院――王の歌』（二〇一一年、山川出版社）
五味文彦『西行と清盛――時代を拓いた二人』（二〇一一年、新潮社）
久保田淳『新古今和歌集全注釈』（二〇一一年、角川学芸出版）
『文学　特集　方丈記八〇〇年』（二〇一二年、岩波書店）
五味文彦『後鳥羽上皇』（二〇一二年、角川学芸出版）
五味文彦『日本史の新たな見方、捉え方――中世史からの提言』（二〇一二年、敬文舎）

鴨長明年譜

年次（西暦）	年齢	月日	事項
仁平三年（一一五三）	一歳		誕生
久寿元年（一一五四）	二歳		父長継、下鴨社の禰宜となる
久寿二年（一一五五）	三歳		慈円・貞慶誕生
保元元年（一一五六）	四歳	七月十一日	保元の乱
平治元年（一一五九）	七歳	十二月九日	平治の乱
永暦元年（一一六〇）	八歳	八月二十七日	二条天皇賀茂社行幸
応保元年（一一六一）	九歳	十月十七日	五位
長寛元年（一一六三）	十一歳	七月九日	父長継、鞍馬寺と争う
永万元年（一一六五）	十三歳	七月二十八日	二条天皇死去
仁安三年（一一六八）	十六歳	二月十九日	高倉天皇受禅、下鴨社祈禱
嘉応元年（一一六九）	十七歳	六月十七日	後白河上皇出家、下鴨社祈禱
承安二年（一一七二）	二十歳		父死去
三年（一一七三）	二十三歳		鴨祐季、禰宜となる
安元元年（一一七五）	二十四歳		高松院北面歌合に出詠

二年（一一七六）	二十四歳	六月	高松院死去
		七月八日	建春門院死去
治承元年（一一七七）	二十五歳	四月二十八日	京都大火
		六月一日	鹿ケ谷事件
二年（一一七八）	二十六歳	六月二十三日	藤原俊成、九条兼実の和歌の師範
三年（一一七九）	二十七歳	十一月十五日	清盛、法皇を鳥羽に幽閉
四年（一一八〇）	二十八歳	四月七日	以仁王令旨
		五月十二日	京都辻風の難
		六月二日	福原遷都
		十月二十日	富士川の合戦
		十一月二十三日	還都
		十二月二十三日	南都追討
養和元年（一一八一）	二十九歳	閏二月四日	平清盛死去
		四月	養和飢饉
寿永元年（一一八二）	三十歳	十一月	『月詣和歌集』成立
二年（一一八三）	三十一歳	二月	『千載和歌集』の撰集
		七月二十五日	平氏都落ち
文治元年（一一八五）	三十三歳	三月二十四日	平氏滅亡
		七月五日	京都大地震
		八月二十八日	東大寺大仏開眼供養

文治元年（一一八五）	三十三歳	十一月二十五日	源義経追討宣旨、守護地頭設置
二年（一一八六）	三十四歳	三月十二日	九条兼実、摂政となる
三年（一一八七）	三十五歳	九月二十日	『千載和歌集』奏覧
建久元年（一一九〇）	三十八歳	十一月七日	源頼朝上洛
二年（一一九一）	三十九歳	三月三日	六条若宮歌合に出詠
三年（一一九二）	四十歳	三月十三日	後白河法皇死去
四年（一一九三）	四十一歳		六百番歌合
五年（一一九四）	四十二歳	二月二十七日	中原有安、楽所預となる
六年（一一九五）	四十三歳	三月四日	頼朝、再度の上洛
七年（一一九六）	四十四歳	十一月二十五日	兼実、関白罷免
九年（一一九七）	四十六歳	正月九日	後鳥羽院政の開始
正治元年（一一九九）	四十七歳	正月十三日	頼朝死去
		三月十七日	上皇大内で歌を詠む
二年（一二〇〇）	四十八歳	夏	石清水若宮歌合に出詠
		七月	正治初度歌合
		九月	九月尽日歌合に出詠
		冬	正治二度歌合に出詠
建仁元年（一二〇一）	四十九歳	六月	正治三度歌合
		七月二十九日	和歌所設置
		八月十五日	八月十五夜撰歌合に出詠

			和歌所寄人となる
		十一月三日	勅撰和歌集の撰集開始
二年（一二〇二）	五十歳	三月二十日	三体和歌に出詠
		七月二十日	寂蓮死去
		十月二十日	源通親死去
三年（一二〇三）	五十一歳	二月二十四日	大内花見に出席
		春	大原に出奔
		六月十六日	影供歌合に出詠
		七月十五日	八幡若宮歌合に出詠
		九月七日	源実朝、将軍となる
		十一月二十三日	俊成九十賀に出詠
元久元年（一二〇三）	五十二歳	十一月三十日	俊成死去
二年（一二〇四）	五十三歳	三月二十六日	『新古今和歌集』の竟宴
		六月十五日	元久詩歌合に出詠
建永元年（一二〇六）	五十四歳	春	大原で出家か
承元元年（一二〇七）	五十五歳	二月十八日	法然配流
二年（一二〇八）	五十六歳		日野に移る
建暦元年（一二一一）	五十九歳	十月二十日	三井寺円宝房を訪ねる
二年（一二一二）	六十歳	三月二十九日	『方丈記』を著す
		十月十三日	実朝に面会し、頼朝法華堂に参拝

建保元年（一二一三）	六十一歳	五月二日	和田義盛、挙兵
			源顕兼、『古事談』著す
四年（一二一六）	六十四歳	閏六月八日	死去

五味文彦（ごみ・ふみひこ）

一九四六年生まれ。東京大学文学部教授を経て、現在は放送大学教授。東京大学名誉教授。『中世のことばと絵』（中公新書）でサントリー学芸賞を、『書物の中世史』（みすず書房）で角川源義賞を受賞するなど、常に日本中世史研究をリードしてきた。近年の著書に本書と四部作をなす『後白河院―王の歌』（山川出版社）、『西行と清盛―時代を拓いた二人』（新潮社）、『後鳥羽上皇―新古今集はなにを語るか』（角川書店）のほか、『日本の中世を歩く―遺跡を訪ね、史料を読む』（岩波新書）、『躍動する中世』（小学館）など多数。共編に『現代語訳　吾妻鏡』（吉川弘文館）など。

鴨長明《かものちょうめい》伝《でん》

二〇一三年二月　二十日　第一版第一刷印刷
二〇一三年二月二十五日　第一版第一刷発行

著　者　五味文彦
発行者　野澤伸平
発行所　株式会社　山川出版社
東京都千代田区内神田一―一三―一三
〒一〇一―〇〇四七
振替〇〇一二〇―九―四三九九三
電話　〇三(三二九三)八一三一(営業)
〇三(三二九三)一八〇二(編集)
企画・編集　山川図書出版株式会社
印刷所　半七写真印刷工業株式会社
製本所　株式会社ブロケード

造本には十分注意しておりますが、万一、乱丁・落丁本などがございましたら、小社営業部宛にお送りください。送料小社負担にてお取替えいたします。
定価はカバーに表示してあります。

ISBN 978-4-634-15034-8

『中世社会と現代』

五味文彦

現代の視点から中世を探る

混沌とした中世は、相次ぐ戦乱の時代であったにもかかわらず、民衆は活気に満ち溢れていた。国家は人びとの自力による生き方を前提としており、民衆はみずからの力で生きていかざるをえなかった。現代社会でも国際化とともに、次第にそうしたことが求められるようになっている。それだけに、中世人の知恵が、現代に求められている。

シリーズ日本史リブレット 33
A5 判 112 頁
定価:本体 800 円(税別)

山川出版社